BRIGITTE JANSON

Die Insel freundinnen

Roman

Ullstein

Besuchen Sie uns im Internet:
www.ullstein-buchverlage.de

MIX
Papier
FSC® C083411

Originalausgabe im Ullstein Taschenbuch
1. Auflage Mai 2019

Umschlaggestaltung: bürosüd° GmbH, München
Titelabbildung: © www.buerosued.de
Gesetzt aus der Quadraat Pro powered by pepyrus.com
Druck und Bindearbeiten: CPI books GmbH, Leck
ISBN 978-3-548-29198-7

Für meine zauberhafte Freundin Anna. Du lebst zwar nicht auf einer Insel im Wattenmeer, aber an der Adriaküste, wo es auch wunderschön ist.

1. Kapitel

Clara starrte angestrengt auf das Display ihres Smartphones. Drei knappe Sätze standen dort, die für sie keinen Sinn ergaben. Irgendwann machten sich die Worte selbstständig und schwirrten wie lästige Mücken vor ihren Augen herum. Verwirrt rollte sich Clara auf ihrem mächtigen Sofa aus grünem Cordsamt ein. Ein scheußliches Möbelstück, aber so wunderbar bequem, dass sie sich nie davon trennen konnte. Hier war sie sicher, hier konnte ihr nichts Böses geschehen.

Die Mücken scherten sich nicht darum. Sie schwirrten weiter.

Ob es half, das Smartphone zu schütteln?

So kräftig, bis die Buchstaben zurückhüpften auf den Bildschirm und plötzlich eine andere, eine schöne Bedeutung bekamen?

Ich liebe dich, Clara, könnte dann zum Beispiel dort stehen. Und: *Ich werde dich niemals verlassen. Du bist mein Leben, mein großes Glück. Der Mensch, mit dem ich irgendwann alt werden möchte …*

»Träum weiter!«, sagte sie laut und schüttelte trotzdem

noch mal. Mit dem Ergebnis, dass der kleine Bildschirm schwarz wurde.

Auch das noch.

Sie schluchzte auf. »Oh nein! Oh, verdammt!«

Lene stürzte zu ihr ins Wohnzimmer. »Was ist passiert?«

Clara schaute zu ihrer Tochter hoch. »Wie kommst du denn hier rein?«

»Hast du Fieber?«

»Nein, warum?« Sie fragte sich, ob in ihrem Kopf etwas nicht stimmte. Erst die sinnlosen Sätze, jetzt das unerwartete Auftauchen ihrer Tochter.

»Mama«, sagte Lene mit ihrer sehr ruhigen, sehr erwachsenen Stimme. »Ich habe noch einen Wohnungsschlüssel.«

Clara lächelte traurig. »Natürlich. Entschuldige. Ich war mit meinen Gedanken woanders.«

»Und warum hast du geflucht?«

»Habe ich das?«

Manchmal fragte sich Clara, wer von ihnen beiden die erst 22-jährige Tochter und wer die doppelt so alte Mutter war. Lene war so vernünftig, so ruhig, irgendwie perfekt. Sie selbst hingegen galt zwar als durchaus patent in ihrem Beruf als Tischlerin, aber privat war sie eine hoffnungslose Träumerin und Idealistin.

Hätte sie es nicht besser gewusst, hätte Clara so manches Mal gedacht, ihr sei damals ein falsches Baby untergeschoben worden.

Schwierig bei einer Hausgeburt. Außerdem hatte Lene ihre großen grauen Augen geerbt. In allem anderen unterschieden sich Mutter und Tochter jedoch gewaltig. Clara war klein, oder mittelgroß, wie wohlmeinende Freunde sagten. Außerdem war sie ein winziges bisschen rundlich und besaß wilde braune Locken, die sich nie so recht bändigen ließen. Lene hingegen war fast einen Kopf größer, gertenschlank und blond.

Ganz der Vater. Dieser liebenswerte Mistkerl, der Clara damals schwanger hatte sitzen lassen.

Sie war stolz darauf, es auch allein geschafft zu haben. Lene war wirklich prächtig geraten, nur eben ganz anders. Sogar verheiratet war sie schon – mit Justus, einem jungen Anwalt mit großen Karrierechancen in einer Kanzlei am Hamburger Neuen Jungfernstieg.

Clara bemerkte, dass ihre Tochter sie immer noch musterte.

»Tut mir leid, Schätzchen«, sagte sie daher schnell. Das war so eine alte Angewohnheit. Sie hatte sich immer ein wenig schuldig gefühlt. Weil sie Lene keinen Vater bieten konnte und auch keinen Stiefvater. Weil ihr Kind ohne Reichtümer aufwuchs, ohne Villa im vornehmen Harvestehude, sondern nur in einer Wohnung im Arbeiterviertel Barmbek. Und weil sie mit Nachnamen einfach Müller hieß. Nicht Godeffroy oder Sieveking oder gar Amsinck, wie es sich für eine noble alte hanseatische Familie gehörte.

»Nun sag schon, Mama. Was ist los?«

»Nichts. Alles gut.«

»Du lügst.«

Selbstverständlich log sie. Dem eigenen Kind erzählte

man nicht seinen Kummer, selbst wenn es noch so erwachsen war. Dafür gab es schließlich Freundinnen.

Claras Miene hellte sich auf. Genau! Was sie jetzt brauchte, waren ihre zwei besten Freundinnen! Vicki und Rachel würden auf der Stelle zu ihr eilen. Sie musste sie nur ... »Mist!«

»Mama!« Lene runzelte die Stirn, was sie älter aussehen ließ, als sie war. Das hatte sie sich von Rachel abgeguckt. Es war praktisch deren Markenzeichen, wenn sie angestrengt nachdachte oder mit etwas nicht einverstanden war.

Clara hütete sich, eine Bemerkung darüber fallen zu lassen. Ihre Tochter konnte sehr empfindlich sein. Sie wirkte schon gereizt genug.

»Mein Smartphone«, sagte sie daher nur. »Ich glaube, ich habe es kaputt gemacht.«

»Und wie hast du das geschafft?«, fragte Lene, während sie bereits nach dem kleinen Gerät griff, das stumm und tot auf dem Sofa lag.

»Ich ... na ja, ich habe es geschüttelt. Ziemlich feste, fürchte ich.«

Lene lächelte amüsiert und verwandelte sich dabei von einer strengen Gouvernante in eine bildschöne junge Frau.

»Das arme Ding kann aber nichts dafür, wenn du Ärger mit deinen Kunden hast.«

Das ist es nicht, dachte Clara. Das ist es ganz und gar nicht. Aber sie nickte nur.

»Wahrscheinlich hast du wieder mal vergessen, es aufzuladen.«

»Hm.«

Clara erinnerte sich daran, dass sie die halbe Nacht damit zugebracht hatte, wieder und wieder alle Nachrichten zu lesen, die Kristian ihr in den vergangenen vier Wochen geschrieben hatte. Dann war sie am Morgen hinunter in die Werkstatt gegangen und hatte wie so oft über ihrer Arbeit alles andere vergessen. Wenn ihr der Duft nach Holzspänen in die Nase stieg und ein Schaukelpferd unter ihren Händen langsam Gestalt annahm, existierte die Welt da draußen nicht.

Inzwischen war es Abend, und ihr Smartphone hatte lange keinen Pieps von sich gegeben. Bis eben. Bis die Nachricht von Kristian sie von ihrer rosaroten Wolke geschubst hatte.

»Kann sein«, gab sie kleinlaut zu.

Flüchtig malte sich so etwas wie Ungeduld auf Lenes Gesicht ab. Sie steckte das Handy ans Ladegerät. Eine Weile schauten Mutter und Tochter gemeinsam darauf.

»Es lebt«, sagte Lene endlich.

»Wunderbar.«

Clara umarmte sie. Es fühlte sich gut an, die Tochter zu drücken, und so hielt sie Lene eine ganze Weile fest. Erst als diese sich mit sanfter Gewalt befreite, trat sie einen Schritt zurück.

»Ich wollte dir noch was sagen, Mama.«

»Ja, Schätzchen?«

»Ich ... Ach, nichts. Vielleicht ein andermal. Ich muss jetzt los.«

»Okay.« So langsam wurde es schwierig, so zu tun, als ob alles in bester Ordnung wäre. Ihre Gesichtsmuskeln schmerzten schon, weil sie angestrengt die Mundwinkel oben hielt. Clara trat vor und drückte Lene noch einmal an sich.

»Grüß Justus schön von mir«, sagte sie.

Lene versprach es. Dann holte sie die Tasche, in die sie ein paar alte Teddys und Puppen gepackt hatte. Clara fand es süß, dass ihre Tochter ein Stück Kindheit mit in ihr neues Heim nehmen wollte. Zwar keine Villa in Harvestehude, aber immerhin ein schickes Häuschen in Alsterdorf. Und Müller hieß sie auch nicht mehr, sondern von Kribitz mit Nachnamen.

Justus' Mutter Eleonore hatte vor der Hochzeit darauf bestanden, dass Lene den Familiennamen annahm. Clara hatte sich nicht anmerken lassen, dass sie deshalb verletzt war. Hauptsache, ihre Tochter war glücklich, und Justus war wirklich ein feiner Kerl. Kein bisschen eingebildet, trotz seiner vornehmen Herkunft. Das absolute Gegenteil von seiner hochnäsigen Mutter.

Nachdem die Wohnungstür hinter Lene ins Schloss gefallen war, konnte Clara endlich ihren Hilferuf an die Freundinnen absetzen.

Es dauerte nur eine halbe Stunde, bis Vicki da war. Rachel hingegen schrieb, sie habe noch einen Termin und werde später kommen. Clara möge in der Zwischenzeit bitte keine Dummheiten machen.

»Dummheiten?«, wiederholte Vicki, als Clara ihr davon erzählte. Sie prustete los. »Glaubt die gute Rachel, du stürzt dich vom Balkon? Nur wegen eines Kerls, der deiner nicht würdig ist? Pah!«

Sie marschierte auf direktem Weg in die Küche und packte drei Flaschen italienischen Prosecco in Claras Kühlschrank. Eine davon ins Gefrierfach, damit sie schneller kalt wurde.

»Alkohol ist keine Lösung«, erklärte sie gewichtig. »Aber er hilft ungemein. Der hier ist eine Spitzenmarke. Habe ich geschenkt bekommen.«

Vicki, die mit vollem Namen Victoria Michaelis hieß, bekam sehr viele leckere Präsente aus halb Deutschland zugeschickt. Sie war Food-Bloggerin, und die Firmen rissen sich geradezu darum, ihr die besten Spezialitäten zukommen zu lassen. Eine Präsentation auf Vickis beliebtem Blog war mehr wert als jede teure Werbung.

Clara folgte ihr in die kleine, schlicht eingerichtete Küche. Sie war keine besonders gute Köchin, dementsprechend wirkte der Raum mit seinen weißen Einbauschränken immer ein wenig steril.

»Ich weiß echt nicht, ob ich etwas trinken sollte«, meinte sie.

»Hallooo?« Vicki setzte eine maßlos empörte Miene auf. Das konnte sie richtig gut. »Was solltest du denn sonst tun? Rumheulen etwa? Die Männerwelt verfluchen? Oder vielleicht doch vom Balkon springen? Geht alles in Ordnung, Clärchen, aber mit Prosecco in der Blutbahn ist es leichter.«

Unwillkürlich musste Clara lachen. Vicki schaffte es immer wieder, sie aufzuheitern. Dabei sah die Freundin heute selbst nicht halb so fröhlich aus wie sonst. Hinter der munteren Fassade entdeckte Clara etwas anderes, das sie im Moment noch nicht zu deuten wusste. Aber es machte ihr zu schaffen. Es war doch hoffentlich alles wieder in Ordnung mit Tom? In der Beziehung kriselte es, allerdings hatte Clara gehofft, die beiden würden das wieder hinkriegen.

»Komm, wir setzen uns raus«, schlug sie vor. »Es ist so ein schöner Abend.«

Noch während sie sprach, sammelten sich Tränen in ihren Augen. Auf ihrem Balkon hatte sie viele wunderschöne Stunden mit dem wundervollen Kristian verbracht. Ein selten warmer und freundlicher Monat Mai war darüber vorbeigegangen.

»Wehe!«, rief Vicki und zeigte auf Claras feuchte Wangen. »Sonst fange ich auch gleich an.«

»Aus Solidarität?«

»Genau. Und weil ... Ganz egal. Heute Abend geht es um dich.«

Vicki strich sich energisch eine lange blonde Haarsträhne aus der Stirn. Sie war Anfang dreißig, kleidete sich aber gern wie eine mittellose Studentin. Nur wenn sie in ein Hamburger Spitzenrestaurant eingeladen wurde, verwandelte sie sich wie durch Zauberhand in eine feine Dame.

Clara hatte sie einmal zu einem solchen Essen begleitet. Den ganzen Abend über hatte sie sich fehl am Platz gefühlt, aber Vicki war in ihrem Element gewesen. Sie hatte die Kellner herumgescheucht, mit dem Besitzer gefachsimpelt und ihr kleines Schwarzes getragen, als würde sie weder löchrige Jeans noch bedruckte T-Shirts kennen.

Heute sah sie zum Glück aus wie die Vicki, mit der Clara seit vielen Jahren befreundet war. Nachlässig gekleidet und mit lang fallenden Haaren. Sie wirkte lebensfroh, jugendhaft und auch ein wenig verpeilt, wie sie es selbst nannte. Und vor allem anderen war sie jemand, mit dem Clara über alles reden konnte.

»Schieß los«, sagte Vicki, nachdem sie es sich draußen in zwei Korbsesseln bequem gemacht hatten. »Was hat Mister Perfect angestellt?«

Clara räusperte sich umständlich, suchte nach einer passenden Erklärung, fand keine und sagte schlicht: »Er geht fort.«

»WAS? Der Mann, der dein vertrocknetes Herz erobert hat, verlässt dich?«

Das mit dem vertrockneten Herzen gab Clara erheblich zu denken, aber sie nickte.

»Kristian hat einen Auftrag in Brasilien angenommen«, führte sie aus. »Er wird eine große Hotelanlage an der Küste, in Recife, bauen.«

»Oha. Weiter weg ging wohl nicht? Australien vielleicht? Oder Papua-Neuguinea?«

»Bitte, Vicki. Das ist kein Spaß.«

Clara hatte Kristian Lachner erst Ende April auf einer Baustelle oben in Norderstedt kennengelernt. Er war der leitende Architekt, sie die Tischlerin, die in allen Zimmern des Einfamilienhauses die Fenster einbaute.

Liebe auf den ersten Blick. Das war es gewesen. Bei ihnen beiden. Sie war sich da hundertprozentig sicher gewesen.

Jetzt nicht mehr. Jetzt begriff sie, dass die Zeit mit ihr für Kristian vielleicht ein netter Zeitvertreib gewesen war. Aber nicht die große Liebe.

Clara musste hart schlucken.

»Mistkerl!«, rief Vicki laut aus. »Vollidiot! Hornochse! Knallkopp!«

Selten hatte Clara ihre Freundin so geliebt wie in diesem Augenblick.

Dennoch meinte sie: »Du übertreibst. So schlecht ist er nicht. Nur eben nicht genauso verliebt in mich wie ich in ihn.«

»Männer sind Schweine!«

»Vicki!«

»Ist doch wahr!«

»Dein Freund etwa auch? Der liebe und treue Tom, der immer alles richtig macht?«

»Ich hasse Tom!«

»Oh Gott! Was ist passiert?« Ihr Instinkt hatte sie ja gewarnt. Auch Vicki hatte offenbar mächtig Stress.

Vicki heulte laut auf. Clara schlug schnell vor, lieber wieder nach drinnen zu gehen. Sie ahnte, dass auf den Balkonen rechts und links die Ohren gespitzt wurden.

Im Wohnzimmer nahm sie Vicki fest in die Arme. Erst dann kuschelten sich die Freundinnen in die Ecken des mächtigen grünen Sofas.

»Ich bin sowieso schon Gesprächsthema der Straße«, sagte Clara. »Die Nachbarn haben wahrscheinlich auch gelauscht, wenn Kristian hier war.«

Vicki kicherte. Ihr ganzer Kummer und ihr Zorn auf Tom schienen verflogen. So war sie. Konnte in Sekunden umschalten. »Gönn den Leuten doch ein bisschen Abwechslung.« Augenblicklich wurde sie wieder ernst. »Tut mir echt leid. Ich gackere hier rum, dabei ist dein Leben zerstört worden.«

Clara hob die Brauen und schaute die Freundin eindringlich an. »Sag mal, machst du das eigentlich mit Absicht?«

»Was denn?«, zwitscherte Vicki mit zur Schau gestellter Unschuldsmiene.

»Dass du so maßlos übertreibst. Ich bin todunglücklich, weil Kristian weggeht. Das stimmt schon. Sonst hätte ich dich ja nicht gebeten herzukommen. Aber deshalb ist mein Leben nicht zerstört. Außerdem ...«

»Was?«, fragte Vicki, deren schlechtes Gewissen ihr ins Gesicht geschrieben stand. Sie war kein gemeiner Mensch. Sie litt mit Clara, aber sie dachte wohl, es würde nicht helfen, wenn auch sie in Depressionen verfiele.

Clara antwortete nicht gleich. Sie rief sich Kristians Nachricht in Erinnerung. Dann spürte sie eine leise Hoffnung aufkeimen. Er hatte nicht geschrieben, dass er Schluss machen wollte. Nur, dass er fortmüsse, für ungefähr ein Jahr. Dieses Projekt sei die Chance seines Lebens.

»Ein Jahr ist schnell rum«, sagte sie zu Vicki. »Und Kristian ist quasi gezwungen, den Job zu übernehmen. Es geht schließlich um seine Karriere.«

Ihre Freundin antwortete erst nach einer ganzen Weile. »Hoffentlich ist der Prosecco bald kalt.«

»Was soll das denn jetzt wieder heißen?«, wollte Clara wissen.

»Ach, nichts.«

»Komm schon.«

»Meine Lippen sind versiegelt, bis über deine nicht mindestens der Inhalt von zwei Gläsern geflossen ist.«

»So ein Blödsinn!« Clara wollte Vicki mit den Zehenspitzen einen sanften Stoß verpassen, als es klingelte.

»Das muss Rachel sein.«

»Oh«, meinte Vicki und sprang auf. »Hätte ich gewusst, dass sie auch kommt, hätte ich noch ein paar Flaschen mehr mitgebracht.«

Sie war an der Wohnungstür, bevor Clara etwas erwidern konnte, und kehrte gleich darauf mit Rachel zurück.

»Melde gehorsamst«, sagte Vicki zu Rachel, »niemand ist vom Balkon gesprungen.«

»Was?«

»Ach, nichts. Wollte nur sagen, Clara hat keine Dummheiten gemacht, und ich auch nicht.«

»Warum solltest du auch?«, fragte Rachel. »Du bist seit einer unverschämt langen Zeit glücklich liiert. Das Wort Liebeskummer müsstest du doch erst mal im Lexikon nachschlagen, selbst wenn du dich neuerdings mal ein bisschen streitest.«

Es klang weder neidisch noch gemein, trotzdem bog Vicki die Mundwinkel nach unten, verkroch sich in ihre Ecke des Sofas und verstummte vorerst.

Wie so oft, wenn die drei sich trafen, staunte Clara darüber, dass so unterschiedliche Frauen wie sie so eng befreundet sein konnten.

Im Gegensatz zur flippigen Vicki war Rachel Jacobs das Ebenbild einer seriösen Geschäftsfrau. Sie war groß, ein bisschen zu dünn, trug ein strenges dunkles Kostüm, und die schwarz gefärbten Haare hatte sie zu einem praktischen Kurzschnitt verdammt. Tatsächlich arbeitete sie als erste Assistentin eines bekannten Hamburger Immobilienmaklers, und mit ihren dreiundfünfzig Jahren war sie die Älteste im Trio.

Clara und Vicki liebten sie beide innig, weil sie ein immens großes Herz besaß. Wenn Freunde Hilfe brauchten, war sie zur Stelle. Wenn ihre überlastete Schwester mit den vier Kindern nicht mehr klarkam, holte sie zwei oder drei davon für eine Weile zu sich und kümmerte sich aufopferungsvoll um sie. Wenn ihre alte Mutter sich einsam fühlte, zog Rachel kurzerhand für ein paar Monate zu ihr nach Glashütte hinaus und nahm einstündige Fahrtzeiten zur Arbeit in Kauf. Sie war ein Mensch, auf den man sich jederzeit verlassen konnte.

Niemand jedoch ahnte etwas von ihrem Doppelleben. Davon wussten nur ihre beiden besten Freundinnen.

Im Augenblick hielt sie sich einen undefinierbaren Gegenstand an die linke Wange. Er war in ein Seidentuch eingewickelt und zog die Blicke von Vicki und Clara magisch an.

Rachel verdrehte die Augen und ließ sich in einen Sessel fallen. Der passte nicht zum Sofa und war daher nicht ganz so hässlich.

»Guckt nicht so«, verlangte sie.

»Was ist denn das?«, fragte Clara und vergaß für einen Moment ihren großen Kummer und ihre verträumte Hoffnung.

»Ein Kühlpad«, kam es knapp zurück.

»Oh nein!«, riefen Clara und Vicki im Chor.

Rachel funkelte sie beide zornig an.

Vicki ließ sich davon nicht abschrecken. »Du hast es schon wieder getan!«

»Na und?«

»Rachel«, sagte Clara freundlich. »Was ist, wenn wir dich eines Tages nicht mehr wiedererkennen? Wenn du nicht mehr die Frau bist, die wir lieben? Wenn du zum Beispiel nicht mehr so meisterhaft die Stirn runzeln kannst, wie du es gern tust?«

»Sei nicht albern.«

»Ich bin da ganz bei Clara«, meinte Vicki. »Das war jetzt schon ... das wievielte Mal?«

Rachel hob nur kurz die Schultern. »Ich hatte allen Grund, etwas für mich zu tun. Martin hat ...« Sie brach schlagartig ab und senkte den Blick. »Ist jetzt nicht wichtig«, meinte sie dann. »Hier geht es um dich, Clara. Ich bin aus deiner Nachricht nicht ganz schlau geworden. Was ist mit Kristian? Worum geht es genau?«

»Um Samba, Caipirinha und heißblütige halb nackte Frauen«, antwortete Vicki an ihrer Stelle.

2. Kapitel

Mist!, dachte Clara. Vicki hatte den Finger auf eine Wunde gelegt, die sie bisher noch gar nicht gespürt hatte.

»Ich verstehe kein Wort«, sagte Rachel und nahm das Kühlpad in die andere Hand. »Ich dachte, wir reden von Kristian.«

Vicki stieß ein empörtes Schnauben aus. »Von Kristian, von Samba, von Caipirinha und von heißblütigen halb nackten Frauen.« Obwohl sie so schnodderig daherredete, entdeckte Clara Mitleid in ihren Augen. Sie wusste nicht, was von beidem schlimmer war.

»Hat sie schon was getrunken?«, wandte Rachel sich an Clara.

»Der Prosecco ist noch nicht kalt genug«, gab sie zurück und rieb sich dabei immer wieder über die Schläfen. Bis eben hatte sie nur damit fertig werden müssen, dass Kristian Lachner, der große blonde sportliche Mann, der ihr – ähm – vertrocknetes Herz im Sturm erobert hatte, für ein Jahr aus beruflichen Gründen weit, weit weg sein würde. Jetzt hatte sie plötzlich ganz andere Bilder im Kopf. Ziemlich üble Bilder.

Sie erklärte Rachel die Sache mit dem Großauftrag in Brasilien.

Die zeigte daraufhin Vicki einen Vogel. »Sonst hast du keine Vorurteile?«

»Oh doch, eine ganze Menge sogar, und meistens sind sie wahr.« Das Mitleid in ihren Augen wurde jetzt unerträglich. »Sorry, liebstes Clärchen. Ich will dir nicht wehtun, aber du musst den Gefahren ins Auge sehen. Dein Kristian entschwindet eben nicht nach Usbekistan oder Nordkorea. Wann eigentlich?«

»Wie bitte?«

»Wann geht der gute Mann fort?«

»In drei Tagen«, gab Clara kleinlaut Auskunft.

»Wow! Der hat dich aber frühzeitig informiert!«

»Vicki«, mahnte Rachel leise.

»Na, komm schon, Rachel«, sagte diese sanft. »Wir sind Claras beste Freundinnen, und wir lieben sie. Und manchmal muss man ein bisschen grausam sein, wenn man die Wahrheit sagen will.«

»Er ist bestimmt furchtbar beschäftigt vor der Abreise«, verteidigte Clara ihn.

Darauf sagte Vicki nichts mehr, sondern lief in die Küche.

Rachel und Clara hörten kurz darauf einen Korken knallen. In den Sektflöten, die Vicki mit zurückbrachte, schwammen Eiswürfel.

»Ist sonst noch zu warm«, erklärte sie. »Prost, Mädels. Auf uns!«

Es war noch gar nicht so lange her, da hatten sie auf die Liebe angestoßen.

»Ich hätte dir so gewünscht, dass du glücklich wirst«, sagte Rachel.

»Danke.« Clara wusste, es war ehrlich gemeint. So etwas wie Neid kannten die drei untereinander nicht. Vielleicht, weil jeweils um die zehn Jahre zwischen ihnen lagen, vielleicht, weil sie einfach zu eng miteinander verbunden waren.

Sie hatten sich alle drei auf einem Flohmarkt in Eppendorf kennengelernt. Clara bot dort ihre ersten, noch nicht ganz perfekten Schaukelpferde an. Sie setzte schon damals ihren ganzen Ehrgeiz darein, besonders schöne Unikate zu schaffen, die an die bunten Pferdchen auf Kinderkarussells erinnerten. Vicki und Rachel hatten je ein Exemplar erstanden und großzügig über leicht schielende Augen, zerlaufene Farben und wackelige Kufen hinweggesehen. Auch die Tatsache, dass sie keine Kinder hatten, war ihnen unwichtig gewesen. Vicki hatte behauptet, die Pferdchen seien auch wunderbare Dekorationsstücke, Rachel hatte von ihren Nichten und Neffen erzählt, die sich bestimmt riesig freuen würden.

Dann waren sie gemeinsam einen Kaffee trinken gegangen und hatten dabei überrascht festgestellt, dass sie alle drei etwas gemeinsam hatten: Sie liebten Spaziergänge an der Außenalster, und zwar ganz früh am Morgen, wenn sonst kaum jemand unterwegs war. So machten sie einen Treffpunkt aus, das Alsterufer Höhe Milchstraße, morgens um sechs Uhr. Nicht immer waren alle drei dabei. Mal wohnte Rachel bei ihrer Mutter in Glashütte, mal war Vicki nach einem späten Restaurantbesuch zu müde, mal musste Clara schon ganz früh morgens auf einer Baustelle sein. Aber wann immer sie konnten, gingen sie gemeinsam spazieren. Ihre Freundschaft hatte schon manche steife Brise und auch den einen oder anderen Sturm überstanden.

Und genau so, dachte Clara, wird es auch heute sein. Ich bin todunglücklich, aber Vicki und Rachel sind bei mir. Ich bin nicht allein.

Überhaupt waren Frauen die verlässlicheren Menschen im Leben, fand sie. Claras Großmutter hatte ihren Mann im Krieg verloren und ihre einzige Tochter allein großgezogen. Claras Mutter wiederum hatte Ende der Sechzigerjahre Männer durchaus geschätzt, aber einen Ehemann und Vater für unnötig gehalten.

Clara selbst – na ja, sie hatte nicht vorgehabt, mit zweiundzwanzig eine alleinerziehende Mutter zu werden. Aber es war nun mal so gekommen. Doch sie hatte nie, niemals aufgehört, an die große Liebe zu glauben.

Bis heute.

»Wann seht ihr euch?«, fragte Rachel.

»Wer wen?«

»Na, du deinen Architekten.« Sie legte das warm gewordene Kühlpad weg und hielt stattdessen ihre Sektflöte an die Wange.

Clara schaute ihr halb fasziniert, halb erschrocken dabei zu. »Das gibt einen dicken Bluterguss«, stellte sie fest.

»Ich weiß. Hat leider ein Äderchen getroffen.«

»Äderchen?«, mischte sich Vicki ein. »Das sieht mir schon mehr nach der Hauptschlagader aus.«

Rachels Augen funkelten wütend. »Die sitzt nicht im Gesicht.«

Vicki machte ein zerknirschtes Gesicht. »Sorry, liebste Rachel. Ich bin heute wirklich unausstehlich.«

»Das bist du.« Rachel bemühte sich um einen beleidigten Tonfall, aber sie musste schon wieder lächeln. »Übertreib es bloß nicht mit deiner Wahrheitsliebe.«

»Ich werde mich bessern, großes Pfadfinderehrenwort.«

»Du warst nie bei den Pfadfindern.«

Beide lachten, und auch Claras Mundwinkel zuckten. Es tat so gut, mit ihren Freundinnen zusammen zu sein!

Vicki wandte sich Clara zu. »Mich würde übrigens auch interessieren, wann du Kristian triffst.«

Ihr wurde heiß und kalt zugleich, und sie schwieg betroffen.

»Etwa gar nicht mehr?«, hakte Vicki nach. »Will er sich nicht von dir verabschieden?«

»Er schreibt, er sei furchtbar im Stress.« Ihre Stimme war auf einmal kaum mehr als ein Flüstern. »Und er hasst große Szenen.«

»Große Szenen? Spinnt der? Als ob du heulend vor ihm auf die Knie fallen und ihn anflehen würdest, dich nicht zu verlassen.«

So ganz abwegig fand Clara den Gedanken nicht, aber sie nickte pflichtschuldig.

»Was hast du ihm überhaupt auf seine große Ankündigung geantwortet?«, wollte Vicki dann wissen. »Hoffentlich, dass er sich dahin scheren soll, wo der Pfeffer wächst? Wobei, wächst der in Brasilien? Das müsste ich mal googeln.«

Clara hielt sich an ihrem Glas fest. »Gar nichts. Ich habe gar nichts geschrieben. Wusste nicht, was, und dann war sowieso mein Smartphone tot.«

»Vollkommen verständlich. Soll der ruhig schmoren und sich fragen, ob du ihn mit einem Voodoo-Zauber belegst. Verdient hätte er es.«

Clara musste kichern. Oh ja, sie hätte große Lust gehabt, sich an Kristian zu rächen, bloß war sie nicht der Typ dafür, und außerdem war sie im Augenblick auch viel zu traurig.

Rachel, die eine Weile geschwiegen hatte, warf ein: »Ein bisschen mehr Anstand hätte ich von dem Mann schon erwartet.«

Das Wort »Anstand« klang aus Rachels Mund seltsam, und so sagten Vicki und Clara nichts dazu.

Aber sie haben ja beide recht, überlegte Clara. Es ist nicht in Ordnung. Kristian hätte mich früher informieren und sich anständig von mir verabschieden müssen.

Sie dachte an ihr letztes Treffen zurück. Das war vor fünf Tagen, am Samstag, gewesen. Sie hatte sich Mühe gegeben mit einem schönen Spargelessen, und dann waren sie ziemlich schnell im Bett gelandet.

War etwas anders gewesen als sonst? Nein, dachte sie. Außer, dass er ihr nicht in die Augen gesehen hatte.

»Seltsam«, murmelte sie. »Wenn ich nicht so verliebt gewesen wäre, hätte ich vielleicht etwas bemerkt.« Ihr fiel selbst auf, dass sie über ihre Gefühle in der Vergangenheit sprach, doch in Wahrheit waren sie noch fest in der Gegenwart verankert.

»Liebe macht blind«, sagte Rachel.

»Und durstig«, entschied Vicki. »Besonders diese dumme Liebe, die nicht mehr das ist, was sie mal war, und sich nur noch entfernt so anfühlt.«

Woraufhin die drei Freundinnen nach der ersten Flasche die zweite öffneten.

»Wie hast du das gemeint?«, fragte Clara dann. »Kristian und ich sind erst seit einem Monat zusammen, aber das klang eben nach einer langjährigen Beziehung.«

»Bin ganz Claras Meinung«, bemerkte Rachel. »Von wem hast du geredet?«

Vicki starrte angestrengt in ihr Glas und schwieg eine Zeit lang beharrlich.

»Komm schon«, forderte Clara sie auf. »Erzähl uns, was los ist.«

»Aber wir sind hier, um *dich* aufzumuntern. Nicht, um über unsere eigenen Probleme zu reden.«

Clara lächelte schief. »Dann trösten wir uns eben gegenseitig. Ist doch genauso gut.«

»Finde ich auch«, sagte Rachel in einem seltsamen Tonfall, der Clara schon wieder schwer zu denken gab. Doch zunächst richtete sie ihre volle Aufmerksamkeit auf Vicki.

»Tom und ich haben uns getrennt«, sagte diese mit plötzlich leiser, trauriger Stimme.

Clara und Rachel machten große Augen.

»Wir wussten ja, dass es bei euch ein wenig kriselt«, sagte Clara, »aber wir dachten, das kriegt ihr wieder hin.«

»Ihr wart doch immer so glücklich miteinander«, fügte Rachel hinzu.

Victoria Michaelis und Tom Behring waren seit mehr als

fünf Jahren ein absolutes Traumpaar. Die Food-Bloggerin und der Fotograf hatten sich während eines gemeinsamen Projektes kennengelernt, und seitdem waren sie unzertrennlich gewesen.

Zwar hatten sie weder geheiratet noch eine Familie gegründet, aber Vicki hatte den Freundinnen stets versichert, dass auch sie selbst es genau so haben wollte. Sie sei eben nicht zur Mutter geboren.

Es war Clara seltsam vorgekommen, dass zwei junge Leute, die sich liebten, nicht den Bund fürs Leben schließen und Kinder bekommen wollten. Aber vielleicht, so hatte sie gedacht, war sie selbst da auch zu altmodisch veranlagt.

Auf einmal verstand Clara auch Vickis Bemerkung von eben. »Ihr liebt euch nicht mehr?«

»Oder hat er womöglich eine andere?«, wollte Rachel wissen. »Hat er sich etwa eine Geliebte zugelegt? Obwohl – kann ein Mann eine Geliebte haben, wenn er gar nicht verheiratet ist? Das sollte mal jemand klären. Also, die andere Frau, diese Geliebte oder nur Beinahe-Geliebte, tut mir schon ein bisschen leid. Entschuldige, aber ich finde, man muss alle Seiten beleuchten und …« Blitzartig verstummte sie, während Clara und Vicki sie nur sprachlos anschauten. Viermal das Wort »Geliebte« innerhalb einer halben Minute. Das war selbst für Rachel im engsten Freundinnenkreis eine Leistung!

Schweigen entstand, nur das Geräusch von sprudelndem Prosecco war zu hören.

Clara nippte an ihrem Glas. War es das dritte oder vierte?

Sie wusste es nicht mehr, wunderte sich nur, dass sie sich vollkommen nüchtern fühlte.

»Sag uns doch, was passiert ist«, bat sie Vicki noch einmal.

»Will ich gerne tun, aber nur, wenn Rachel mal für eine Minute still ist.«

Diese wirkte nicht beleidigt. Nur ausgesprochen nachdenklich.

Vicki richtete ihren Blick auf Clara. »Ich weiß, du bist am allerunglücklichsten, aber ich komme bestimmt gleich nach dir.«

»Wenn ihr wüsstet!«, brauste Rachel auf. »Wenn ihr nur wüsstet!«

»Rachel!«, riefen Vicki und Clara im Chor.

»Ich halte ja schon meine Klappe.«

»Also«, fuhr Vicki fort. »Ich habe schon seit einer Weile gemerkt, dass Tom sich verändert hat. Er war nicht mehr so liebevoll wie früher, nicht mehr so aufmerksam. Er war nicht wirklich bei mir.«

Clara bemerkte, dass Rachel den Mund öffnete und schnell wieder schloss. Wahrscheinlich hatte sie etwas von einem Luxusproblem sagen wollen, ließ es jedoch wohlweislich bleiben.

»Das tut mir sehr leid«, sagte Clara. »Und deswegen hasst du ihn? Deswegen sind alle Männer Schweine?«

Ihre Freundin ließ den Kopf hängen. »Klingt wahrscheinlich blöd. Vor allem für dich, weil dir gerade so übel mitgespielt wird. Aber ich bin in den letzten Wochen immer trauriger geworden. So kenne ich mich gar nicht.«

Clara verspürte einen Anflug von schlechtem Gewissen. Sie selbst war den ganzen Monat Mai über so glücklich gewesen, dass sie den Kummer der Freundin nicht gesehen hatte.

»Meinst du nicht, es könnte sich wieder einrenken?«, fragte sie.

Vicki schüttelte heftig den Kopf. »Niemals! Wir haben uns ausgesprochen. Tom liebt mich nicht mehr.« Sie schluchzte auf.

»Und du?«, fragte Clara sanft.

»Ich ... ich glaube, ich empfinde auch nur noch Freundschaft für ihn. Aber ich bin so schrecklich verzweifelt deswegen. So sollte es niemals enden. Nicht zwischen uns.«

»Das verstehe ich.«

»Wieso kann Liebe einfach verschwinden, wenn man mal kurz nicht aufpasst?«, fragte Vicki. »Wieso ist die irgendwann weg?«

Clara wählte ihre nächsten Worte mit Bedacht. »Das weiß ich auch nicht. Ich war noch nie mit jemandem so lange zusammen wie du. Aber ich bin mir ganz sicher, dass es nicht deine Schuld ist. Und auch nicht Toms. Keiner von euch kann etwas dafür. So etwas kann einfach mal passieren.«

»Ach, Clärchen. Du bist so lieb! Was machen wir denn nun?«

»Prosecco trinken?«, schlug Clara vor, weil ihr im Moment nichts Besseres einfiel und weil sie sowieso schon dabei waren.

»Jep.«

3. Kapitel

Vicki verschwand wieder kurz in der Küche und kam mit Flasche Nummer drei wieder. Sie schenkte ein, hob ihr Glas und trank.

Die anderen taten es ihr nach. Einen Toast mochte jetzt niemand aussprechen. Jede nippte sowieso nur an ihrem Glas, im Grunde hatten alle schon genug.

»Eure Sorgen hätte ich gern«, meldete sich Rachel endlich zu Wort.

Das Redeverbot hielt sie offenbar für aufgehoben. Sie zeigte mit dem Finger auf Vicki: »Du hast wirklich Pech gehabt, aber ...« Der Finger wanderte zu Clara und vollführte dabei eine leichte Wellenbewegung. Bei Rachel hatte der Alkohol offenbar besser angeschlagen. »Und du!« Sie verfiel in Schweigen.

»Und ich?«, hakte Clara nach.

Rachel rülpste verhalten, dann fand sie den Faden wieder. »Du glaubst an die Liebe auf den ersten Blick!«

»So bin ich, und ich könnte gar nicht anders sein. Was ist falsch daran?«

»Du bist ein wenig zu verträumt, Clara. So etwas gibt es

nicht! Liebe muss man sich erkämpfen, man muss Geduld haben und warten können. Neun ewige Jahre lang! Und dabei die vielen einsamen Stunden und Tage ertragen. Aber du hast gedacht, das große Glück fällt dir einfach so in den Schoß und bleibt dort gemütlich liegen.«

»Klingt schräg«, meinte Vicki und kicherte, gleichzeitig weinte sie um Tom.

Clara fand das in Ordnung. So fühlte man sich eben, wenn die eigene Welt von einem Moment zum anderen auf dem Kopf stand. Ihr ging es ja nicht viel anders, aber ein bisschen sauer war sie trotzdem.

»Das ist so nicht richtig«, korrigierte sie daher Rachel. »Ich bin nicht so naiv, wie du denkst. Aber ich habe wirklich geglaubt, Kristian ist meine große Liebe. Er ist einfach ein toller Mann, und alles war so wunderbar.« Sie weinte jetzt auch.

»Hört auf zu heulen!«, befahl Rachel. »Auf der Stelle! Sonst muss ich mitheulen.«

Clara tauschte einen langen und vielsagenden Blick mit Vicki.

»Stimmt was nicht mit Martin?«, erkundigte sie sich dann vorsichtig.

Rachel holte ein paarmal tief Luft, bevor sie antwortete. »Martin Wendlach, dieser verdammte Verbrecher, ist es nicht wert, dass ich auch nur ein einziges Wort über ihn verliere.«

Oha! Das klang gar nicht gut. Und ziemlich viele Worte waren es auch. Ohne sich absprechen zu müssen, standen Clara und Vicki gleichzeitig vom Sofa auf und hockten sich auf die Sessellehnen. Sie legten je einen Arm um Rachel und warteten ab.

Claras Blick fiel dabei auf ein Poster der Nordseeinsel Wangerooge. Sie hatte es damals von ihrer Mutter-Kind-Kur mitgebracht. Bald zwanzig Jahre war das her, aber noch heute erinnerte sie sich daran, wie wundervoll es ihr dort mit Lene ergangen war. Kein Alltagsstress, keine Sorgen, keine tiefen Augenringe, weil die kleine Lene in der frischen Seeluft plötzlich wunderbar durchschlief und ihre überforderte Mama nicht drei-, viermal pro Nacht weckte.

Der weite Himmel, die Ruhe, das Kreischen der Möwen, der Sandstrand und die Dünen, die Salzwiesen und das Wattenmeer – und dieses Gefühl, vor lauter Leichtigkeit zu schweben … Sie seufzte tief.

Seitdem war sie nie wieder dorthin gefahren. Es hatte sich einfach keine Gelegenheit ergeben. Doch nun verspürte sie plötzlich eine tiefe Sehnsucht nach dieser friedlichen Insel.

Rachels bebende Schultern holten sie ins Hier und Jetzt zurück. Schon glaubte sie, auch Rachel würde den Tränen freien Lauf lassen, aber da täuschte sie sich. Mit einem Schlag wurde ihr Rücken steif, und ihre Stimme klang tonlos, als sie sagte: »Martin hat mich schon zu Ostern verlassen.«

Ostern?, dachte Clara betroffen. Kurz danach hatte sie selbst Kristian kennengelernt, und offenbar hatte sie nicht nur bei Vicki, sondern auch bei Rachel so einiges verpasst. Gleichzeitig dachte sie: Was für ein Tag! War es möglich, dass sie alle drei zur selben Zeit so schrecklich enttäuscht wurden?

Genau zur selben Zeit vielleicht nicht, überlegte sie dann. Aber dies ist der perfekte Moment, um einander davon zu erzählen. Bei ihren morgendlichen Spaziergängen hatten Rachel und Vicki immer mal wieder Andeutungen gemacht. Es war also klar gewesen, dass bei beiden etwas nicht stimmte. Nur allzu konkret waren sie nicht geworden. Vielleicht hatten sie selbst noch Hoffnung gehabt, sie mögen sich täuschen, und alles renke sich wieder ein.

Sie schämte sich, weil sie so sehr in ihrem eigenen Liebesglück aufgegangen war, ohne nach rechts oder links zu schauen. Zum ersten Mal, seit sie Kristians Nachricht gelesen hatte, fragte sie sich, ob dieser Mann wirklich gut für sie war. Er hatte sie immer nur für sich allein haben wollen, und ihre Vorschläge, doch mal etwas mit seinen Freunden und ihren Freundinnen zu unternehmen, hatte er stets abgeblockt.

»Aber warum denn?«, erkundigte sie sich nun bei Rachel. »Du hast doch immer alles für diesen Mann getan, und du hast nie irgendwelche Forderungen gestellt. Ich habe dich sehr bewundert.«

»Und ich habe mir echt riesige Sorgen gemacht«, warf Vicki ein. »Aufgeopfert hast du dich für den Kerl! Warst für ihn da, wenn er es wollte, und bliebst allein, wenn er keine Zeit für dich hatte. All die Jahre in der Warteschleife. Schrecklich!«

»Martin hat eine Geliebte«, sagte Rachel so leise, dass

die beiden anderen Frauen sich anstrengen mussten, sie zu verstehen.

»Hä?«, machte Vicki. »Noch eine?«

Auch Clara war kurz verwirrt. »Aber *du* bist doch seine Geliebte.«

Sie selbst und Vicki hatten hautnah miterlebt, wie Rachel damals ihr Herz an den charismatischen Chirurgen vom Universitätskrankenhaus Eppendorf verloren hatte. In einer Cocktailbar hatte er sie angesprochen und schnell mit seinem Charme umgarnt.

Die Kleinigkeit, dass er ein verheirateter Familienvater war, hatte er seiner neuen Freundin lange verschwiegen. Als Rachel die Wahrheit schließlich herausgefunden hatte, war es zu spät gewesen. Sie liebte ihren Martin und war davon überzeugt, er werde seine Familie für sie verlassen. Schon bald sogar. Oder spätestens in ein, zwei Jahren. Wenn erst der Sohn sein Abitur bestanden hatte, wenn nur die Tochter ausgezogen war, wenn ...

Es hatte sehr viele *Wenns* gegeben. Und immer wieder neue Versprechen.

Rachel hatte geliebt und gehofft, hatte Trost bei ihren Freundinnen gesucht, hatte viele Feiertage mit Clara und der heranwachsenden Lene verbracht, denn solche Tage gehörten Martins Ehefrau und den Kindern. Nicht seiner Geliebten.

Vergangenes Weihnachten hatte Clara gedacht, Rachel würde sich endlich von Martin trennen. Sie schien bereit zu sein, ihr Leben wieder selbst in die Hand zu nehmen. Doch dann hatte sie es nicht getan. Aus Angst vor dem Alleinsein?

Aus wahrer Liebe?

Wer wusste das schon?

Vielleicht nicht einmal Rachel selbst.

»Martin hat sich eine *neue* Geliebte zugelegt«, sagte Rachel nun sehr langsam und sehr deutlich. So als müsse sie selbst noch die Tatsachen begreifen. »Er hat es mir selbst erzählt. Als sei es das Natürlichste von der Welt. Sie ist zehn Jahre jünger als ich.«

»Mannomann!«, platzte Vicki heraus. »Dann hättest du dir die ganze Spritzerei auch sparen können.«

»Vicki!«, mahnte Clara.

»Was denn? Ist doch wahr! Seit der Typ mal eine Bemerkung über Rachels entzückende Lachfältchen gemacht hat, lässt sie sich mit Botox malträtieren und mit Fillern ausstopfen. Das ist doch nicht normal.«

»Lass sie in Ruhe«, verlangte Clara. Vicki ging zu streng mit Rachel ins Gericht.

»Verstehst du nicht, Clärchen?«, fragte Vicki. »Du und Rachel, ihr seid meine allerbesten Freundinnen. Ich ertrage es nicht, wenn eine von euch sich selbst so schlecht behandelt. Und Rachel ist nicht besonders nett mit sich selbst umgegangen.«

Clara wollte etwas zu Rachels Verteidigung sagen, doch Vicki war noch nicht fertig. »Du musst sofort damit aufhören!«

Rachel schüttelte die Arme der beiden Freundinnen ab und sprang auf. Dann stemmte sie die Fäuste in die Hüften.

»Kommt ihr erst mal in mein Alter! Dann werden wir ja sehen, ob ihr nicht auch was machen lasst.«

Die anderen beiden schwiegen betreten. Sie erhoben sich ebenfalls, und nun standen alle drei einander gegenüber, als seien sie frisch verfeindet.

»Mal abgesehen von meiner Faltenbehandlung«, fuhr Rachel fort. »Clara, träumst du nicht von schmaleren Hüften? Ganz ehrlich: Wenn du das Geld hättest, würdest du ein bisschen was absaugen lassen, oder?«

»Äh ...«, machte Clara, die gern ein bisschen schlanker gewesen wäre. Aber sich dafür unters Messer legen? Die Gesundheit riskieren? Nein!

Oder?

Was würde sie tun, wenn Kristian ihr erklärte, er würde den Job in Brasilien abblasen, wenn sie nur fünf Kilo weniger wöge? Stünde sie dann über den Dingen, oder würde sie ab sofort nichts mehr essen und in die nächste Schönheitsklinik rennen?

An diesem Punkt ihrer Überlegungen wurde ihr klar, dass der Prosecco doch kräftiger zugeschlagen hatte als gedacht.

»Wir hätten vorher was essen sollen«, erklärte sie, erntete aber nur verständnislose Blicke.

Rachel war inzwischen bei Vicki. »Und du! Hast du nicht schon lange vor, dir eine neue Körbchengröße zuzulegen? Was soll es werden? D oder Doppel-D?«

»Erwischt«, gab Vicki locker zurück. »Wir sind eben Mädels unserer Zeit. Tut mir leid, Rachel. Ich wollte dich bestimmt nicht beleidigen. Aber ich mache mir Sorgen um dich. Irgendwo habe ich gelesen, dass das auch zur Sucht werden kann.«

»Ach was.« Rachel winkte ab, wirkte aber nachdenklich. Offenbar hatte Vicki ins Schwarze getroffen.

Rachel ließ sich zurück in den Sessel sinken, Clara und Vicki kehrten zu dem scheußlichen Sofa zurück.

»Es stimmt schon«, gab Rachel schließlich zu. »Seit Martin mich verlassen hat, war ich ziemlich oft beim Schönheits-Doc. Ich habe das Gefühl gebraucht, dass ich jung und hübsch bin.«

Unwillkürlich betastete sie ihre linke Wange. »Heute habe ich einen ganz neuen Filler bekommen, der den unteren Teil meines Gesichts schön aufpolstert. Damit ich nicht so abgehärmt aussehe. Rechts ist es prima geworden, links wird es eine Weile länger dauern, bis das Endergebnis zu sehen ist.«

»Rachel, unser Backenhörnchen«, kommentierte Vicki.

Kurz sah es so aus, als wollte Rachel wieder zornig werden, aber zu Claras Erleichterung lachte sie dann nur. »Mein Chef würde mich in dem Fall wahrscheinlich hochkant rauswerfen.«

Das glaubte Clara eigentlich nicht. Sie hatte Rachels Vorgesetzten einmal kennengelernt und hielt ihn für einen besonders freundlichen und warmherzigen Mann. Immobilienmakler Friedrich Stolze war etwas älter und einen halben Kopf kleiner als Rachel, und Clara hätte schwören können, dass er in seine Assistentin verliebt war. Sie hatte jedoch den Mund gehalten, weil sie der Meinung gewesen war, das ginge sie nichts an.

Auch jetzt schwieg sie wohlweislich.

Eine Weile hing jede der Frauen ihren Gedanken nach,

und alle drehten sich um die Männer, die sie so sehr enttäuscht hatten.

Clara schluckte ein paarmal hart, aber das Bedürfnis, wieder zu weinen, wurde übermächtig. Also ließ sie die Tränen laufen.

»Ich habe mal irgendwo gelesen«, sagte Rachel, »dass Liebeskummer mit das Schlimmste ist, was einem Menschen passieren kann.«

»Absolut«, stimmte Vicki ihr zu. »Ich glaube, ich brauche dringend eine Therapie. Oder wenigstens eine Selbsthilfegruppe.«

»So was gibt es nicht«, warf Clara ein. »Sonst wäre ich da schon gewesen.«

Kristian war ja nicht der erste Mann, mit dem es schiefgegangen war. Es hatte ein paar andere gegeben, und es war immer die gleiche Geschichte gewesen. Clara hatte fest an die Liebe geglaubt, aber dann war sie verlassen worden. Sogar Lenes Vater hatte sich damals lieber nach Australien abgesetzt, als sich um seine Familie zu kümmern.

»Ich ziehe das Unglück an«, erklärte sie. »Alle Männer sind böse, böse, böse.«

»Trink mal ein Glas Wasser«, schlug Rachel vor. »Oder iss was.«

»Ich werde mein ganzes Leben lang keine feste Nahrung mehr anrühren!«

»Dann wird das ein kurzes Leben.«

»Hä?«

Rachel lächelte sanft. »Entschuldige, aber glaubst du

nicht, du übertreibst ein wenig? Es gibt immer einen Weg hinaus.«

»Genau!«, rief Vicki aus. »Und wir gründen eine Selbsthilfegruppe!«

»*Was* tun wir?«, fragten Clara und Rachel im selben Atemzug.

Vicki strahlte. »Das ist eine geniale Idee, Mädels, wir eröffnen den ›Frauenklub gegen Liebeskummer‹, oder so ähnlich.«

»Klingt zu negativ«, meinte Rachel. »Lass uns lieber etwas suchen, das das Leben bejaht.« Sie schien diesen Vorschlag tatsächlich ernst zu nehmen.

Clara wischte sich über das Gesicht und sagte nichts. Sollten die beiden doch rumspinnen. Davon wurde es auch nicht besser.

Wieder entstand Stille, die nur von Claras leisem Schniefen unterbrochen wurde. Wenn es stimmte, dass Alkohol die Gefühle verstärkte, dann sollte sie wirklich die Finger von dem Zeug lassen.

»Ich hab's!«, rief Vicki plötzlich so laut, dass die anderen beiden erschrocken zusammenzuckten. »Der Frauenklub der befreiten Herzen.«

»Hm«, machte Rachel.

»Wie soll man ein Herz befreien, das am Boden platt getreten ist?«, erkundigte sich Clara, erhielt jedoch keine Antwort.

»Wasser!«, befahl Rachel nur.

Sie trank brav das große Glas aus, das Vicki ihr brachte.

Danach war sie nicht viel klarer im Kopf, aber sie konnte endlich aufhören zu weinen.

»Der Frauenklub der befreiten Herzen«, wiederholte Vicki. »Was haltet ihr davon?«

Jemand anderes antwortete: »So was Bekloppptes habe ich ja noch nie gehört!«

Alle Blicke flogen zur Wohnzimmertür. Dort stand Lene und wollte sich schier ausschütten vor Lachen. Ihr ganzer Körper wurde regelrecht durchgeschüttelt, und sie musste sich am Türrahmen festhalten.

»Ihr armen, armen verlassenen Frauen«, sagte sie, nachdem sie sich ein wenig beruhigt hatte. »Und immer sind nur die Männer schuld? Das ist echt witzig!«

Dieser Meinung waren Clara, Rachel und Vicki keineswegs, deshalb wurden ihre Blicke nun finster. Clara dachte bei sich, dass sie in der Erziehung irgendwas falsch gemacht hatte. Welche Tochter ging denn so respektlos mit der eigenen Mutter um?

»Was suchst du denn schon wieder hier?«, fragte sie daher unfreundlich, was sonst gar nicht ihre Art war.

Lene holte ein paarmal tief Luft. »Ich habe dir etwas erzählen wollen. Vorhin schon. Aber du warst abgelenkt. Jetzt weiß ich auch, wovon. Sorry, Mama, ich wollte dich bestimmt nicht auslachen. Was ist denn mit deinem Freund?«

Clara erzählte es ihr und bemühte sich, sachlich und erwachsen zu klingen.

»Na ja«, meinte Lene, als sie geendet hatte. »Ich habe ihn ja ein paarmal getroffen. Ehrlich gesagt, so toll fand ich den nicht.«

»Aha. Ich dachte, die Zeiten wären vorbei, in denen du meine Freunde nicht mochtest.«

»Das sind sie auch.« Lene kam endlich herein, blieb jedoch vorerst neben dem Bücherregal stehen. »Ich meine etwas anderes. Dieser Kristian, er war dir nicht wirklich zugewandt. Besser kann ich es nicht ausdrücken. Mein Justus, zum Beispiel, der schaut mir immerzu in die Augen. Er nimmt bei jeder Gelegenheit meine Hand, legt einen Arm um meine Schultern, ist ganz und gar bei mir. Verstehst du?«

Clara wollte ihre Tochter schon scharf zurechtweisen, aber dann ging ihr auf, dass Lene vollkommen recht hatte. Auch wenn sie allein gewesen waren, hatte Kristian sich nie so verhalten. Schöne Worte kannte er in rauen Mengen, aber seine Körpersprache war eine andere. Wenn sie nicht gerade Sex gehabt hatten, war er eher zurückhaltend gewesen.

»Mein Tom war früher so«, sagte Vicki und weinte nun selbst. »Er bekam nie genug von mir.«

»Bei euch ist es auch aus?«, fragte Lene. »Arme Vicki. Ihr wart so ein schönes Paar. Jetzt verstehe ich das mit eurem komischen Frauenklub.«

Clara beobachtete, wie ihre Tochter zu Rachel schaute. Früher war die ältere Frau eine Zweitmama für sie gewesen. Inzwischen schien Lene erfahrener und abgeklärter als sie alle zu sein. Von Rachels Dasein als geheime Geliebte hatte sie allerdings nicht die geringste Ahnung.

»Ist denn wenigstens bei dir alles in Ordnung?, wollte sie wissen.

Rachel erklärte leise, darüber wolle sie im Augenblick nicht reden, woraufhin Lene nur die Schultern hob.

Dann setzte sie sich zwischen Clara und Vicki aufs Sofa, betrachtete die leeren Flaschen und halb leeren Gläser, schwieg ein Weilchen vor sich hin und erklärte dann: »Mein Fall wäre das zwar nicht, aber wenn ihr euch besser fühlt, dann macht doch ruhig diesen Frauenklub der befreiten Herzen auf. Aber ihr habt dabei ein wichtiges Detail übersehen.«

»Und welches?«, fragte Vicki.

»Es gibt auch viele Männer, die unter Liebeskummer leiden. Mein Kumpel Samuel ist so einer. Seit seine Freundin ihn verlassen hat, ist er völlig fertig. Der hockt nur noch zu Hause rum und will niemanden sehen. Früher war er einer der lustigsten Typen, die ich kannte.«

Clara rückte ein Stück näher an Lene heran. »In eurem Alter ist das auch schlimm.«

Sie hatte es damals schließlich selbst erfahren, als Lenes Vater sie verlassen hatte.

»Samuel ist dreißig«, korrigierte Lene sie. »Wir kennen uns schon ewig, aber jetzt habe ich ihn seit Wochen nicht mehr gesehen. Und seinen Beruf kann er auch nicht mehr ausüben.«

»Was macht er denn?«, fragte Clara.

»Er schreibt Krimis, und sogar ziemlich erfolgreich. Aber jetzt will er nur noch junge Frauen morden, die so aussehen wie seine Ex. Das ist natürlich nicht besonders originell.« Lene rollte mit den Augen. »Deswegen ist es wohl aus mit seiner Karriere.«

»Armer Junge.« Claras Herz floss vor Mitleid beinahe

über. »Wir müssen ihn unbedingt aufnehmen, damit er wieder Freude am Leben findet.«

»Jetzt ist aber mal gut«, sagte Rachel streng. »Wir haben alle zu viel Prosecco intus. Das mit dem Klub war nicht ernst gemeint.«

»Und ob!«, begehrte Vicki auf. »Ich meine es sogar sehr ernst. Wir werden ein gutes Werk tun!«

Lene grinste schief. »Das wird spannend. Darf ich Samuel deine Nummer geben?«

»Klar doch«, antwortete Vicki großmütig. »Dem werden wir schon aus dem Tal der Tränen heraushelfen.«

»Und wie!«, warf Rachel ein. »Mit Saufgelagen und Heulwettbewerben.«

»Vorhin warst du noch dafür«, beschwerte sich Vicki.

»Quatsch.«

»Oh doch!«

Während die beiden stritten, wandte sich Lene wieder an Clara. »Sag mal, Mama, wo ist eigentlich meine alte Babywiege?«

»Unten in der Werkstatt. Ich habe ein paar Blumentöpfe reingestellt, das weißt du doch. Neulich hat mich schon wieder eine Kundin gebeten, ob ich sie ihr nicht verkaufen könnte. Aber ich habe selbstverständlich abgelehnt. Die Wiege habe ich damals für dich gebaut, und ich gebe sie nicht her.«

»Du könntest andere Wiegen tischlern«, schlug Rachel vor. »Zusätzlich zu deinen Schaukelpferden. Würde doch passen. Erst was für die Babys, dann was für die Kleinkinder.« Sie schien froh über den Themenwechsel zu sein.

Clara auch. Wenigstens weinte oder stritt jetzt niemand mehr.

»Darüber nachgedacht habe ich schon mal«, gestand sie. »Aber ich fürchte, ich würde mich bloß verzetteln. Die Pferdchen nehmen schon sehr viel Zeit in Anspruch, und ich baue ja noch Fensterrahmen, wenn ein Auftrag reinkommt. Ein bisschen Privatleben möchte ich auch gern haben.«

Privatleben – na ja. War im Moment nicht viel davon übrig. Schnell wieder auf Lene konzentrieren.

Ihre Tochter schaute sie ruhig an. »Und mir würdest du die Babywiege auch nicht überlassen?«

Clara winkte ab. »Ach was. Wozu denn, Schätzchen? Ihr seid so modern eingerichtet, Justus und du. Das olle Holzding würde in eurem schicken Haus nur stören.«

Lene sagte nichts.

»Aber wenn du so viel Wert darauf legst, kannst du sie natürlich haben«, gab Clara schließlich nach. Verwirrt griff sie nach ihrem Glas. Es war nur noch ein kleiner Schluck drin.

»Wir brauchen Nachschub«, entschied Vicki und zückte ihr Smartphone. Eine Minute später hatte sie bei einem exklusiven Lieferdienst zwei Flaschen Champagner und eine Flasche alkoholfreien Sekt bestellt.

»Wieso alkoholfrei?«, erkundigte sich Clara. »Ich bin gar nicht mehr so betrunken. Mir geht's gut, wirklich.«

»Der ist nicht für dich.«

»Sondern?«

»Für Lene.«

Schlagartig verstand sie.

4. Kapitel

Ohne den Alkohol im Blut wäre Clara auch schon früher draufgekommen.

»Du bist schwanger«, sagte sie zu Lene.

»Richtig. Du wirst Großmutter«, sagte Lene langsam.

»Hui! Und das mit vierundvierzig!« Sie wünschte, schlagartig nüchtern zu werden, um nicht so dummes Zeug zu reden. »Und du bist auch ganz schön jung«, erklärte sie ihrer Tochter.

Lene lächelte sie an. »Ich bin ein paar Monate älter als du damals, als du mich erwartet hast. Das habe ich nachgerechnet.« Aus dem Lächeln wurde ein Zwinkern. »Und ich bin verheiratet. Justus und ich, wir wünschen uns Kinder.«

»Aber ist es nicht ein wenig zu früh?« Sie dachte daran, wie schwer es für sie selbst damals gewesen war, ihre kleine Familie durchzubringen. Oft genug hatte sie befürchtet, sie würde es nicht schaffen. »Du steckst ja noch mitten im Studium.«

Lene wollte Grundschullehrerin werden, und sie hatte ihr Ziel bisher ehrgeizig verfolgt.

Doch jetzt hob sie nur locker die Schultern. »Das schaffe ich trotzdem. Justus wird mir helfen.«

Da endlich begriff Clara, dass ihre Tochter nicht aus Versehen schwanger geworden war. Lenes Schicksal hatte nichts mit ihrem eigenen zu tun. Sie war offenbar überglücklich und freute sich gemeinsam mit ihrem Mann auf das Kind.

»Ach, Schätzchen, das ist wunderbar«, sagte sie endlich und nahm Lene fest in die Arme. Und dann wusste sie auch, dass sie es im Grunde schon vor ein paar Stunden gespürt hatte. Lene fühlte sich anders an als sonst. Weicher.

Kurz darauf klingelte der Lieferant, und Vicki köpfte nach dem Prosecco nun auch den Champagner. Sie stießen an und ließen die werdende Mutter mit lauten Rufen hochleben.

Lene erzählte, sie sei in der dreizehnten Woche, und alles sei in bester Ordnung. Clara rechnete sich aus, dass sie dann erst mit fünfundvierzig Großmutter sein würde. Was sich nicht viel anders anfühlte.

Sie war hin- und hergerissen zwischen Freude und Angst. Zum einen wusste sie, dass ihre Tochter schon alles schaffen würde, zum anderen fragte sie sich, ob Lene nicht doch zu jung und unerfahren sei. Als Mutter machte man sich eben immer Sorgen. Dann jedoch schaute sie in Lenes strahlendes Gesicht und beschloss, dass alles gut werden würde.

»Ich helfe dir natürlich, wo ich kann«, versprach sie.

»Danke, Mama. Aber das wird gar nicht so oft nötig sein. Justus' Mutter ist ja nicht berufstätig. Sie hat mir schon versprochen, dass sie immer für uns und das Baby da sein wird.«

Clara entschied, dies war ein prima Anlass für ein weiteres Glas Champagner. Sie wusste, sie war kleinlich, aber sie verspürte jetzt schon einen brennenden Neid auf Lenes Schwiegermama. Was nicht unbedingt etwas Neues war. Eleonore von Kribitz war die perfekte Ehefrau, Mutter und demnächst bestimmt auch Oma.

Sie war alles, was Clara niemals sein würde. Vornehm, durchorganisiert, stets elegant und gepflegt. Bei den wenigen Gelegenheiten, bei denen Clara ihr begegnet war, hatte sie die Minuten gezählt, bis sie wieder verschwinden konnte.

Trotzdem zwang sie sich zu sagen: »Das ist toll.«

Und weil Prosecco und Champagner eine zunehmend schlechte Mischung in ihrem Kopf ergaben, fügte sie hinzu: »Ich glaube, ich brauche mal Ferien.«

»Das sage ich dir schon lange«, meinte Lene. »Du arbeitest viel zu viel. Und wo willst du hinfahren?«

Clara grübelte einen Moment lang.

»Nach Wangerooge«, sagte sie dann.

Rachel und Vicki wirkten halb verblüfft, halb belustigt.

Lene legte unbewusst eine Hand auf ihren noch flachen Bauch. Als ob von der ostfriesischen Insel irgendeine Gefahr für ihr Baby ausgehen könnte.

Clara drehte sich im Sitzen halb um und schaute wieder auf das alte Poster. Erneut verspürte sie Sehnsucht nach diesem wundervollen Ort.

»Warum?«, fragte Rachel ruhig. »Warum so plötzlich?«

»Sie hat Angst davor, Großmutter zu werden«, mutmaßte Vicki. »Und sie hofft, wenn sie sich ein bisschen Sturm um die Nase wehen lässt, geht das weg.«

»Wirklich?«, wollte Lene wissen. Ihr Blick war auf einmal traurig.

»Ganz bestimmt nicht«, erwiderte Clara fest.

Tief in ihrem Innern stimmte sie Vicki jedoch zu. Sie verspürte wirklich so etwas wie Furcht. Eigentlich schon Panik, wenn sie ganz ehrlich war. Es war ja auch ein bisschen viel für einen einzigen Abend. Kristian, der sie verließ, Lene, die ein Kind erwartete.

Es kam ihr so vor, als habe das Schicksal beschlossen, ihr Leben als junge, liebende und begehrenswerte Frau solle nun vorbei sein.

Was natürlich Unsinn war. Clara wusste es. Oder sie würde es zumindest am nächsten Morgen mit nüchternem Kopf wieder wissen. Nur jetzt fühlte es sich genau so an, und sie konnte sich nicht dagegen wehren.

Aber ihrer Tochter wollte sie auf keinen Fall Kummer bereiten. Deswegen verlor sie kein Wort darüber, sondern sagte nur: »Ich freue mich sehr für dich und Justus. Ehrlich. Das ist eine wunderschöne Neuigkeit.«

Lene schaute skeptisch, und Clara strich ihr liebevoll übers Haar. »Weißt du noch, was ich dir auf eurer Hochzeit gesagt habe?«

Lene hob die Brauen, dann erinnerte sie sich. »Dass du in die zweite Reihe trittst. In der ersten würden nun Justus und ich stehen.«

»Ganz genau, Schätzchen. Ich bin nicht mehr der wichtigste Mensch in deinem Leben. Das ist jetzt dein Mann.«

»Aber ...«

»Natürlich bleibe ich immer deine Mama. Trotzdem haben sich die Dinge geändert.«

Es war für Clara anfangs sehr schwer gewesen, sich zurückzunehmen, doch inzwischen kam sie gut damit klar.

»Was mich betrifft, ich muss einfach mal eine Weile weg.«

Sie verstummte. Hätte sie von der Hoffnung gesprochen, woanders doch noch die Liebe zu finden – ihre Freundinnen und auch ihre Tochter hätten sie nur ausgelacht, weil sie es einfach nicht sein lassen konnte zu träumen.

»Selbstverständlich werde ich immer für dich da sein«, schloss sie lahm.

»Weil du feststeckst, willst du auswandern?«, fragte Vicki. »Hast du eventuell zu viel ›Goodbye Deutschland‹ im Fernsehen gesehen?«

»Ich will nicht auswandern. Nur einen längeren Urlaub machen.«

»Wangerooge ist nicht Madagaskar«, warf Rachel ein. »Wenn Clara wirklich auswandern will, muss sie wenigstens nach Dänemark. Willst du nach Dänemark, Clara?«

»Äh, nein. Warum sollte ich? Und ich will nicht auswandern, wie oft soll ich das noch sagen?«

»Okay, okay.«

»Ihr habt alle zu viel getrunken«, stellte Lene fest. Niemand widersprach ihr.

»Wir waren da mal zur Kur«, sagte Clara zu ihrer Tochter. »Es war wunderschön. Weißt du nicht mehr?«

»Wie alt war ich da?«

»Zweieinhalb.«

Lene lachte. »Sorry, leider bin ich kein Genie. Ich kann mich nicht daran erinnern.«

»Aber die Fotos! Das Video!«

»Ja klar. Aber das sind nicht meine eigenen Erinnerungen, sondern nur Bilder.«

»Was für ein kluges Kind«, lobte Rachel.

Lene stand auf. »Ich muss dann los.«

»Ist gut, Schätzchen«, erwiderte Clara.

»Und die Babywiege bekomme ich?«

»Ich werde sie schön säubern und vielleicht neu anstreichen.«

»Super. Danke. Und du wanderst nicht aus, bevor sie fertig ist?«

Lene nahm sie eindeutig nicht ernst.

»Versprochen. Und ich will nicht auswandern.«

Ihre Tochter beugte sich zu ihr herunter und drückte ihr einen Kuss auf die Stirn. »Bis bald, Mama.«

»Und was machen wir jetzt mit dem alkoholfreien Sekt?«, fragte Vicki, nachdem Lene die Wohnung verlassen hatte. »Ich trinke so was aus Prinzip nicht, und die Flasche ist noch fast voll.«

»Erst mal zurück in den Kühlschrank«, befahl Rachel. »Vielleicht brauchen wir den noch, um Clara eine kalte Dusche zu verpassen. Der Champagner wäre zu schade dafür.«

»Ihr glaubt, ich will wirklich für immer weg?«

»Jep«, sagte Vicki.

»Korrekt«, ergänzte Rachel.

»Tja, ihr täuscht euch. Ich möchte nur mal eine Weile jeden Morgen mit dem Geräusch der Wellen aufwachen ...«

»Sofern nicht gerade Ebbe ist«, warf Rachel ein.

»Lass sie reden.« Das war Vicki.

Also fuhr Clara fort: »Dann die saubere Luft atmen. Keine Spur von Smog. Wangerooge ist nämlich eine autofreie Insel. Wunderschöne Sandstrände, herrliche Dünen, das Wattenmeer, die vielen Vogelarten ...«

»Klingt nach ziemlich viel Natur.« Rachel konnte es nicht lassen. »Ich bin ein Stadtmensch«, erklärte sie. »Ein unendlicher Horizont ist furchterregend.«

»Aber Wangerooge ist gar nicht so groß. Man kann sich nicht verlaufen.«

»Dann kriege ich eben Platzangst.«

»Rachel!«

»Schon gut. Ich habe bloß so einen Verdacht, dass du da doch für länger hinwillst.«

»Warum glaubst du das?«

»Deine Augen leuchten auf, wenn du von der Insel sprichst.«

»Da bin ich ganz Rachels Meinung«, erklärte Vicki.

Das gab Clara zu denken.

»Das wäre vielleicht was ... Noch einmal ganz neu anfangen. Alles hinter mir lassen.«

»Auch Lene und dein Enkelkind?«, fragte Rachel.

Clara schüttelte heftig den Kopf. »Ach was, Wangerooge ist ja nicht Madagaskar, wie du so richtig festgestellt hast.«

Vicki sah sie mit großen Augen an. »Also, mir gefällt die Idee auch ganz gut. Und dir, Rachel?«

»Mehr oder weniger«, meinte Rachel, die plötzlich in sich gekehrt wirkte.

Vicki schwieg jetzt. Sie hatte ihr Smartphone gezückt und vertiefte sich in irgendeine Suche im Internet.

»Es wäre wirklich nicht zu weit weg«, spann Clara den Faden weiter. »Ich könnte immer in ein paar Stunden in Hamburg sein.«

»Im Notfall auch schneller«, mischte sich Vicki ein. »Wangerooge hat einen Flugplatz.«

»Wow!« Das hatte Clara vergessen. Mit Lene war sie damals per Bahn und Fähre auf die Insel gelangt.

Sie schaute erst Vicki und dann Rachel an.

»Wollt ihr nicht mitkommen? Unseren Klub können wir auch auf der Insel gründen.«

»Du meinst, wir alle zusammen für einen Monat auf Wangerooge?«, hakte Rachel nach. »Wenn ich ehrlich bin, so schlecht finde ich die Idee gar nicht.«

»Oder für länger«, sagte Clara.

»Nicht ohne die letzte Flasche Schampus«, erklärte Vicki.

Zwei Gläser später fanden sie die Idee immer besser. »Was meinst du, Rachel, wir können unser Clärchen doch nicht allein auswandern lassen, oder?«

»Ich wandere nicht aus!«, stellte Clara zum x-ten Mal fest. »Die Insel gehört zu Deutschland.« Vergeblich.

Vicki, die immer wieder einen Blick auf ihr Smartphone

warf, kam jetzt richtig in Fahrt: »Unsere Träumerin allein unter Piraten, Schmugglern und kernigen Fischern? Wer soll da auf sie aufpassen?«

»Kernige Fischer?«, wiederholte Rachel, und ihre Augen leuchteten auf.

Irgendwie lief die Sache aus dem Ruder, dachte Clara. »Ich will da nicht hin, um einen anderen Mann zu finden«, sagte sie.

Vicki kicherte. »Wer redet von dir?«

Auch Rachel war inzwischen mächtig aufgekratzt. »So ein muskulöser Naturbursche könnte mir zur Abwechslung schon gefallen.«

»Und wer hat jetzt die Vorurteile?«, fragte Vicki.

Beide Frauen feixten.

Dann verkündete Vicki: »Also gut. Rachel und ich kommen mit. Eigentlich wollte ich ja nach Italien, aber egal. Buchen wir gleich eine Ferienwohnung? Für wie lange? Zwei Wochen? Könnt ihr beide im Juli weg? Ich habe schon mal ein paar Seiten gecheckt. Wir müssen uns ranhalten. Ist schon fast alles ausgebucht.«

Clara kaute auf ihrer Unterlippe herum und blickte dann von einer zur anderen. »Um ehrlich zu sein, könnte ich mir vorstellen, dort auch länger zu bleiben. Vielleicht sogar für immer.«

Die Freundinnen rissen die Augen auf und sahen dabei aus wie Schwestern, obwohl sie einander gar nicht ähnlich waren.

»Wow!«, stieß Vicki aus.

»Trotzdem«, sagte Rachel, die erstaunlich schnell ihre

Gelassenheit wiederfand. »Es wäre vielleicht klüger, zunächst einmal einen Urlaub dort zu verbringen und sich in Ruhe umzuschauen. Nur für den Fall, dass du nach einer Woche den Inselkoller bekommst.«

Das klang durchaus vernünftig, aber Clara wusste: Wenn sie auf die Stimme der Vernunft hörte, würde sie es niemals schaffen. Also schüttelte sie den Kopf. Dabei wurde ihr leicht schwindelig, aber sie ließ sich vor den Freundinnen nichts anmerken. Ihre Entscheidung war gefallen.

»Ich ziehe nach Wangerooge, und damit basta!«

»Sie ist verrückt«, sagte Rachel zu Vicki.

»Definitiv«, antwortete diese. »Oder sie tut das einzig Richtige.«

»Du meinst, in einer Lebenskrise sollte man noch mal von vorn anfangen?«

Vicki wickelte eine lange blonde Haarsträhne um den Finger. »So ungefähr.«

»Aber eine kleine Insel in der Nordsee? Gibt es da nicht schönere Ziele?«

»Ist doch egal. Hauptsache, unser Clärchen wird wieder glücklich.«

»Und wir auch«, stellte Rachel fest.

»Genau. Wir auch.«

Clara setzte ihr Glas mit einem Knall ab. »Hört auf, über mich zu reden, als sei ich gar nicht da!«

Rachel lächelte einseitig, weil die linke Wange mehr und mehr zuschwoll. Vicki schwieg. Sie war schon wieder in eine Suche vertieft.

5. Kapitel

Was anschließend geschah, daran hatten die Freundinnen am nächsten Morgen nur noch verschwommene Erinnerungen. Als Clara mit einem mächtigen Brummschädel aufwachte, wollte ihr nichts mehr einfallen.

Sie lag eingerollt auf dem grünen Sofa. Ihr Bett hatte sie großzügig Rachel überlassen, während Vicki in Lenes altem Kinderzimmer übernachtete. Keine der Freundinnen war mehr in der Lage gewesen heimzufahren.

Mühsam rappelte sich Clara auf, wartete, bis das Wohnzimmer sich nicht mehr vor ihren Augen drehte, und ging dann in die Küche, um Frühstück zu machen. Sogar frische Brötchen und Croissants holte sie vom Bäcker an der Straßenecke, bevor sie Vicki und Rachel weckte.

Es brauchte ziemlich viel Kaffee, bis alle drei wieder klarer im Kopf waren.

»Zum Glück habe ich nicht gleich Termine«, sagte Vicki und gähnte ausgiebig. »Muss erst am Abend zu einer Restauranteröffnung.«

»Und ich arbeite nur in meiner Werkstatt«, stellte Clara

erleichtert fest. Ein Job auf einer Baustelle wäre heute über ihre Kräfte gegangen.

Dann fiel ihr ein, dass ihr Auftragsbuch für Fensterrahmen derzeit ohnehin gähnend leer war. Immer mehr Bauherren gingen dazu über, industriell gefertigte Ware zu bestellen. Gute alte Handwerksarbeit, wie Clara sie anbot, war vielen Leuten zu teuer geworden. Ein Grund mehr, überlegte sie, woanders etwas Neues zu versuchen.

»Tja, ich muss mich wohl krankmelden«, meinte Rachel. »So kann ich nicht ins Büro.« Sie präsentierte die linke Wange, die jetzt eine dunkel gefärbte Schwellung von der Größe eines Pingpongballs aufwies.

»Oder du sagst, du hast mit einem Boxtraining angefangen«, schlug Vicki vor.

Clara wollte sie bitten, Rachel nicht zu ärgern, da gab Vickis Smartphone einen kurzen aufsteigenden Ton von sich. Die Freundin schaute darauf, verschluckte sich an ein paar Brötchenkrümeln, trank einen Schluck Kaffee, spuckte ihn durch die Küche, raufte sich die Haare und sagte: »Ohgottohgottohgott!«

In Claras Magen bildete sich ein Knoten. Auch Rachel wirkte erschrocken. Sie beschwerte sich nicht mal, weil ein paar Kaffeetröpfchen ihr Kostüm getroffen hatten.

»Was ist denn los?«, fragte Clara.

Vicki antwortete nicht, wischte nur hektisch mit dem Zeigefinger über den Bildschirm.

»Raus mit der Sprache!«, forderte Rachel mit ihrer strengsten Stimme.

Endlich legte Vicki ihr Smartphone auf den Tisch und schaute erst Clara und dann Rachel an.

Clara bemerkte, dass sie kreidebleich war. Eine Erinnerung drängte sich auf, sie hatte etwas mit einem Haus zu tun, einem ziemlich großen Haus auf Wangerooge.

Nein. Kein Haus, korrigierte sie sich im nächsten Augenblick. Was war es nur gewesen?

»Wisst ihr noch, was wir gestern Abend gemacht haben?«, fragte Vicki. »Nachdem Lene weg war?«

»Selbstverständlich«, erwiderte Rachel ruhig. »Wir haben den Champagner ausgetrunken und uns über Wangerooge unterhalten. Clara möchte da nämlich gern leben, und ich habe vorgeschlagen, dass wir alle drei dort einen Urlaub verbringen.« Sie fuhr sich langsam durch das kurze schwarze Haar. »Ungefähr so lief es ab. Danach sind wir schlafen gegangen.«

»Ich glaube, da war noch mehr«, sagte Clara. »Oder? Irgendwas auf einer Internetseite?«

»Wir haben den Zuschlag bekommen«, erklärte Vicki dumpf. »Ich habe eben die Benachrichtigung erhalten. Wir sind die neuen Eigentümer.«

Der Knoten in Claras Magen wurde steinhart. Sie sah zu Rachel. Die Freundin stellte ihre Tasse mit einem Klirren ab. »Eigentümer wovon? Haben wir eine Sanddüne ersteigert? Hör gefälligst auf, uns zu veräppeln, Victoria Michaelis.«

Nur wenn sie sehr durcheinander war, sprach Rachel ihre Freundinnen mit vollem Namen an.

»Keine Sanddüne«, gab Vicki langsam zurück. »Ein Schulhaus.«

Das einzige Geräusch, das nun in der Küche zu hören war, war das Tröpfeln der Kaffeemaschine.

Clara schluckte mehrmals hart. Auf einmal wusste sie wieder alles. Da war dieses Online-Auktionshaus für Immobilien gewesen. Rachel hatte darüber geschimpft. Das sei kein seriöses Geschäftsgebaren. Dort würden die Kunden nicht vernünftig betreut. Doch Clara und Vicki hatten sich interessiert die verschiedenen Objekte auf den ostfriesischen Inseln angeschaut.

Und dann war Claras Blick an den Bildern eines Gebäudes auf Wangerooge hängen geblieben.

Sie schloss die Augen. Jetzt sah sie es wieder ganz deutlich vor sich. Es war so groß wie ein prächtiges Bauernhaus, verfügte über zwei Stockwerke und ein Dachgeschoss. Vor dem Haus lag der ehemalige Schulhof, an der Rückseite befand sich zusätzlich ein ausgedehntes Grundstück. Die Außenwände waren weiß verputzt, das schräge Dach mit dunkelroten Ziegeln gedeckt. Der Beschreibung hatte sie entnommen, dass es Anfang des zwanzigsten Jahrhunderts gebaut und bis vor fünfzig Jahren als Grundschule genutzt worden war. Danach war es zu einem Schullandheim umfunktioniert worden, inzwischen stand es leer.

Auf dem Grundstück befand sich zudem noch ein großer massiver Schuppen. Clara war sich auf einmal sicher gewesen: Dort würde sie ihre Tischlerwerkstatt einrichten. Und das Haupthaus könnte in ein Kurheim für Menschen mit Herzweh verwandelt werden. Sie würden es »Liebeskummer-Hotel« nennen. Oder die »Schule der befreiten Herzen«.

»Tolle Idee!«, hatte Vicki ausgerufen und ein Gebot abgegeben, bevor Rachel sie daran hindern konnte.

Clara erinnerte sich wieder daran, dass ihr die Summe sehr hoch vorgekommen war.

Danach hatte Rachel sehr ausführlich mit ihnen beiden geschimpft. Aber Vicki hatte sie daran erinnert, dass sie eine halbe Stunde zuvor auch noch ganz begeistert von dem Plan gewesen war. Da seien schließlich die kernigen Fischer, die nur darauf warteten, sie in ihre Arme zu schließen. Oder über die Schulter zu werfen. Oder ... Dann war die Sache irgendwie in Vergessenheit geraten, weil sie wieder über Männer sprachen, über Lene, über Enkelkinder ...

»Sag, dass es nicht wahr ist«, verlangte Rachel jetzt von Vicki.

»Würde ich gern. Geht bloß leider nicht. Wir haben es getan.«

»ICH nicht.« Rachel machte eine abwehrende Handbewegung. »Ich habe damit nichts zu tun. Das wart ihr beide. Eine Schule auf Wangerooge! Das ist ja vollkommen irre!«

»Du hast sehr wohl damit zu tun«, sagte Vicki leise. »Ich weiß nämlich noch, dass du erst sauer warst. Aber dann hast du mir gezeigt, wie so etwas funktioniert, und du hast sogar versprochen, dein Fachwissen einzusetzen, damit alles auch korrekt über die Bühne geht.«

»Mist.«

Vicki schwieg. Clara stellte zu ihrer Überraschung fest, dass da kein Knoten mehr in ihrem Magen war. Sie atmete befreit auf.

»Ist es nicht«, sagte sie mit fester Stimme zu Rachel.

»Das ist unsere Chance. Wir fangen alle drei noch einmal von vorn an.«

In Rachels Augen lag fast so etwas wie Mitleid. »In einem vermutlich abbruchreifen Haus, das seit Jahren leer steht? Wo es mit großer Wahrscheinlichkeit weder funktionierende Sanitäranlagen noch eine moderne Heizung gibt? Im Sommer mag das ja ganz romantisch sein, aber hast du mal an den Winter gedacht? Wenn der Sturm durch alle Ritzen peitscht? Was glaubst du wohl, warum diese alte Bude so relativ preiswert zu erwerben war?«

Wahnsinnig günstig fand Clara den Kaufpreis ganz und gar nicht, und richtig nachgedacht hatte sie natürlich auch nicht. Entmutigt ließ sie den Kopf hängen. Der Traum war so schön gewesen!

»Jetzt schaue ich mir die Sache mal an«, fuhr Rachel fort, kramte ihr Tablet aus der Umhängetasche und ließ sich von Vicki den Link zu der Seite geben.

Eine Weile sagte sie nichts, las nur aufmerksam, stieß lediglich den einen oder anderen undefinierbaren Laut aus.

Vicki flüsterte Clara zu: »Ich bin dafür. Gemeinsam werden wir es schaffen.«

»Das habe ich gehört«, knurrte Rachel.

Dann schaute sie hoch. »Okay, ich hab's gefunden. Wir können von dem Kauf noch zurücktreten. Ist ein bisschen umständlich, aber ich kriege das hin. Gehört ja zu meinem Job.«

»Nein!«, riefen Clara und Vicki im Chor.

»Ich will das Haus«, setzte Clara hinzu. »Wir eröffnen dort ein Liebeskummer-Hotel.«

»Ja, genau«, sagte Vicki. Sie guckte zwar überrascht, weil sie offenbar nicht mehr wusste, dass sie dem schon am Abend zugestimmt hatte, aber sie schloss sich Clara sofort an. »Das wird supertoll. Wir lassen unser eigenes Liebesleid in Hamburg zurück und helfen auch noch anderen Leuten dabei. Den Kaufpreis bringen wir schon irgendwie auf, wenn wir alle unsere Ersparnisse zusammenlegen.«

»Interessant«, meinte Rachel langsam. »Da gibt es nur ein paar Haken.«

Clara wollte nichts hören, aber die ältere Freundin ließ sich so schnell nicht den Mund verbieten. Sie hob die Hand und streckte den Daumen aus.

»Erstens: Mit dem Kaufpreis allein ist es nicht getan. Da werden auch umfangreiche Renovierungsarbeiten fällig sein, und die gehen mächtig ins Geld. Wie ihr wisst, kenne ich mich in der Branche aus.«

Bevor eine der anderen etwas bemerken konnte, folgte der Zeigefinger. »Zweitens: Was immer du für Sorgen hast, du nimmst sie mit, wenn du umziehst. Auch deinen Liebeskummer.«

Nun kam der Mittelfinger. »Drittens: Hast du dir überlegt, Vicki, wie du deinen Blog weit weg von Spezialitätenhändlern und Spitzenrestaurants führen willst? Und wovon soll ich leben? Meine Firma ist hier in Hamburg. Clara ist vermutlich die Einzige, die als Tischlerin dort Arbeit finden könnte.«

»Du siehst immer nur alles schwarz«, behauptete Vicki, wirkte jedoch auf einmal sehr nachdenklich. Sie starrte auf

Rachels Hand, als hätte sie Angst vor dem Ringfinger und dem kleinen Finger.

Clara sah ihren ganzen schönen Plan schon zerplatzen.

»Bitte lasst mich nicht im Stich! Ohne euch schaffe ich es nicht!«

Rachel stieß einen langen ungeduldigen Seufzer aus. »Wenigstens eine von uns muss realistisch bleiben, wenn ihr zwei schon in irgendwelchen rosaroten Wolken über der Nordsee schwebt.«

Wie gelähmt betrachtete Clara das unangetastete Brötchen auf ihrem Teller.

»Andererseits ...« Rachel brach ab.

»Ja?«, fragte sie, schlagartig von neuer Hoffnung erfüllt. »Andererseits was?«

»Dass ihr mir jetzt nicht gleich durchdreht«, sagte Rachel streng und fixierte erst Clara und dann Vicki mit einem Blick, der wahrscheinlich jeden Immobilienhai in einen Goldfisch verwandeln konnte.

»Wir sind absolut vernünftig und tiefenentspannt«, versprach Vicki.

Clara blieb still. Innerlich bebte sie vor Aufregung. Sie wusste genau, es hing jetzt alles von Rachel ab. Allein würde sie es niemals schaffen, und nur mit Vicki an ihrer Seite auch nicht.

Sie alle drei mussten zusammenarbeiten.

»Was haben wir schon groß zu verlieren?«, fragte Rachel.

Eine ganze Menge, dachte Clara, hütete sich jedoch, noch einen Ton zu sagen.

6. Kapitel

Jonathan ließ seinen Blick prüfend über die Herde schweifen. Die zwei Dutzend Schafe rupften eifrig junges Gras, Unkraut und harte Heidestängel. Sie waren genügsam und fraßen, was der karge Boden ihnen zu bieten hatte. Deshalb wurden sie auch hier auf Wangerooge so gern eingesetzt. Bessere Landschaftspfleger als sie waren gar nicht denkbar. Ob auf den Deichen, wo sie mit ihren Klauen zusätzlich den Boden verfestigten und kleine Löcher zutraten, oder hier im schönen Sanddorntal westlich der Ortschaft – die Tiere waren eine Bereicherung für den Naturschutz und nicht etwa unpassende Fremdkörper, wie manche Kritiker meinten.

Jonathans Schulfreund Onno hatte ihn vorgewarnt. »Es wird immer Leute geben, die an meinen Lieblingen was auszusetzen haben. Mach dir nichts draus. Oft sind das Touristen, die es nicht besser wissen.«

»Hauptsache, es gibt keinen Ärger«, hatte Jonathan erwidert. Er war Anfang Mai auf die Insel gekommen, um allem Stress, allen Kümmernissen zu entfliehen. Seine Frau hatte sich von ihm getrennt, sein Leben war ein Scherbenhaufen, und er wusste nicht mehr ein noch aus.

Eine Woche hatte er nur bleiben wollen, um mal Luft zu holen.

Aber dann hatte ihm Onno seine verrückte Idee präsentiert.

»Du nimmst dir einen Sommer lang eine Auszeit, altes Haus. Das wird dir guttun.«

»Ausgeschlossen. Ich kann meine Patienten nicht im Stich lassen.«

Doktor Jonathan Hanser betrieb eine gut gehende Hausarztpraxis in Bremen. Er galt als äußerst zuverlässig und pflichtbewusst. Noch nie in seinem Leben hatte er irgendetwas Verrücktes getan. Geschweige denn alles aufgegeben.

»Um die Kranken kümmert sich schon deine Frau«, hatte Onno ihn erinnert. »Und sie findet auch eine Vertretung für dich.«

Das stimmte. Die Praxis führten Jonathan und Jutta gemeinsam. Allein die Vorstellung, ihr täglich dort zu begegnen, nachdem sie Knall auf Fall aus der gemeinsamen Wohnung ausgezogen war, um bei ihrem Liebhaber zu leben, hatte ihn entsetzt.

»Ein Krankenpfleger!«, hatte er in jenen Tagen zu Onno gesagt. »Stell dir das mal vor! Sie behauptet allen Ernstes, sie liebt einen Krankenpfleger, der zwölf Jahre jünger ist als sie!«

Onno hatte die Augen verdreht. »Wo die Liebe eben so hinfällt ... Jetzt rümpf mal nicht die Nase. Meines Wissens leisten diese Leute harte und gute Arbeit. Du bist bloß eifersüchtig.«

»Ja«, hatte Jonathan kleinlaut zugeben müssen. »Das bin ich wohl.«

Onno hatte ihm so fest auf die Schulter geschlagen, dass er um ein Haar in die Knie gegangen wäre. »Krankenpfleger oder Professor. Ist ja völlig wurscht, wen deine untreue Gattin liebt. Das war's mit deiner Ehe. Oder?«

»Absolut!«

»Bist du dir hundertprozentig sicher?«

»Wenn ich es dir doch sage! Jutta hat mich betrogen. Ich bin zutiefst enttäuscht von ihr, und ich könnte ihr nie wieder vertrauen.«

»Aber liebst du sie noch?«

Darauf hatte Jonathan keine Antwort gewusst. Noch ein paar Wochen zuvor hätte er die Frage eindeutig bejahen können. Jutta und er kannten sich seit ihrer gemeinsamen Studienzeit. Sie waren immer viel mehr als ein Liebespaar oder später Eheleute gewesen. Sie waren auch Kollegen und beste Freunde. Mochte ja sein, dass die große Leidenschaft mit den Jahren etwas abgekühlt war, doch ihm war nie in den Sinn gekommen, dass seiner Frau etwas fehlen könnte.

Inzwischen fragte er sich oft, ob es seine Schuld gewesen war. Ob er über den stressigen Alltag in der Praxis die Zweisamkeit vernachlässigt hatte.

Nun, diese Fragen brachten ihn nicht weiter. Jutta hatte sich entschieden. Und was er selbst fühlte, wusste er einfach nicht mehr.

Onno war es schließlich leid geworden, auf eine Erwiderung zu warten. »Wie auch immer. Du musst da weg. Und zwar für eine ganze Weile, nicht bloß für ein paar Tage.«

»Und Marie?«, hatte Jonathan erwidert. »Sie ist erst dreizehn. Ich kann sie nicht verlassen.«

Seine Tochter hasste zu der Zeit sowohl Mutter als auch Vater, obwohl er selbst doch gar nichts für die Situation konnte.

»Ich denke, die Deern ist stinkwütend zu deinen Eltern gezogen?«

»Ja, aber das ist keine Dauerlösung.«

Onno hatte auf seine phlegmatische Art bloß die Achseln gehoben. »Das renkt sich alles wieder ein. Braucht halt seine Zeit. Marie kann in den Sommerferien herkommen. Dann guckt ihr den Schafen beim Fressen zu und habt euch wieder lieb.«

So wie Onno es geschildert hatte, war Jonathan schließlich selbst davon überzeugt gewesen, dass eine Trennung auf Zeit von seinem gewohnten Leben das Beste war, was ihm passieren konnte.

»Aber ich verstehe nichts von Schafen«, hatte er noch eingewandt.

»Kleinigkeit. Ich bring dir in ein, zwei Tagen alles bei. Meine Lieblinge sind bereits geschoren, die Lämmer sind abgesetzt. Die Klauenpflege übernimmt der Tierarzt, ist ein Kumpel von mir.«

»Okay«, hatte Jonathan langsam erwidert. »Und im Notfall rufe ich dich an.«

»Das wird schwierig, altes Haus. Ich unternehme nämlich eine ausgedehnte Weltreise. Hab für eine Weile genug von der kleinen Insel.«

Daraufhin hätte Jonathan fast noch einen Rückzieher gemacht. Doch dann war ihm klar geworden, dass er genau diese Chance brauchte, um sich neu zu sortieren, und er hatte eingeschlagen.

»Bei allen Wehwehchen kannst du auch den Tierarzt fragen«, hatte Onno noch hinzugefügt. »Nicht bei deinen eigenen, versteht sich. Die behandelst du selbst, schätze ich mal. Und wenn dich der große Liebeskummer heimsucht, gehst du einfach zur Rieke. Die kriegt dich schon wieder hin.«

»Das Letzte, was ich will, ist eine neue Frau«, hatte Jonathan geknurrt.

Woraufhin Onno in schallendes Gelächter ausgebrochen war. »Keine Sorge, Mann. Unsere Rieke ist Ende siebzig, also locker fünfunddreißig Jahre älter als du. Mit einem schlappschwänzigen Jüngling aus der Stadt hat sie mit Sicherheit nichts am Hut. Aber sie ist hier am westlichen Ortsrand unsere einzige Nachbarin. Da drüben, hinter der verlassenen Schule. Die kleine Frühstückspension mit dem roten Dach gehört ihr.«

Jonathan war nicht weiter darauf eingegangen. Er interessierte sich weder für Nachbarinnen noch für die übrigen Insulaner. Das glaubte er zumindest zu dem Zeitpunkt.

Nachdem er in Bremen innerhalb von zwei Wochen alles für seinen Sommer auf Wangerooge geregelt und seiner Tochter Marie geschworen hatte, sie dürfe gleich zu Beginn der großen Ferien zu ihm kommen, war er mit nur zwei Koffern in Onnos einfaches Haus eingezogen. Drei kleine Räume unten, eine Schlafkammer unter dem schrägen Dach.

Vollkommen ausreichend, befand Jonathan. Wenn Marie eintraf, würde sie die Kammer bekommen. Er selbst machte sich von Anfang an ein Lager auf einer alten Ausziehcouch. So etwas wie Bequemlichkeit existierte hier nicht, doch er empfand es nicht als Mangel.

Wie fast alle Gebäude auf der Insel war auch Onnos Heim erst nach dem Krieg errichtet worden. Das hatte Jonathan von dem Freund erfahren. Ein Luftangriff in den letzten Apriltagen 1945 hatte das Dorf nahezu zerstört und viele Todesopfer gefordert.

Längst war Wangerooge wieder zu einem schmucken Ort geworden, nur Onnos Haus fiel mächtig aus dem Rahmen. Der Freund hatte Jonathan verraten, dass seine Eltern in bald sechzig Jahren kaum etwas repariert hatten. Dementsprechend war Jonathans vorübergehende Bleibe spartanisch eingerichtet und verfügte lediglich über einen alten Gasherd, einen klappernden Kühlschrank und einen Heißwasserboiler, der nur hin und wieder funktionierte. An den Wänden zeichneten feuchte Flecken eigenwillige Muster. Wenn es regnete, was in diesen Breitengraden durchaus öfters vorkam, erwies sich das Dach als äußerst undicht.

Einen Sturm hatte Jonathan in seinen Wochen auf Wangerooge noch nicht erlebt. Dafür war er ausgesprochen dankbar. Trotz aller Widrigkeiten genoss er aber sein einfaches Dasein.

Für die Schafe gab es keinen Stall, sondern nur einen umzäunten Unterstand, da sie die kalten Monate auf dem Festland verbrachten. Und auch Onno besaß in der Nähe von Wittmund eine wetterfeste Wohnung.

Jonathan war gern allein mit den friedlichen Tieren und

gewöhnte sich bald einen festen Rhythmus an. Schon bei Morgengrauen zog er mit der kleinen Herde westwärts ins Sanddorntal. Dieses Gebiet sollte jetzt im Sommer beweidet werden, im Herbst auch weitere Flächen, bis hin zur Saline. Jonathan war heilfroh, dass er die Herde nicht auf die Schutzdünen im Westen und Norden der Insel treiben musste. Oder gar auf die kilometerlangen Deiche im Süden, die tapfer die Wattseite Wangerooges vor Sturmfluten absicherten. Einen Hütehund gab es nicht, und er war sich nicht sicher, ob ihm ein solches Unternehmen gelingen würde. Er sah seine Schafe schon zwischen den Badegästen herumspringen oder im Watt versinken.

Am späten Vormittag legte er dann eine Pause ein. Während die Tiere an einer Tränke im Gehölz ihren Durst löschten, aß Jonathan seine mitgebrachten Brote und genoss den starken Ostfriesentee, den er sich in eine Thermoskanne gefüllt hatte.

Hier draußen, allein mit den weißköpfigen Schafen, war die Welt für ihn fast wieder in Ordnung. Es gelang ihm, seine Gedanken abzuschalten, nur für den Moment zu leben und einen, wenn auch brüchigen, Frieden zu finden.

Manchmal hob er den Blick zum Himmel, beobachtete Brandseeschwalben und Wildenten und schaute einer Formation von Graugänsen zu, die nach einer Rast in den nahrungsreichen Salzwiesen im Süden der Insel nun ihren Flug nach Norden fortsetzten. In einer Buchhandlung im Ort kaufte er sich sogar ein Vogellexikon und lernte, die verschiedenen Arten zu unterscheiden.

An anderen Tagen folgte er mit dem Blick einfach dem Wechselspiel der Wolken.

Unterbrochen wurde die Ruhe nur von den Touristen, die zum Glück aber oft erst später am Tag auftauchten. Nach Stunden am Strand und auf den Dünen, mit der unendlich weiten Nordsee vor Augen, mit Blick auf die großen Pötte, die am Horizont vorbeizogen, nach einer Stärkung im Hotel oder im berühmten ›Café Pudding‹, machten sich viele zu einem Spaziergang auf. Dann wählten sie vielleicht den gepflasterten Fußweg nach Westen und landeten zu ihrer großen Überraschung in einer völlig anderen Welt. Sie staunten nicht schlecht über das ländliche Bild, das sich ihnen bot. Auf einer ostfriesischen Insel erwarteten sie Robben und Zugvögel, Seesterne und Krebse.

Keine Schafe.

Oft unterhielten sie sich überrascht untereinander, und einige sprachen auch Jonathan direkt an. Aber der antwortete nie, wandte sich brüsk ab, ließ, inzwischen gekonnt, seine Pfeife trillern und trieb die Herde ein Stück weiter. Er sah, wie manche Leute über ihn den Kopf schüttelten. Sie waren es gewöhnt, auf Wangerooge mit großer Freundlichkeit behandelt zu werden. So ein zugeknöpfter Schäfer passte nicht in ihr Bild der durchweg liebenswürdigen Insulaner.

Ihm war es egal. Er wollte nicht plaudern, und er wollte keine Bekanntschaften machen.

Die einzigen Gespräche führte er mit seiner Tochter. Jeden Abend rief er Marie an. Anfangs war sie noch wortkarg gewesen. Sie hätte gut zu ihm und den Schafen ins stille Sanddorntal gepasst.

Aber schon nach kurzer Zeit siegte ihr fröhliches Temperament, und Jonathan hörte ihr geduldig zu. Sie berichtete von der Schule und von ihren Freunden, sprach viel von den Großeltern, mit denen sie schon immer eng verbunden gewesen war, erwähnte manchmal ihre Mutter, auf die sie immer noch sauer war, und zählte die Tage bis zu den Ferien.

Jonathan versprach ihr, sie würden eine schöne Zeit zusammen haben, und sie dürfe an allen Freizeitaktivitäten teilnehmen, die Wangerooge zu bieten habe. Marie überlegte schon angestrengt, ob sie erst reiten oder surfen, schwimmen oder Tennis spielen wollte.

Manchmal fragte sie, was nach dem Sommer werden sollte, aber Jonathan wusste keine Antwort. Er schwor ihr nur, er werde sie niemals länger als ein paar Wochen allein lassen. Das schien Marie zu beruhigen, und auch seine Mutter Gerda bestätigte ihm, das Mädchen sei recht zufrieden, vor allem mit der Aussicht auf sechs Wochen im Wattenmeer. Marie war ja auch kein Kind mehr. Im Winter wurde sie vierzehn. Sie verstand, dass Eltern sich trennten. Von ihren Freundinnen lebten nur zwei in einer klassischen Familie.

Derart beruhigt, konnte Jonathan sein Schweigen wieder aufnehmen, und er war nicht bereit, es für jemand anderes zu brechen.

Rieke Peters, jene Pensionswirtin, die Onno erwähnt hatte, schien das inzwischen verstanden zu haben. Die alte Frau war an dem einen oder anderen Abend zu ihm herübergekommen, mal mit einer selbst gekochten Krebssuppe, mal mit einem süßen Rhabarberpudding. Und dann hatte sie versucht, ihn auszuhorchen. Wo er herkäme, was er sonst so im Leben mache, ob er keine Familie habe. Vornehme Zurückhaltung war definitiv nicht ihre Sache.

Jonathan hatte jedes Mal nur knappe Dankesworte gemurmelt, das Geschenk entgegengenommen und früh am nächsten Morgen die Suppenschüssel und die Puddingform sauber abgespült in einem Beutel an seine Haustür gehängt.

Anschließend ließ er die Schafe hinaus und trieb sie über den alten Schulhof und am Ehrenfriedhof vorbei hin zu den Weidegründen. Die Frau würde sich ihr Eigentum schon selbst zurückholen.

Bis in den Juni hinein blieb er eisern bei dieser Haltung, obwohl er manches Mal versucht gewesen war, mit ihr zu reden. Rieke Peters war nämlich eine beeindruckende Erscheinung. Größer als er selbst, wobei er beileibe nicht klein war, von kräftiger Statur und mit strahlend blauen Augen. Die eisgrauen langen Haare trug sie offen oder zu einem Zopf geflochten – als sei sie dem Alter seiner Tochter näher als dem seiner Mutter.

Auch wenn er selbst keinen Ton von sich gab, erzählte sie ihm freimütig, sie stamme aus einer alteingesessenen Wangerooger Familie und sähe auch so aus.

»Das ist der friesische Typ«, erklärte sie ihm einmal. »Wir sind sehr groß, breitschultrig und haben besonders riesige Quanten.«

Er riskierte einen schnellen Blick nach unten und stellte fest, dass sie keineswegs übertrieb. Ihre Füße, die in abgenutzten Ledersandalen steckten, besaßen tatsächlich erstaunliche Maße. Größe vierundvierzig, schätzte er, wenn nicht fünfundvierzig. Darüber war er so erstaunt, dass er sein kleines privates Schweigegelübde fast gebrochen hätte. Aber er tat es dann doch nicht, und Rieke Peters zog grinsend wieder ab.

7. Kapitel

An diesem zweiten Montag im Juni ließ Rieke Peters sich nicht abwimmeln. Er sah sie schon auf der alten Holzbank vor Onnos Haus sitzen, als er seine Schafe noch über den Schulhof trieb.

»Das solltest du in Zukunft schön bleiben lassen!«, rief sie ihm zu.

Er tat, als hätte er sie nicht gehört, brachte die Herde in den Unterstand und ließ sich besonders viel Zeit mit dem abendlichen Tränken.

Als er damit fertig war, streute er frisches Stroh aus, obwohl er das erst gestern getan hatte. Dann wartete er noch eine Weile ab.

Es half alles nichts. Wenn er nicht bei den Tieren übernachten wollte, musste er wohl oder übel zum Haus zurückgehen. Und die große alte Frau saß immer noch dort!

»Das solltest du in Zukunft schön bleiben lassen«, wiederholte sie statt einer Begrüßung und drohte ihm scheinbar streng mit erhobenem Zeigefinger.

»Was bitte?«, knurrte er, obwohl er ahnte, wovon sie

sprach. Er fand es höchst merkwürdig, dass sie ihn einfach duzte.

»Oha! Er kann reden!«

»Seien Sie nicht albern«, erwiderte er ungehalten.

Sie lachte ein raues, abgehacktes Lachen, das mehr wie ein Möwenschrei klang.

»Na gut, mien Jung. Ich verrate dir jetzt mal eine große Neuigkeit. Die alte Schule da drüben bekommt neue Besitzer. Hab's heute früh beim Bäcker gehört. Ein Wunder, dass doch noch jemand den alten Kasten haben will. Der steht nämlich unter Denkmalschutz und darf baulich nicht groß verändert werden.«

»Aha«, murmelte Jonathan schwach. Es interessierte ihn kein bisschen, was aus dem alten Schulhaus wurde. Für ihn war nur wichtig, dass der Hof für ihn und seine Herde zugänglich war.

Trotzdem fuhr Rieke Peters fort: »Es hat schon mal den einen oder anderen Investor gegeben, der ein schickes Hotel daraus machen wollte. Aber die Pläne sind immer an den strengen Auflagen gescheitert. Außen muss es so erhalten werden, wie es ist, obwohl es noch nicht mal eine schöne Jugendstilfassade hat. Für so was hatte vor hundert Jahren bei uns keiner einen Sinn. Trotzdem. Schlicht und ohne Kinkerlitzchen, so soll der Kasten bleiben. Und innen darf nur ganz vorsichtig saniert werden. Wie dem auch sei, du darfst Onnos Schafe da ab sofort nicht mehr langtreiben.«

Jonathan verschränkte die Arme vor der Brust. Er dachte gar nicht daran, sich von seiner Nachbarin Befehle erteilen zu lassen. »Onno hat es mir so gezeigt. Sonst müsste ich die

Herde ganz um das Gebäude herumführen und dann knapp an der großen Aussichtsdüne vorbei. Ich bin mir nicht sicher, ob ich mir das zutraue.«

»Das schaffst du schon. Bist ein großer Junge. Oder hast du etwa Schiss, die lammfrommen Tierchen könnten dir durchgehen?«

Ganz genau, dachte er. Laut sagte er jedoch: »Selbstverständlich nicht.«

»Nun, wo ist dann das Problem?«

»Wie gesagt: Ich halte mich lediglich an Onnos Anweisungen.«

Es ärgerte ihn, dass er sich vor dieser Frau verteidigen musste, gleichzeitig genoss er das Geplänkel mehr, als er zugeben mochte. Zwar ging er nicht so weit, sich zu ihr zu setzen, aber immerhin lehnte er sich gegen eine vom Wind gebeugte Kiefer, die mittags einen eher lächerlichen Schatten bot und jetzt am Abend immerhin so tat, als wäre sie ein stolzer, starker Baum.

»Der Onno hat ja sowieso nicht mehr alle Tassen im Schrank«, erklärte Rieke Peters unumwunden. »Lässt hier alles im Stich und füttert jetzt Kängurus in Australien. Oder so was in der Art. Na, ist wohl seine Sache. Du hast jedenfalls mächtig Glück, dass Schafe so dumme Tiere sind. Die haben wahrscheinlich gar nicht mitbekommen, dass jetzt ein anderer Mann die stinkende Schäferkluft trägt.«

»Ich stinke nicht! Und die Sachen werden regelmäßig gewaschen.«

Jonathan sah an sich herunter. Onnos alte Cordhosen passten ihm wie angegossen, und die karierten Flanellhemden, die er abwechselnd trug, erfüllten ihren Zweck. Gut, der breitrandige Lederhut mochte ein bisschen speckig sein, und die lange Weste aus Schafswolle war nicht gerade neu zu nennen. Aber sie hielt ihn schön warm, wenn der beständig wehende Wind auffrischte.

»Nun sei man nicht gleich eingeschnappt wie 'ne Primaballerina. Ich sag ja bloß, dass die olle Kiste da drüben wieder einen Eigentümer gefunden hat. Angeblich irgend so eine Sekte aus Hamburg. Die braucht wahrscheinlich gar nichts umzubauen, sondern hält in den alten Klassenzimmern geheimnisvolle Sitzungen ab. Wenn ich du wäre, würde ich einen großen Bogen um das Grundstück machen. Nicht, dass eins der Schafe noch geschlachtet und einem Guru geopfert wird.«

Kurz war er verwirrt, dann begriff er. »Sie machen sich über mich lustig.«

»Was du nicht so alles merkst«, erwiderte Rieke und kreischte los, dass ihm ein Schauer über den Rücken fuhr. Dazu schlug sie sich mit den Händen kräftig auf die Oberschenkel.

Endlich beruhigte sie sich, und von einer Minute zur anderen wirkte sie nachdenklich.

»Bin da selbst eingeschult worden«, sagte sie und deutete auf das weiß getünchte Gebäude.

»Nach dem Krieg?«, fragte Jonathan. Vielleicht war es seine jahrelange Erfahrung als Arzt mit älteren Patienten, vielleicht auch nur ein Instinkt. Etwas jedenfalls sagte ihm, dass diese so resolut wirkende Frau kein leichtes Leben gehabt hatte.

Sofern man überhaupt von einem leichten Leben auf einer Nordseeinsel sprechen konnte. Wasserleute, das hatte er mal irgendwo gelesen, mussten roher und wilder sein als die Menschen vom Festland, sonst hatten sie keine Chance.

»Natürlich nach dem Krieg, du Holzkopp! Ich bin ja keine neunzig!«

»Entschuldigung.«

Rieke Peters verzieh ihm umgehend. Ihr ganzes Gesicht lächelte plötzlich, nicht nur ihr Mund.

Jonathan bekam den Eindruck, dass sie einmal eine sehr schöne junge Frau gewesen sein musste.

Nun ja, eine sehr schöne und sehr große junge Frau.

Auch er lächelte jetzt.

»Kiek an«, sagte sie amüsiert. »Ich wette, du kannst sogar nett sein, wenn du willst.«

Jonathan schwieg dazu, wartete einen Moment ab und hakte dann nach: »Wie war es damals? Das Leben auf Wangerooge?«

»Aha. Von sich selbst nichts preisgeben, aber andere Leute ausfragen. Das haben wir gerne.«

»Ich wollte Ihnen gewiss nicht zu nahe treten, Frau Peters. Mich interessiert nur die Geschichte dieser Insel, und bisher bin ich nicht dazu gekommen, etwas darüber zu lesen.«

Das stimmte allerdings nicht ganz. Zwar faszinierte es ihn durchaus, die verschiedenen Vogelarten zu bestimmen, aber Wangerooge war für ihn nur ein Zufluchtsort auf Zeit. So wahnsinnig groß war seine Wissbegier nicht.

»So?« Sie grummelte etwas Unverständliches und erhob

sich dann mit einem leisen Ächzen von der Holzbank. Nun war sie wieder größer als er, und ihm kam der Gedanke, dass er sich mit dieser Frau besser nicht anlegen sollte. Selbst wenn sie, wie Onno gesagt hatte, schon auf die achtzig zuging, schien sie noch immer Bärenkräfte zu besitzen.

»Also«, begann sie. »Die Geschichte der Insel. Vielleicht erzähle ich sie dir nach und nach. Wenn du schön brav bist und mich in Zukunft immer freundlich grüßt.«

»Frau Peters …«

Die alte Frau gebot ihm mit erhobener Hand Einhalt. »Und wenn du mich Rieke nennst. Wir sind hier nicht so förmlich.«

»Sie möchten, dass ich Sie auch duze?«, fragte er verwirrt.

»Erraten, mien Jung. Rieke und Jonathan. So heißt du doch, richtig? Hat der Onno erzählt.«

Er nickte schwach.

»Gut. Wir zwei werden dicke Freunde, da verlass dich darauf.«

Im Leben nicht, dachte er, schwieg aber lieber.

»Siehst auch ganz passabel aus«, fügte sie hinzu und musterte ihn ausgiebig von oben bis unten. »Bloß zu dünn, aber dich werde ich schon aufpäppeln. Und dann besorge ich dir eine hübsche Frau. Ich kenne da ein paar, die schon ganz wild drauf sind, dich kennenzulernen. Schwarze Haare mit der richtigen Menge Grau drin und braune Dackelaugen haben bei uns nicht so viele Kerle. Bist was Exotisches.«

Herr im Himmel!, dachte Jonathan und bedauerte es bereits zutiefst, überhaupt ein Wort mit Rieke Peters gewechselt zu haben.

Die alte Frau streckte sich, bevor sie fortfuhr. »So, und die erste Lektion über unsere Geschichte kriegst du sofort. Ich habe nämlich nicht mehr viel Zeit. Sagen wir, zehn Minuten.« Ihr Blick wanderte wieder zu dem alten Schulhaus. »Der Luftangriff auf Wangerooge im Frühjahr 1945.«

Jonathan erinnerte sich, dass Onno schon davon gesprochen hatte, unterbrach die alte Frau jedoch nicht.

»Es war ein Wunder, dass der Kasten damals keine Bombe abgekriegt hat. Ganz im Gegensatz zu meinem Elternhaus.«

Ein nicht definierbares Unwohlsein überfiel ihn. Er fürchtete sich vor dem, was kommen würde. Als Arzt war er daran gewöhnt, Patienten auch schlimme Nachrichten zu überbringen und Worte des Trostes zu finden. Doch hier war er nur ein Schäfer auf der Suche nach seinem Seelenfrieden.

Rieke Peters jedoch überraschte ihn. Sie präsentierte ihm nicht mit tränenerstickter Stimme ihr schlimmes Schicksal, sondern sagte schlicht: »Hab Glück gehabt. War damals bei meiner Tante Enie in Wittmund zu Besuch. Aber meine Mutter und Benke haben es nicht in einen Bunker geschafft.«

»Benke?«

»Meine ältere Schwester.«

»Verstehe«, erwiderte Jonathan sanft. Sie hatte Mutter und Schwester verloren. Diese rein sachliche Erzählung rührte ihn mehr, als er zugeben mochte.

Rieke hob die Schultern. Eine schicksalsergebene Geste.

»Sechstausend Bomben sind damals innerhalb von einer Viertelstunde auf Wangerooge gefallen. Das Dorf war danach ein Trümmerhaufen, die ganze Insel eine Kraterlandschaft.«

»Davon ist heute aber nichts mehr zu sehen«, sagte Jonathan staunend. Er versuchte, sich ein solches Inferno vorzustellen, doch es gelang ihm nicht.

»Bis vor vierzig, fünfzig Jahren konnte man noch Bunkerreste und Bombentrichter in den Dünen erkennen«, klärte ihn die alte Frau auf. »Aber wir Wangerooger haben hart gearbeitet, um unser Dorf wiederaufzubauen und die Spuren des Krieges zu beseitigen.«

»Das ist gelungen.« Sein Respekt vor den Insulanern im Allgemeinen und dieser unverwüstlichen Frau im Besonderen stieg.

Rieke neigte leicht den Kopf, als wollte sie eine nur allzu verdiente Huldigung entgegennehmen.

»War nicht einfach, aber unsere Leute sind das gewohnt. Inzwischen muss man schon sehr genau hinsehen, um in einem Feuchtbiotop die Form eines ehemaligen Bombentrichters zu erkennen.«

»Und Sie?«, wollte er wissen. »Wie ist es mit Ihnen damals weitergegangen? Sie waren ja noch ein kleines Kind. Fünf oder sechs, richtig?«

Rieke Peters funkelte ihn an. »Hast du nicht was vergessen, mien Jung?«

Er kratzte sich am Kopf, dann sagte er entschuldigend: »Ich bin es wohl nicht gewöhnt, so schnell zum Du überzugehen.«

»Na gut. Das wird schon noch. Also ich, tja, ich hatte Glück. Vater war ja schon im Osten den verfluchten Heldentod gestorben, aber es gab noch meine Tante Enie. Mutters jüngere Schwester. Die hat mich gleich dabehalten. Und als sie später geheiratet hat, bin ich bei ihr und ihrem Mann geblieben. Am schönsten war es, als wir zurück nach Wangerooge gezogen sind. Tante Enie und Onkel Piet haben auf dem Grundstück meiner Eltern die erste kleine Ferienpension gebaut. Und ich durfte hier zur Schule gehen.«

Was diese Frau so als Glück bezeichnete! Seine eigenen Sorgen waren Jonathan auf einmal höchst peinlich. Nur gut, dass er sich bisher ausgeschwiegen hatte.

»Nun habe ich aber wirklich genug gesabbelt«, stellte Rieke fest. »Diese alten Geschichten interessieren heute keinen mehr.«

»Doch«, gab Jonathan zurück. »Mich schon.« Diesmal stimmte es wirklich.

»Bist ein feiner Kerl, obwohl du etwas wirr im Kopp bist. Das habe ich von Anfang an gewusst.«

Wirr im Kopf? Er hatte sich bisher nicht gefragt, wie er auf andere Leute wirken mochte. Er dachte auch jetzt lieber nicht darüber nach.

»Und ist die Pension da drüben dieselbe, die Ihre Tante und Ihr Onkel gebaut haben?«

Rieke schüttelte nachdrücklich den Kopf. »Nein, Ende der Vierzigerjahre gab es kein vernünftiges Baumaterial. Das Gebäude drohte ständig einzustürzen. Die große Sturmflut von 1962 hat ihm dann den Rest gegeben. Zwar wurden wir hier im Westen nicht überflutet, aber der Orkan hat erst die

Dachziegel weggerissen, dann das ganze Dach abgetragen und schließlich die dünnen Mauern zum Einsturz gebracht. Da blieb nicht mehr viel übrig. Zuerst haben wir danach wieder einen Behelfsbau errichtet. Das Geschäft musste ja irgendwie weiterlaufen. In den Siebzigern habe ich mit meinem zweiten Mann alles abgerissen und noch einmal von vorn angefangen. Und seitdem immer mal wieder modernisiert. Man muss zusehen, dass man mit der Zeit Schritt hält.«

Sie deutete hinter sich auf Onnos Haus. »Diese Bude wird dir früher oder später über dem Kopf zusammenbrechen. Komm besser zu mir, wenn's mal 'n büschen windig wird.«

Mit *ein bisschen windig* meinte ein Insulaner ein veritables Sturmtief. So viel hatte Jonathan inzwischen gelernt.

»Es wird schon gehen«, gab er tapfer zurück. »In den Sommermonaten herrscht schönes Wetter vor, oder?«

»Na ja. Kann man nie wissen. Wir haben auf jeden Fall öfter mal feuchte Luft.«

Okay. *Feuchte Luft* war vermutlich Sturzregen. Er fand die Verniedlichung ebenso belustigend wie beängstigend.

»Bei dem undichten Dach könnte es unangenehm für dich werden.«

»Zur Not flüchte ich mich zu den Schafen.«

Rieke feixte. »Und was machen wir nun mit der Sekte?«, wollte sie dann wissen.

»Abwarten und Ostfriesentee trinken?«, schlug er vor.

»Witzbold. Das ist eine ernste Angelegenheit.«

»Woher wissen S... woher weißt du das so genau? Vielleicht sind die Leute ganz harmlos.«

»Drei alleinstehende Frauen aus Hamburg? Im Leben nicht! Bestimmt sind sie nur die Vorhut. Wer weiß, was dann folgt.«

Jonathan musste auch grinsen, obwohl ihm alles andere als wohl bei dem Gedanken an eine ausnahmslos weibliche Nachbarschaft war.

»Nun«, sagte Rieke, »wir werden es früh genug erfahren. Ich muss zurück. Lass mein Haus nicht so gern allein.«

Es klang, als würde sie von einem Ehemann sprechen, oder von einem Enkelkind. Merkwürdige alte Frau, dachte er.

Sie reichte ihm die Hand. »Freut mich, dass wir jetzt Freunde sind. Bist ganz in Ordnung für einen verweichlichten Städter.«

Jonathan streckte automatisch seinen Arm aus und bedauerte es in der nächsten Sekunde zutiefst. Ihm war, als bräche sie ihm jeden einzelnen Handknochen.

Als sie sein schmerzverzerrtes Gesicht sah, lachte sie schon wieder ihr Möwenlachen. »Tut mir leid. Ich habe wohl vergessen, dich vorzuwarnen. Mein Händedruck ist ziemlich fest.«

Ziemlich fest ist die Untertreibung des Jahres, überlegte er, während er dieser faszinierenden Frau hinterhersah.

Und sie hatte bestimmt nicht vergessen, ihn zu warnen!

Er lachte leise. Nur die Sache mit dem verweichlichten Städter nahm er ihr übel.

8. Kapitel

Der Juni ging auf Wangerooge mit ungewöhnlich warmen Temperaturen zu Ende. Nur der stetige Wind und die immer kalte Nordsee sorgten dafür, dass kein Urlauber auf die Idee kam, er habe sich ans Mittelmeer verirrt. Aber was machte schon ein bisschen Wind, wenn dabei das Meer kobaltblau glitzerte, der Sand an den endlos weiten Stränden wie Puderzucker glänzte und über allem die Möwen kreischten. Die Menschen genossen ein salziges Bad im Meer, aalten sich faul in der Sonne, blickten verträumt in den endlos weiten Himmel. Das Paradies war kein ferner Ort, das Paradies fand sich hier auf Wangerooge.

An diesem letzten Mittwoch des Monats waren die drei Freundinnen aus Hamburg auf dem Weg in ihr großes Abenteuer.

»Da drüben«, sagte Clara aufgeregt und legte ihren Zeigefinger an das Zugfenster. »Das ist das Wahrzeichen Wangerooges. Der Westturm. Ist er nicht wunderschön?«

Vicki und Rachel taten ihr den Gefallen und schauten nach draußen. Der wuchtige quadratische Ziegelbau mit seinem steilen Zeltdach war tatsächlich ein Blickfänger inmitten der Insellandschaft. Im späten Nachmittagslicht wirkte er geradezu majestätisch.

»Sehr hübsch«, meinte Vicki.

Clara hörte gar nicht hin. Sie erinnerte sich daran, wie sie das gut sechsundfünfzig Meter hohe Bauwerk zum ersten Mal gesehen hatte, als sie zu ihrer Mutter-Kind-Kur angereist war. Damals war die kleine Lene endlich auf ihrem Schoß eingeschlafen, nachdem sie von der Fähre in die Inselbahn umgestiegen waren. Während der unruhigen Fahrt durchs Wattenmeer hatte das Kind gequengelt, aber im Zug war es schlagartig ruhig geworden.

Clara hatte das als gutes Zeichen gewertet. Sie würde sich wunderbar erholen, und der trutzige Turm dort im Westen würde über sie wachen.

»Sieht ziemlich alt aus«, fügte Vicki hinzu.

»Das täuscht.« Clara kramte in ihrem Gedächtnis und wunderte sich, wie gut sie sich an alles erinnerte, was sie damals über Wangerooge gelernt hatte. »Ein erster Turm stammte vermutlich aus dem vierzehnten Jahrhundert und war ein Kirchturm. Der zweite wurde Anfang des siebzehnten Jahrhunderts errichtet. Er stand mitten im alten Inseldorf.«

Sie sah, dass Rachel ihr interessiert zuhörte, und auch Vicki, die sich sonst nicht viel aus Geschichte machte, hing an ihren Lippen.

Die Inselbahn fuhr im Schritttempo durch die Salzwiesen, so hatten sie Zeit genug für einen Ausflug in die Vergangenheit.

»Aber das alte Dorf gibt es doch gar nicht mehr, oder?«,

fragte Rachel. »Ich habe mich ein bisschen über die Geschichte schlaugemacht, damit ich nicht nur Handwerker und Kostenvoranschläge im Kopf habe.« Die ältere Freundin hatte die Leitung der Umbauarbeiten an der ehemaligen Schule übernommen.

»Stimmt«, sagte Clara. »Es gab eine schreckliche Sturmflut, am Neujahrstag 1855. Der Ort musste aufgegeben werden und wurde schließlich in der Mitte der Insel neu aufgebaut. Aber der alte Turm stand noch bis 1914 dort am Weststrand.«

»Und dann?«, fragte Rachel.

»Die Marine des Kaiserreiches ließ ihn sprengen, damit feindliche Schiffe sich im Ersten Weltkrieg nicht an ihm orientieren konnten. Aber 1932 wurde schließlich südlich von der Stelle ein neuer Turm nach historischem Vorbild gebaut. Seitdem wird er als Jugendherberge genutzt.«

»Sehr spannend«, befand Rachel. »Bisher bin ich noch nicht dazu gekommen, aber ich werde mir bald das eine oder andere Buch über Wangerooge besorgen.«

»Das ist ja alles sehr schön«, meinte Vicki. »Aber haben wir nichts Wichtigeres zu besprechen? Unsere Zukunft zum Beispiel?«

Clara bemerkte, dass die Freundin tiefe Ringe unter den Augen hatte.

»Sorry, ich hatte den Eindruck, du findest es interessant, etwas über deine neue Heimat zu erfahren.«

»Neue Heimat? Mal immer mit der Ruhe. Bisher habe ich nur zugestimmt, vier Wochen auf dieser Insel zu bleiben. Und wehe euch, ich darf mich nicht ein bisschen ausruhen.«

»Wir sind nicht hier, um Ferien zu machen«, warf Rachel mit gerunzelter Stirn ein.

Vicki grinste. »Du schon, wenn ich das richtig mitbekommen habe. Hast du nicht deinen Jahresurlaub eingereicht und auch prompt bewilligt gekriegt? Und zwar, nachdem du schon zweimal in diesem Monat ein verlängertes Wochenende hattest?« Sie blickte erst Rachel, dann Clara entschuldigend an. »Ich will ja gar nicht meckern, tut mir leid. Aber ich habe mich Tag und Nacht abgerackert, um genügend Themen für meinen Blog vorzuproduzieren. Und ich werde auch von der Insel aus weiterarbeiten müssen.«

Daher die Augenringe, dachte Clara und empfand einen Anflug von schlechtem Gewissen. Sie selbst hatte auch nicht gerade auf der faulen Haut gelegen. Vier Schaukelpferde hatten noch fertiggestellt werden müssen, und sie hatte von früh bis spät daran gearbeitet. Zudem hatte sie ihre Wohnung geräumt und die Werkstatt einem jungen Kollegen überlassen.

Ihre Freundinnen waren vorsichtiger gewesen. Beide hatten ihre Wohnungen behalten, beide rechneten offenbar nicht damit, dass ihr Liebeskummer-Hotel ein Erfolg werden könnte. Bei Vicki fand Clara das noch verständlich, denn eine junge Frau wie sie würde vielleicht noch viele andere Pläne im Leben haben. Bei Rachel hatte sie hingegen gehofft, sie würde ebenso wie sie selbst die Brücken hinter sich abbrechen. Immerhin hatte Rachel sich mit aller Energie hinter das Projekt geklemmt und war inzwischen auch schon zweimal auf der Insel gewesen. Jedes Mal mit einem

Kleinflugzeug, um keine Zeit zu verlieren. Trotzdem hielt sie es offenbar für nötig, sich eine Hintertür offen zu lassen.

Wieder schaute Clara zu dem Westturm hinüber. Fast glaubte sie, das Gewicht der kleinen Lene wieder in ihren Armen zu spüren.

Ihre inzwischen erwachsene Tochter hatte lange nicht glauben wollen, dass sie wirklich ernst machte. Nachdem Clara ihr ein paar Tage nach der Auktion endlich von ihrem Plan erzählt hatte, war sie immer wieder nach Barmbek gekommen und hatte versucht, ihre Mutter umzustimmen.

»Das geht doch alles viel zu schnell«, hatte sie argumentiert. »Ihr habt das beschlossen, als ihr nicht ganz nüchtern wart, und jetzt sind kaum vier Wochen rum, und ihr wollt schon in ein paar Tagen weg.«

Clara, die sich in die Enge getrieben fühlte, hatte langsam erwidert: »Ich habe es dir doch erklärt, Schätzchen. Rachel hat alles in die Hand genommen. Den Behördenkrieg, bis sie sämtliche Genehmigungen hatte, den Kauf, die Pläne, alles, was nötig ist. Sie hat das Gebäude besichtigt und die ersten Renovierungsarbeiten in Auftrag gegeben.«

»Und wovon wollt ihr das alles bezahlen?«

Aber auch da hatte Clara ihre Tochter beruhigen können. Rachel hatte einen günstigen Kredit ausgehandelt. So viel glaubte sie zumindest verstanden zu haben. Die Ersparnisse der drei Freundinnen hätten im Leben nicht gereicht. Falls alles gut lief und ihr Hotel Gewinn abwarf, würden sie in ein paar Jahren schuldenfrei sein.

»Ja, falls«, hatte Lene orakelt.

Ein paarmal hatte sie auch Justus mitgebracht, damit er

Clara von dem Plan abhielt. Aber zu Claras Überraschung hatte sich der Anwalt auf ihre Seite geschlagen.

»Deine Mutter ist alt genug, um zu wissen, was sie tut, Lene. Wenn dies ihr Lebenstraum ist, darfst du ihr nicht im Weg stehen.«

»Aber sie verlässt mich!«

»Nein«, hatte er sanft erwidert. »Sie zieht nur ein paar hundert Kilometer weit weg.«

»Aber ...«

Liebevoll hatte Justus seine junge Frau in den Arm genommen und hinzugefügt: »Sie war immer in erster Linie für dich da, und nun hat sie ein Recht auf ihr eigenes Leben.«

Daraufhin hatte Lene beschämt den Kopf gesenkt, während Clara sich gefragt hatte, ob ihr Schwiegersohn mit seiner Einschätzung richtiglag. Wusste sie wirklich, was sie tat? Hatte sie sich in den letzten Wochen in Ruhe bewusst gemacht, was da auf sie zukam?

Eher nicht.

Aber natürlich hütete sie sich davor, etwas in der Art zu erwähnen.

Lene hatte schließlich einsehen müssen, dass sie ihre Mutter nicht mehr umstimmen konnte. Und weil sie ein großes Herz besaß, hatte sie ihr alles Glück dieser Welt gewünscht.

»Und du kommst mich besuchen«, hatte Clara noch gebeten. »Sobald wir uns einigermaßen eingerichtet haben.«

»Versprochen.«

Ihr Blick wanderte nun zu Rachel, die ihr gegenübersaß

und nachdenklich wirkte. »Ohne dich wären wir heute nicht hier.«

Rachel zupfte an einer kurzen schwarzen Strähne herum. »Wenn ich Vicki so höre, frage ich mich, ob ich uns einen Gefallen getan habe. Vielleicht hätten wir den ganzen Plan als Schnapsidee abtun sollen. So wie ich es zuerst vorgeschlagen hatte.«

»Und mit unserem Liebeskummer weiterleben?«, fragte Clara schnell.

»Hast du jetzt denn keinen?«

Sie horchte in sich hinein. Ein knapper Monat war seit dem schicksalsschweren Tag verstrichen. Kristian war längst abgereist. Sie hatte von ihm nur ein paar kurze Nachrichten bekommen.

»Es wird besser«, behauptete sie.

»Wer's glaubt«, murmelte Vicki. Sie handelte sich einen strafenden Blick von Rachel ein, ließ sich davon jedoch nicht abschrecken.

»Wir wollen wenigstens ehrlich miteinander sein«, fuhr sie fort. »Ich für meinen Teil bin noch lange nicht über Tom hinweg, und du, Rachel, siehst auch nicht gerade aus wie eine glückliche Frau in ihren besten Jahren.«

»Danke.« Das klang äußerst eingeschnappt.

»Ist doch wahr! Du hast dich in dieses Projekt gestürzt, als hinge dein Leben davon ab. Seit Wochen kommst du uns mit Zahlen und Tabellen, von denen wir nur die Hälfte verstehen, also ich zumindest. Clärchen steigt da bestimmt besser durch.«

Eigentlich nicht, dachte Clara. Ihr machten Rachels diverse Summen ständig ein bisschen Angst, aber sie hielt lieber den Mund. Außerdem vertraute sie ihr. Sie war schließlich vom Fach.

»Aber ich bewundere dich auch«, fuhr Vicki fort. »Es ist der reine Wahnsinn, wie du alles schaffst. Den einen Tag geht es um die Klempner, die neue Badezimmer einbauen sollen, den anderen Tag um die Dachdecker, weil es reinregnet. Also, ich könnte das nicht. Aber ist es nicht auch ein bisschen so, dass du weniger an Martin denken musst, wenn du jede Minute beschäftigt bist?«

Rachel machte ein nachdenkliches Gesicht. »Ja, das kann schon stimmen. Jeder hat eben seine eigene Art, mit den Dingen umzugehen.«

»Ja«, meinte Vicki nur und wirkte auf einmal sehr traurig.

Clara nahm die Hände ihrer Freundinnen in ihre. »Wir schaffen das schon. Wenn wir nur zusammenhalten.«

Rachel und Vicki nickten gleichzeitig.

Eine Weile schwiegen sie und hingen ihren Gedanken nach. Als der Zug kurz darauf in den Bahnhof einfuhr, war es Vicki, die diesmal aus dem Fenster wies. »Sieht alles so neu aus. Mal abgesehen von ein paar hübschen Ziegelbauten. Irgendwie habe ich ein romantisches altes Inseldorf erwartet. So mit Reetdach, Fachwerk und allem Drum und Dran.«

Clara bemerkte, wie Rachel amüsiert die Augen verdrehte.

»Vicki hat recht«, sagte sie daher schnell. »Aber von dem Ort, der Mitte des neunzehnten Jahrhunderts an dieser Stelle neu aufgebaut wurde, war nach dem Zweiten Weltkrieg nicht mehr viel übrig. Bis auf den Leuchtturm dort drüben.«

Rachel lächelte. »Ganz genau. Der muss dir vorerst reichen, Vicki. Er ist das älteste erhaltene Gebäude auf der Insel. Stammt von 1856.«

»Wenigstens etwas«, meinte Vicki besänftigt. »Schön rot ist er auch. Und obendrauf die weiße Zipfelmütze und der schwarze Deckel. Aber ich will doch stark hoffen, es gibt noch mehr Romantik. So ein oller Turm heilt keine gebrochenen Frauenherzen.«

Daraufhin brachen alle drei in Gelächter aus und lachten noch, als sie schon draußen auf dem Bahnhofsvorplatz standen.

»Keine Autos?«, fragte Vicki staunend.

Clara stöhnte. »Hast du dich denn kein bisschen vorher informiert?«, fragte sie.

»Nö, keine Zeit. Außerdem habe ich ja euch.«

»Okay, ich hatte aber schon erzählt, dass Wangerooge eine autofreie Insel ist. An dem Abend, an dem wir die alte Schule ersteigert haben.«

»Ich soll mich an Infos erinnern, die ich mit besoffenem Kopf gekriegt habe?«

Clara gab es auf.

»Und was jetzt?«, fragte Vicki.

Es stellte sich heraus, dass Rachel an alles gedacht hatte.

»Ich habe uns drei Fahrräder mit Gepäckanhänger reserviert. Wir wohnen ja vorerst in der Pension Peters, und Rieke meinte, wir müssten schon zusehen, wie wir selbst zu ihr hinkommen.«

»Rieke?«, fragte Clara.

»Rieke Peters, so heißt sie.«

»Scheint ja nicht besonders gastfreundlich zu sein«, meinte Vicki.

»Sie ist schon recht alt und außerdem sehr beschäftigt«, verteidigte Rachel ihre Wirtin. »Und die Räder werden wir sowieso gut gebrauchen können, wenn wir die Insel erkunden wollen.«

Also luden sie ihre Koffer unter einigem Ächzen und Stöhnen auf die Anhänger und fuhren dann im Schritttempo erst in Richtung Dorfmitte. Schließlich bogen sie nach links ab, um an der Straße zum Westen zu ihrem Ziel zu kommen.

»Es ist alles so wunderschön grün«, bemerkte Clara ein wenig kurzatmig.

Mit ihrer körperlichen Fitness war es nicht allzu weit her. Möglicherweise war es auch die ungewohnte abgasfreie Luft, die ihre großstadtgeplagten Lungen überforderte. Zudem hatte sie Schwierigkeiten, an die Pedale zu kommen. Ihre Freundinnen waren beide einen halben Kopf größer als sie und hatten entsprechend längere Beine.

»Und die vielen herrlichen Blumen überall. Das habe ich so gar nicht mehr in Erinnerung. Jetzt weiß ich auch wieder, dass es hier einen wunderschönen Rosengarten gibt.«

»Stimmt«, rief Rachel über die Schulter zurück. Sie war auf der schmalen Straße ein Stück vorausgefahren und hielt nun an. »Wer nach Wangerooge kommt, erwartet Dünen, Sand und viel Wasser. Keine blühende Landschaft.«

»Ich erwarte Piraten, Schmuggler und kernige Fischer«,

stellte Vicki klar. »Oh, Mist!« Sie bremste ab und schaute mit schreckgeweiteten Augen auf ihre linke Hand.

Clara nutzte die Gelegenheit, um aufzuschließen. »Was ist passiert?«

Mit dramatischer Miene hielt Vicki ihr den Zeigefinger hin. »Mein Daumennagel ist abgebrochen.«

Clara, die ihre eigenen Nägel berufsbedingt kurz hielt, grinste nur. »Wie konnte das passieren?«

»Ich wollte bloß mal die Klingel ausprobieren.«

»Nun kommt weiter«, forderte Rachel sie beide auf. »Wir sind fast da. Seht ihr? Hinter den hohen Holunderbüschen ist schon das Dach unserer Schule zu erkennen.«

Sie fuhren weiter, überholten ein paar Spaziergänger und ließen die meisten Häuser hinter sich.

»Wir haben uns noch gar keinen Namen überlegt«, merkte Clara an. »Wie wär's mit ›Hotel zum Seepferdchen‹? Ich finde, das klingt absolut liebenswert. Irgendwie hoffnungsvoll. Und als Zusatz dann ›Schule der befreiten Herzen‹. Wie gefällt euch das?«

»Oder ›Bye Bye Liebeskummer‹«, warf Vicki ein.

Rachel machte einen verwirrten Eindruck. »Wie kommst du ausgerechnet auf Seepferdchen?«, fragte sie Clara.

»Aus der Luft betrachtet hat Wangerooge diese Form. Wusstest du das nicht?« Sie geriet schon wieder außer Puste. Radeln und gleichzeitig sprechen war einfach zu anstrengend.

»Nein«, gab Rachel zu. »Das war mir tatsächlich neu. Aber der Name hat ja noch Zeit.«

»Okay«, erwiderte Clara enttäuscht.

»Kann man den Schandfleck da abreißen lassen?«, fragte Vicki gleich darauf und deutete auf ein kleines Haus, an dem sie gerade vorbeikamen. Es sah reichlich verwahrlost aus. »Das ist ja eine Zumutung für unsere Gäste. Außerdem riecht es hier ziemlich streng nach irgendwelchen Tieren.«

Rachel antwortete nicht, was Clara zu denken gab. Irgendetwas stimmte nicht.

Schließlich erreichten sie das Schulhaus, stiegen von ihren Rädern und schauten sich ausgiebig um. Die Strahlen der untergehenden Sonne waren freundlich zu dem Gebäude, und Clara kam der Gedanke, Rachel habe ganz bewusst diese Tageszeit für ihre Ankunft gewählt.

Das weiche Abendlicht vermittelte ihnen einen romantischen ersten Eindruck. Das Schulhaus wirkte wuchtig mit seinen zwei Stockwerken und dem Dachgeschoss darüber. Es trotzte jedem Sturm und hatte die vergehenden Jahrzehnte unbeeindruckt an sich vorbeiziehen lassen. Erst bei genauerem Hinsehen erkannte man, was auch die Fotos, die Rachel ihnen bisher geschickt hatte, verschwiegen: dass die glatte, weiß verputzte Fassade brüchig war, dass die hölzernen Fensterrahmen morsch waren. Auch die roten Dachziegeln weckten bei Clara kein Vertrauen. Einige waren verrutscht, andere fehlten ganz. Ihr wurde klar, dass ihnen eine Menge Arbeit bevorstand, trotzdem fühlte sie sich von dem altehrwürdigen Gebäude wie magisch angezogen. Ihre ältere Freundin hatte beim ersten Anblick offenbar ähnlich empfunden.

Sie wandte sich ab und dachte, dass es schon stimmte,

was Vicki vorhin gesagt hatte. Der ursprüngliche Anstoß mochte von ihnen beiden gekommen sein, aber Rachel ging inzwischen ganz in diesem Projekt auf.

»Donnerwetter!«, rief Vicki. »Aus der Nähe ist es ganz schön groß. Aber kein Seepferdchen. Eher ein Nilpferd.« Sie kicherte. »Und so hübsch historisch.« Womit sie wohl auch den abblätternden Putz, die spinnennetzartigen Risse in den hohen Fenstern und die zahlreichen zerbrochenen Pflastersteine auf dem Hof meinte.

Clara und Rachel wechselten einen amüsierten Blick. Aber Clara schaute schnell wieder weg. Auf keinen Fall sollte Vicki das Gefühl haben, sie würden über sie lachen.

»Die Außenfassade ist natürlich sehr schlicht«, erklärte Rachel, »und wir dürfen auch keine baulichen Veränderungen daran vornehmen.«

»Müssen wir aber«, sagte Vicki. »Unsere Gäste haben ein Anrecht auf einen Balkon.«

»Tja, daraus wird definitiv nichts. Da ist der Denkmalschutz vor.«

»Mist!«

»So schlimm ist es nun auch wieder nicht«, meinte Rachel geduldig. »Bis in die Dünen und zum Strand sind es nur ein paar Minuten zu Fuß. Da gibt es mehr als genug schöne Aussicht.«

»Mist! Mist! Mist!«

Rachel schüttelte unwillig den Kopf, und auch Clara wunderte sich. Bis sie verstand.

»Bist du in was reingetreten?«

Vicki hatte einen Fuß angehoben, hielt sich mit einer

Hand am Fahrrad fest und kniff sich mit der anderen fest die Nase zu.

»Was ist das?«, fragte sie gepresst. »Es stinkt bestialisch.«

»Stell dich nicht so an, Blondchen«, erklang da die Stimme einer älteren Frau. »Das sind bloß ein paar Schafköttel. Die tun keinem weh.«

»Schafköttel?«, wiederholte Vicki voller Entsetzen. »Wie kommen die denn hierher?«

Clara fuhr herum und sah eine Frau, deren Anblick ihr für einen Moment den Atem verschlug. Sie war offenbar unbemerkt um die Hausecke herumgekommen und baute sich nun vor ihnen auf.

Groß, um einiges größer noch als Vicki und Rachel, mit eisgrauen langen Haaren, die ihr wild auf die Schultern fielen, und stahlblauen Augen, mit denen sie jede einzelne von ihnen streng fixierte.

Sie trug weite, ausgeblichene Stoffhosen von undefinierbarer Farbe und einen formlosen braunen Pullover. Jetzt förderte sie ein Gummiband zutage und flocht ihre Haarpracht zu einem lockeren Zopf. Dabei nickte sie Rachel kurz zu.

»Bist schneller da, als ich dachte. Das sind also deine Freundinnen. Nun gut. Verrückt seid ihr alle drei, aber ich will mal nicht so sein. Du da, Blondchen. Wisch dir die Sandale am Grasstreifen ab. Dann bringe ich euch zu mir.«

Clara kam aus dem Staunen nicht mehr raus. Das musste ihre Pensionswirtin sein. Alt wirkte die allerdings nicht. Eher Furcht einflößend.

Trotzdem gab sie Vicki ihr Fahrrad zum Festhalten und

trat mutig einen Schritt vor. Die Freundin musste daraufhin ihre Nase loslassen und schnaubte angewidert.

»Ich bin nicht verrückt«, sagte Clara. »Keine von uns ist es. Merken Sie sich das.«

So etwas wie Anerkennung blitzte in den hellen Augen auf.

»Seid ihr nicht, was?«, kam es jedoch ungerührt zurück. »Ihr wollt bloß ein Hotel eröffnen, ohne die geringste Ahnung vom Gastgewerbe zu haben. Wie würdet ihr das wohl nennen?«

Clara, Rachel und Vicki schwiegen betreten.

Dann warf Clara ihre braunen Locken über die Schulter zurück und blitzte die Frau kampflustig an. »Wie wär's denn, wenn Sie sich erst mal vorstellen würden, bevor Sie uns hier niedermachen?«

Da brach die Wirtin in ein krächzendes Gelächter aus, das wie Möwengekreisch klang und ihr eine Gänsehaut über den ganzen Körper jagte.

Clara suchte Rachels Blick. Wo waren sie hier bloß gelandet? In einem Gruselfilm?

Aber Rachel schaute interessiert auf das Kopfsteinpflaster. Ihre Mundwinkel zuckten allerdings verdächtig.

»Ich bin Rieke Peters«, tönte die alte Frau nun. Sie streckte die Hand aus.

»Nein!«, rief Rachel ihren Freundinnen zu. »Gebt ihr nicht die Hand! Meine hat sie beim ersten Mal zerquetscht.«

Clara und Vicki verschränkten schnell die Arme auf dem Rücken.

Die Wirtin hob die Schultern und sagte dann: »Kommt

mit, Kinners. Meine Pension ist gleich um die Ecke. Ihr könnt euch erst mal einrichten. Sofern Blondchen heute noch mal fertig wird.«

»Warum duzen Sie uns?«, fragte Clara.

»Das macht sie mit allen so«, erklärte Rachel und stellte der Wirtin dann ihre Freundinnen vor.

Diese nickte gnädig. »Die Rachel hier scheint ja man einigermaßen vernünftig zu sein. Und sie sieht auch schon viel besser aus als am Anfang. Das Gesicht ist nicht mehr so verbeult. Ja, die Wangerooger Luft bewirkt wahre Wunder.«

Clara unterdrückte ein Grinsen. Rachels natürlicheres Aussehen war eher der Tatsache geschuldet, dass sie keine Zeit mehr für den Schönheits-Doc gefunden hatte. Vielleicht war sie von dem Thema auch geheilt. Clara hoffte es für sie.

Rieke Peters hatte inzwischen weitergeredet, aber Clara hörte erst wieder richtig zu, als sie sagte: »Und Rachel hat mir auch erklärt, dass ihr nicht die Vorhut einer Sekte seid, die Schafe opfert.«

»Wie bitte?«, fragte Clara.

Auf einmal fühlte sie sich vollkommen überfordert. All die Aufregungen der letzten Wochen, und nun dieser surreale Empfang. Sie wünschte sich brennend zurück nach Barmbek, in ihre Wohnung mit dem Monstersofa, in die Werkstatt, wo es nach Zirbelholz duftete. Sie wollte wieder in Lenes Nähe sein, zuschauen, wie deren Bauch langsam wuchs, sich auf ihr Enkelkind freuen und in ihrer neuen Rolle als Großmutter aufgehen.

Aber dann straffte sie die Schultern. Sie war hier, um

einen Neuanfang zu wagen, und sie würde sich von einer durchgeknallten Alten nicht davon abbringen lassen.

»Und du«, fuhr Rieke Peters fort und deutete auf Clara. »Bist 'ne patente Deern. Hast Hände, die anpacken können.«

Was ihr so alles auffällt, dachte Clara verwundert. So sehr durchgeknallt war sie vielleicht doch nicht.

»Aber Blondchen ist ein Problem. Die wird beim ersten büschen Wind umgepustet wie 'n einsamer Strandflieder.«

»Hören Sie auf, mich Blondchen zu nennen!«, schrie Vicki und brach in Tränen aus.

9. Kapitel

Voller Mitleid stellte Clara fest, dass Vicki jetzt am Limit war. Sie ging zu ihr, fasste beide Fahrräder am Lenker und schenkte ihr ein liebevolles Lächeln. »Mach doch erst mal den Dreck ab.«

Vicki schluchzte noch, tat aber wie ihr geheißen und ging zu einem Gebüsch am Rande des Schulhofes. Dort rieb sie mit ihrer Sandale heftig über den Grasstreifen darunter.

Die Pensionswirtin war von dem Anblick einen Moment lang abgelenkt, so hatte Clara Zeit, Rachel etwas zuzuraunen. »Eine alte Frau, was? Ich finde, sie hat mehr Energie als jede Zwanzigjährige.«

Rachel runzelte die Stirn, was vor ein paar Wochen nicht so einfach gewesen wäre. »Ich wollte euch die Überraschung nicht verderben. Rieke Peters muss man ohne Vorwarnung erlebt haben.«

»Arme Vicki.«

»Ach was. Die beiden werden bestimmt dicke Freundinnen.«

Clara schaute Rachel überrascht an. »Wie kommst du auf die Idee?«

»Nur so eine Ahnung. Rieke Peters ist eine hervorragende Köchin.«

Clara musste zugeben, dass dies durchaus ein Kriterium für eine gute Beziehung zu Vicki sein konnte.

»Gibt es hier noch mehr, das du uns verschwiegen hast?«

Rachels Stirn wurde noch ein wenig krauser. »Was meinst du?«

»Ich weiß nicht. Was haben zum Beispiel Schafköttel vor unserem Hotel zu suchen?«

»Ach, das ist eine seltsame Geschichte.«

»Erzähl mal.«

Doch dazu hatte Rachel keine Gelegenheit mehr, denn im nächsten Moment erklang ein gellender Pfiff über den ehemaligen Schulhof.

»Kooomt, Mädels! Kooomt!«

Durch eine Schneise im Gebüsch, keine fünf Meter von Vickis Standort entfernt, trat ein groß gewachsener Mann mit einem speckigen Lederhut auf dem Kopf und pustete noch einmal in seine Trillerpfeife.

»Meint der uns?«, fragte Clara.

Rachel kicherte. »Nee, wirst gleich sehen.«

Und da trippelten sie schon heran, die Schafe. Klein und rundlich, mit einem schmutzig weißen, sehr kurzen Wollkleid und Köpfen in derselben Farbe. Sie trippelten hinter dem großen Mann her. Fast in Zweierreihen, wie früher die Schulkinder.

Clara musste jetzt auch kichern.

Als der Schäfer ganz dicht bei ihnen war, fragte sie ihn: »Stand denn heute ein schöner Ausflug auf dem Lehrplan?«

Der Mann blieb nicht stehen, schaute sie aber kurz an.

Braune Augen, dachte Clara unwillkürlich. Wunderschöne braune Augen. Es gab einen winzigen Ruck in ihrem Innern, zu schwach, um von ihr bewusst wahrgenommen zu werden.

»Ich fürchte, ich verstehe Ihre Frage nicht«, antwortete der Schäfer mit tiefer, kultivierter Stimme.

Clara verstummte. Das war ein beachtlicher Widerspruch in diesem Mann. Sie kam nicht damit zurecht.

Er wandte den Blick ab und ging weiter.

»'n Abend, Rieke«, sagte er und tippte kurz gegen seinen Hut.

»Moin, Jonathan. Das sind die neuen Besitzerinnen. Rachel kennst du ja schon.«

Er reagierte nicht darauf, sondern verließ an der Spitze seiner kleinen Herde den Schulhof. Eines der letzten Schafe hob noch kurz sein Stummelschwänzchen und hinterließ ein kleines Geschenk.

Vicki gesellte sich zu den anderen und stemmte empört die Fäuste in die Hüften.

»Wer war das denn?«

»Jonathan Hanser und seine Schafe«, gab Rieke ruhig Auskunft. »Er wohnt gleich dahinten.«

»In der Bruchbude?«

Rieke antwortete nicht, war ja auch unnötig.

»Und er benutzt unser Grundstück einfach als Weide?«, wollte Vicki weiter wissen.

»Quatsch, Blondchen. Hier wächst ja nichts. Er nimmt

nur die Abkürzung über den Schulhof, um die Tiere morgens rauszutreiben und abends wieder reinzuholen.«

»Halten Sie mich eigentlich für total bescheuert?« Vicki schrie jetzt.

»Schon möglich.«

Clara fand es an der Zeit einzugreifen. »Ich verstehe das nicht. Hat denn niemand dem Mann gesagt, dass so etwas verboten ist? Immerhin ist das hier Privatbesitz.«

»War bisher kein Problem«, gab die Wirtin zurück. »Der Onno hat's auch so gemacht, und der Jonathan tut's ihm nur nach.«

Im Augenblick interessierte sich Clara für niemanden namens Onno.

»Rachel, du wusstest davon, richtig?«

Die Freundin nickte. »Ja, aber die zwei Male, die ich hier war, hab ich's nicht verhindern können.«

Das wunderte Clara. Rachel war eine energische, durchsetzungsfähige Frau. Wie konnte sie einem dummen, ungehobelten Schäfer unterlegen sein?

Na ja, vielleicht nicht dumm. Aber ungehobelt auf jeden Fall, und mit unglaublichen tiefbraunen Augen.

»Rachel!«, rief sie entsetzt. »Du bist doch wohl nicht etwa ...? Du hast doch wohl nicht etwa ...?«

»Was denn?«, kam es verwirrt zurück.

Vicki sprang ein. »Clärchen will wissen, ob du den kernigen Fischer gegen einen rustikalen Bauersmann eingetauscht hast.«

»Herrgott!«, stieß Rachel aus. »Natürlich nicht!«

Rieke Peters, die von einer zur anderen geschaut hatte, brach wieder in ihr Grusellachen aus.

»Ihr seid in Ordnung, Kinners!«, sagte sie dann. »Aber macht euch keine falschen Hoffnungen. Auf den Jonathan haben es schon ein paar andere Mädels abgesehen. Eigentlich alle unverheirateten Frau auf Wangerooge wollen ihn haben.«

»Spinnen die?«, erkundigte sich Vicki höflich. »Wer will denn einen scharf riechenden Schäfer?«

»Ha! Wenn du wüsstest, Blondchen. Wenn du wüsstest.«

Clara war währenddessen wieder verstummt. Sie schaute in die Richtung, in die der Mann mit seiner Herde verschwunden war. Es war nichts mehr von ihm zu sehen.

Dann ließ sie ihren Blick noch einmal über das Schulgebäude schweifen.

Ob es ihnen Glück bringen würde?

Ob sie hier alle drei ein neues, besseres Leben finden würden?

Die Zweifel, die sie immer wieder plagten, waren im Augenblick riesengroß.

Dann stutzte Clara. Ihr war, als hätte sie hinter einem der Fenster im ersten Stock eine Bewegung wahrgenommen.

»Sind da noch Handwerker oben im Haus?«, fragte sie Rachel.

»Um sieben Uhr abends? Schön wär's. Nein, die machen allesamt um Punkt fünf Feierabend. Egal, wie viel zu tun ist.«

Dem Ton ihrer Stimme entnahm Clara, dass die Freundin schon manchen Kampf mit den örtlichen Handwerkern ausgefochten hatte.

»Es bringt aber nichts, sich aufzuregen«, fuhr Rachel fort. »Wir können froh sein, dass wir überhaupt Betriebe gefunden haben, die so kurzfristig die Renovierung übernommen haben. Die Chefs sind alle mehr oder weniger entfernte Verwandte von Rieke. Ohne ihre Hilfe stünden wir noch ganz am Anfang.«

Clara war nicht sicher, ob es ihr gefiel, dass die energische alte Frau so viel mit ihnen und ihrem Projekt zu tun hatte. Aber da war wohl nichts zu machen.

Sie wandte sich ab. Wahrscheinlich hatte sie nur eine Luftspiegelung hinter einem der fast blinden Fenster gesehen.

Rieke Peters drängte nun zum Aufbruch. Sie machte auf dem Absatz kehrt und marschierte vorneweg um das alte Schulgebäude herum. Vicki nahm wieder ihr Fahrrad und schob es neben sich her. Sie hatte es offenbar eilig, unter die Dusche zu kommen.

Clara hielt Rachel kurz zurück. »Jetzt mal im Ernst. Wieso hast du dem Mann nicht verboten, mit seinen Schafen hier rüberzulaufen?«

Die Freundin seufzte tief. »Ich hab's versucht, ehrlich. Aber der hört einfach nicht. Was sollte ich denn machen?«

»Na ja, wenn das so weitergeht, müssen wir ihn wohl anzeigen.«

»Schöner Einstand auf Wangerooge.«

»Zu blöd.« Und es fühlte sich auch falsch an. Aber Clara stellte sich vor, wie es sein würde, wenn erst Gäste im Hotel wohnten und jeden Morgen und jeden Abend von einer Schafherde besucht wurden.

»Bis dahin ist ja noch Zeit«, sagte Rachel, nachdem Clara ihren Gedanken laut geäußert hatte. »Nur mit viel Glück können wir eröffnen, bevor die Hauptsaison vorbei ist. Bis dahin fällt uns schon was ein.«

Aus unerfindlichen Gründen hatte Clara da so ihre Zweifel. Ein Gefühl sagte ihr, dass dieser seltsame Schäfer ihnen noch einigen Ärger machen würde.

Aber diesmal behielt sie ihre Überlegungen für sich.

Hintereinander folgten Clara und Rachel nun den anderen beiden.

Als Clara selbst um das Schulgebäude bog, erlebte sie die nächste Überraschung. Aber diesmal war es eine schöne. Das rückwärtige Grundstück war nicht so groß, wie es auf den Fotos gewirkt hatte, aber dafür stand dort, keine zwanzig Meter vom Hintereingang entfernt, der Schuppen, auf den sie es von Anfang an abgesehen hatte. Tatsächlich hatte sie darauf verzichtet, sich die Fotos anzusehen, die Rachel von diesem Teil des Objekts geschickt hatte. Vielleicht hätte sie nicht den Mut gefunden, in Hamburg alles aufzugeben, wenn sie schon im Vorfeld erkannt hätte, dass es eine Bruchbude war. Sie hatte sich ihren Optimismus erhalten wollen, etwas anderes besaß sie nicht.

Sie war darauf vorbereitet gewesen, eine schlichte Bretterbude vorzufinden, aber was sie sah, übertraf alle ihre Erwartungen. Dort stand ein richtiges Häuschen im Miniaturformat. Es hatte gemauerte, frisch geweißelte Wände, zwei Sprossenfenster an der Vorderfront und ein spitzes Dach mit helleren Ziegeln überall dort, wo es ausgebessert worden war.

Sie bemerkte, dass Rachel sie anlächelte.

»Ich dachte, ich mache dir eine kleine Freude«, erklärte die Freundin. »Die Handwerker haben das in einem Tag erledigt. Nur die Wasser- und Stromleitungen sind noch nicht fertig.«

»Es ist ... wunderschön.«

»Unten ist nur ein einziger Raum, nicht mehr als zwanzig Quadratmeter groß.«

»Reicht völlig für meine Werkstatt.«

Rachels Lächeln wurde breiter. »Oben hast du noch Platz für ein kleines Lager.«

»Danke, tausend, tausend Dank.«

Zum ersten Mal hatte sie das sichere Gefühl, alles würde gut werden.

»Und von dem Schäfer mit seiner Herde kriegst du hier hinten auch nichts mit«, sagte Rachel. »Zwischen euch liegt das große Haus.«

An den Mann wollte Clara jetzt lieber nicht erinnert werden.

Sie wandte sich ab und folgte Rieke und Vicki. Die beiden waren einem schmalen Weg in Richtung Nordosten gefolgt.

Ein kurzes Stück hinter dem Grundstück erreichten die vier Frauen ein modernes zweistöckiges Gebäude aus rotem Ziegelstein.

»Pension Peters« stand auf einem schlichten Messingschild neben der Eingangstür. Mit Protz hatte hier offensichtlich niemand was am Hut.

»Fünf Gästezimmer und ein Frühstücksraum«, erklärte Rieke Peters dennoch mit Stolz in der Stimme. »Und unterm Dach wohne ich. Genau wie ihr Mädels das bald bei euch tun werdet.«

Das war Clara neu. Bisher hatte sie sich noch keine großen Gedanken darüber gemacht, wo sie wohnen würden, wenn das Hotel erst einmal fertig war. Ihr fiel auf, dass sie womöglich über viel zu wenig nachgedacht hatte. Aber in dem Fall hätte sie den Schritt vielleicht nie gewagt. Also war es gut so.

»Haben wir bei uns denn Platz für drei Wohnungen?«, fragte sie Rachel.

Diese verneinte. »Höchstens für eine. Die schrägen Wände reichen an allen Seiten fast bis auf den Boden.«

»Ja, und?«, fragte Rieke Peters. »Was seid ihr denn für verwöhnte Stadtmädchen? Braucht etwa jede von euch ein eigenes Reich?«

»Ähm, ich schon«, wagte Vicki zu sagen.

»Halt die Klappe!«

»Das müssen wir ja nicht sofort entscheiden«, meinte Clara schnell.

Wie Rachel bloß auf die Idee kommen konnte, die alte Wirtin und die junge Bloggerin könnten Freundinnen werden, war ihr ein Rätsel. Eher gingen die beiden sich gegenseitig an die Gurgel.

»Und glaub man bloß nicht, dass ihr mir meine Gäste wegschnappen könnt«, fügte Rieke Peters hinzu und schaute jeder Einzelnen streng in die Augen. »Die kommen nämlich seit Jahrzehnten zu mir und lassen mich nicht im Stich.«

Clara spürte, wie sie rot wurde. »Das haben wir ganz bestimmt nicht vor«, beeilte sie sich zu versichern. »Außerdem haben wir erfahren, dass Wangerooge gar nicht genug Gästebetten haben kann, weil die Insel immer beliebter wird.«

Die Wirtin ließ ihr krächzendes Lachen erklingen, und Clara begriff, dass sie auf den Arm genommen worden waren.

»Sie halten uns wohl für ziemlich dumm.«

Rieke Peters brummte etwas Unverständliches, dann sagte sie laut: »Die Fahrräder dort in den Unterstand. Koffer mitnehmen. Und du, Blondchen, ziehst deine Sandalen aus, bevor du reinkommst. Nicht, dass du mir Dreck ins Haus trägst.«

Mit hochrotem Kopf sah Vicki sich um, als suchte sie nach einer Waffe. Aber dann ließ sie den Kopf hängen und fügte sich.

Halb und halb hatte Clara erwartet, Rieke Peters hätte sie in einem gemeinsamen Zimmer mit Etagenbetten untergebracht. Doch zu ihrer Überraschung bekam jede ein eigenes Zimmer im ersten Stock. Weder groß noch luxuriös, aber absolut ausreichend, fand sie.

Nachdem sie ausgepackt hatte, telefonierte sie ausgiebig mit Lene und erzählte ihr, alles sei ganz wunderbar. Den seltsamen Schäfer und die resolute Wirtin erwähnte sie nicht. Ihre Tochter sollte auf keinen Fall denken, Clara sei unter lauter verrückte Leute geraten.

Anschließend machte sie sich auf die Suche nach den anderen und fand sie vor dem Haus. Eine Sitzecke aus Korbmöbeln lud dazu ein, den lauen Abend draußen zu genießen.

»Wollen wir nicht etwas essen gehen?«, schlug Clara vor. »Ich bin am Verhungern.«

Rachel schüttelte den Kopf. »Rieke hat eine Kleinigkeit vorbereitet. Sie kommt gleich.«

Die Kleinigkeit erwies sich als eine große Platte voll mit den Köstlichkeiten des Meeres. Clara entdeckte Krabbensalat und marinierte Heringe, Lachsschnittchen und kleine Pastetchen, die sie nicht kannte.

Vicki schnappte sich bereits eine davon und steckte sie sich in den Mund. Rieke Peters' tadelnden Blick ignorierte sie.

»Delikat. Was ist das?«

»Blätterteigpastete mit Miesmuscheln«, kam es grantig zurück.

»Phänomenal. So etwas Gutes habe ich in meinem ganzen Leben noch nicht gegessen. Sagen Sie bloß, Sie sind eine Gourmetköchin?«

Die alte Frau schüttelte den Kopf. »Quatsch. Ist ein altes Wangerooger Rezept. Das kannte schon meine Großmutter.«

»Wirklich wahr? Ich muss es haben. Und alle anderen, die Sie kennen, auch. Sie besitzen eine echte Gabe, Frau Peters.«

»Übertreib man nicht, Blondchen«, grummelte die Wirtin, sah aber eindeutig geschmeichelt aus.

Clara staunte. Es schien, als sollte Rachel tatsächlich recht behalten. Zwischen der alten Insulanerin und der jungen Food-Bloggerin bahnte sich womöglich so etwas wie eine Freundschaft an. Oder zumindest eine Interessengemeinschaft.

Clara selbst probierte von allem etwas, knabberte dazu an einer Scheibe frischen Bauernbrotes und hatte das Gefühl, sie würde sich die Nordsee einverleiben.

Endlich lehnte sie sich zurück und rieb sich zufrieden den Bauch. »Ich fühle mich jetzt schon wie neugeboren«, verkündete sie.

»Keine heißen Tränen mehr wegen Kristian?«, neckte Rachel sie.

»Wer ist Kristian?«

Sie grinsten einander an. Dann sagte Clara: »Jetzt verstehe ich, warum du dich mit so viel Feuereifer in unser Projekt gestürzt hast. Ein paar Stunden auf Wangerooge, und aller Liebeskummer verfliegt mit dem Wind.«

Rieke Peters, die Vicki gerade von der Kunst des Krabbenpulens erzählt hatte (»Das kann man nicht lernen, das hat man in den Genen«), wurde sofort aufmerksam.

»Wovon, bei allen Meeresgöttern, redet ihr?«

»Ähm«, machte Rachel.

»Also …«, begann Clara, brach aber wieder ab. Für sie drei mochte ihr Vorhaben eine wunderbare Sache sein. Für Außenstehende könnte es eventuell ein wenig seltsam klingen.

»Es ist nämlich so«, erklärte schließlich Vicki, ohne auf die warnenden Blicke ihrer beiden Freundinnen zu achten.

»Wir eröffnen nicht einfach irgendein weiteres Gästehaus auf Wangerooge, das wäre ja langweilig. Sondern ein Liebeskummer-Hotel.«

»Wat?«, fragte Rieke Peters. »Einen Puff?«

Vicki wurde erst blass und dann rot.

»Nein«, entgegnete sie schließlich mit leicht zitternder Stimme. »Das wird ein Hotel für Menschen, die ihren Liebeskummer vergessen wollen. Vielleicht nennen wir es auch die ›Schule der befreiten Herzen‹. Wir haben uns da noch nicht so festgelegt.«

Rieke Peters stopfte sich eines ihrer Pastetchen in den Mund und kaute lange darauf herum.

»Du hattest ihr noch nichts erzählt?«, sagte Clara im Flüsterton zu Rachel.

»Nö. Sie dachte ja erst, wir sind eine Sekte. Ich wollte sie nicht unnötig aufregen. Außerdem brauchte ich ihre Hilfe bei den Handwerkern.«

»Schon klar.« Rachel wusste eben Prioritäten zu setzen. Es machte bloß die Situation jetzt nicht besser.

Vicki tat, als sei sie voll und ganz in die Betrachtung des Abendhimmels vertieft, der hier am Ortsrand besonders weit und hoch schien.

Endlich schluckte Rieke Peters den letzten Krümel hinunter.

»Also, damit ich das richtig verstehe: Eure Gäste sollen irgendwelche armen Teufel sein, die verlassen und betrogen worden sind?«

»Genau«, bestätigte Clara vorsichtig.

»Korrekt«, meinte Rachel.

»Jep«, kam es von Vicki.

»Wahrscheinlich so ein paar arme bemitleidenswerte Weibchen, denen die bösen, bösen Männer übel mitgespielt haben?«

Clara hegte den Verdacht, dass Rieke Peters sie nicht ernst nahm. Dennoch nickte sie.

»Aber es können auch Männer kommen«, fügte Vicki schnell hinzu. »Das sehen wir nämlich nicht so eng. Schließlich kann jeder Mensch mal Liebeskummer haben. Egal, ob Mann oder Frau. Ein guter Freund von Claras Tochter zum Beispiel. Samuel. Der ist ganz furchtbar unglücklich, seit ihn seine Freundin hat sitzen lassen.«

Irgendwie machte es die Sache nicht besser.

Rieke Peters legte den Kopf in den Nacken und ließ ihr Gelächter los.

Diesmal klang es, als fiele ein ganzer Möwenschwarm über sie her.

10. Kapitel

Clara verspürte das dringende Bedürfnis nach einem alkoholischen Getränk. Zwar hatten sie sich nach der schicksalsschweren Nacht Ende Mai geschworen, so schnell keinen Prosecco oder Champagner mehr anzurühren, aber vielleicht konnten sie heute eine Ausnahme machen? Bevor ein Mord geschah?

Sie sah in die finsteren Gesichter ihrer Freundinnen und ahnte, Rachels und Vickis Gedanken gingen in eine ähnliche Richtung.

Auch Rieke Peters schien die Stimmung aufzufangen.

Sie hörte schlagartig auf, so laut zu kreischen, und wischte sich mit einer Papierserviette die Lachtränen aus dem Gesicht.

»Das ist ein … interessantes Konzept«, sagte sie dann und gluckste nur noch leise vor sich hin. »Warum ist darauf bloß noch niemand gekommen? Wieso ausgerechnet ihr?«

»Sie machen sich lustig über uns«, stellte Rachel auf ihre ruhige Art fest.

Rieke Peters schien gar nicht hinzuhören. Gedankenverloren strich sie sich über ihren langen eisgrauen Zopf. Dann riss sie die Augen auf.

»Ich hab's!«

Daraufhin verfiel sie in Schweigen.

Die drei Freundinnen wechselten ratlose Blicke.

»Was soll das?«, fragte Vicki endlich.

Die alte Frau blinzelte. »Ich glaube, ich weiß jetzt, warum ihr auf diese Idee gekommen seid.«

Clara wollte die Antwort nicht hören.

Sie stand auf. »Ist es zu dunkel, um das Schulhaus zu besichtigen? Ich brenne vor Neugier. Lass uns endlich nachschauen, wie es innen aussieht.«

Vicki folgte ihrem Beispiel. »Oh ja!«

Rachel blieb sitzen. Clara schaute sie an und verstand. Ihre ältere Freundin kannte die Wirtin schon eine ganze Weile. Sie wusste wohl, dass sie nicht so leicht davonkommen würden.

»Wenn der Blanke Hans kommt ...«, begann Rieke Peters mit drohender tiefer Stimme.

»Wer soll das sein?«, fragte Vicki dazwischen. »Den kenne ich nicht.«

»Das ist ein besonders schwerer Sturm«, erklärte Rachel. »Der entsteht, wenn der Wind auf Nordwest umspringt. Eine Katastrophe ist dann praktisch unvermeidlich. Das habe ich bereits von Rieke gelernt. Zumindest war es früher so, bevor es den Schutz durch Deiche und Dünen gab.«

»Ach so«, murmelte Vicki schwach, während Clara den anerkennenden Blick bemerkte, den die Wirtin Rachel zuwarf.

»Wenn der Blanke Hans kommt«, fing Rieke Peters schließlich noch einmal von vorn an, »dann drehen die Leute schon mal durch. Werden irre im Kopp. Habe ich schon miterlebt. Ist der also auch mal über Hamburg hinweggefegt.«

»Möchten Sie damit andeuten, dass wir den Verstand verloren haben?«, fragte Clara so höflich, wie es ihr noch möglich war.

Rieke Peters schaute sie direkt an. »Hätte dich für plietscher gehalten, Deern. So dumm kannst du doch nicht sein. Und die gute Rachel hier auch nicht. Bei Blondchen ist alles möglich.«

Womit die Pastetchen-Freundschaft bereits wieder gestorben war.

Vicki beugte sich drohend zu Rieke Peters runter: »Wenn Sie mich noch ein einziges Mal beleidigen, werden Sie es schwer bereuen!«

Vollkommen unerschrocken erhob sich auch Rieke Peters und blickte nun ihrerseits von oben auf Vicki herab. Dazu breitete sich ein Ausdruck des reinen Vergnügens in ihrem Gesicht aus.

»Da habe ich jetzt aber bannig Angst.«

»Das sollten Sie auch!«

Bevor Rieke Peters wieder loslachen konnte, nahm Clara schnell Vicki am Arm und zog sie ein Stück mit sich fort. »Komm, wir sehen uns das Schulhaus an. Rachel, bist du auch dabei?«

»Wir brauchen starke Taschenlampen«, sagte diese und

stand ebenfalls auf. »Wir haben noch keinen Strom, und Handylicht reicht da nicht.«

Rachel wandte sich an Rieke Peters. Ihre Stimme klang ausgesprochen liebenswürdig, als sie fragte: »Dürfen wir uns drei Lampen von den nächtlichen Wattwanderungen ausleihen?«

Die Wirtin nickte nur.

»Und möchten Sie uns vielleicht begleiten?«

Einen Augenblick lang schaute Rieke Peters in die drei Gesichter, die zum Teil bemüht ruhig wirkten, zum Teil offen feindselig. Wahrscheinlich, so überlegte Clara, schätzte sie ihre Chancen ab, lebend wieder aus dem alten Haus rauszukommen. Die Entscheidung fiel ihr bestimmt nicht allzu schwer.

»Nee, danke«, sagte sie denn auch prompt. »Im Dunkeln über lose Bretter und Kabel steigen ist nichts für 'ne alte Frau. Bin nicht mehr so trittsicher wie in meinen jungen Jahren.«

Vicki wirkte regelrecht enttäuscht, fand Clara. Rachel blieb gleichmütig, und sie selbst war ganz froh, der energischen Wirtin für eine Weile zu entrinnen.

Gemeinsam machten sich die drei Freundinnen auf den Weg zum Schulhaus. Rachel ging vorneweg, Vicki folgte ihr, Clara bildete das Schlusslicht. Eine seltsame Melancholie flog sie an. Sie hatte das Gefühl, diese alte grauhaarige Frau besäße mehr Kraft, Humor und Lebensweisheit, als sie selbst jemals würde haben können.

Im nächsten Moment schalt sie sich einen Dummkopf.

Sie konnte doch nicht ernsthaft eine Insulanerin beneiden, die hart auf die achtzig zuging.

Das musste an diesem ereignisreichen Tag liegen. Vielleicht noch an der vielen ungewohnt frischen Luft. Um sich abzulenken, fragte sie Vicki: »Weil du vorhin von Lenes gutem Freund geredet hast: Hat er sich eigentlich mal gemeldet? Du wolltest ihn doch in unseren Klub aufnehmen.«

Vicki lachte leise. »Ja, er hat mich angerufen, gleich ein paar Tage später. Wir wollten uns sogar treffen. Aber dann ist nichts draus geworden. Mal konnte *er* nicht, mal *ich* nicht. Keine Ahnung. Ist vielleicht besser so. Zu gefährlich.«

Wie sie das genau meinte, erklärte sie nicht, aber Clara ließ es dabei bewenden.

»Manchmal denke ich an ihn«, gestand Vicki gleich darauf. »Auf den Fotos sieht er echt nett aus. Und – na ja – auch sehr gut.«

Aha. Jetzt verstand Clara. Vicki hatte wahrscheinlich Angst davor, sich neu zu verlieben.

Rachel fragte: »Ist er nicht viel jünger als du?«

»Quatsch«, gab Vicki zurück.

Sie blieb stehen und zwang Clara damit, ebenfalls anzuhalten, wollte sie nicht ins Gebüsch ausweichen.

»Gerade mal zwei Jahre«, erklärte Vicki. »Das ist nichts. Und er ist ein toller Typ. Hat sich immer mal wieder gemeldet. Aber wie gesagt, kein Thema. Ich will im Augenblick von den Männern nichts wissen. Keine Lust mehr, ständig traurig zu sein. Es ist höchstens mal ein One-Night-Stand drin.«

Rachel war ein Stück weitergegangen und kam nun zurück. Im schwachen Licht einer Straßenlaterne sah Clara, dass sie verhalten lächelte. »Du bist also der Meinung, dass du selbst entscheidest, wann du dich in wen verliebst.«

»Natürlich!«, sagte Vicki heftig. »Ich denke gar nicht daran, mich noch mal ernsthaft auf jemanden einzulassen. Never ever! Ich werde mein Leben genießen, mit euch beiden hier eine tolle Zeit haben und der alten Hexe ein paar leckere Rezepte aus der Nase ziehen. Das reicht mir völlig.«

»Klingt gut«, erwiderte Rachel, aber Clara konnte der älteren Freundin ansehen, dass sie keine Sekunde an Vickis Ankündigung glaubte.

Das tat sie selbst ja auch nicht. Wie einfach wäre das Leben, wenn man sich nur in den Menschen verlieben konnte, der es gut mit einem meinte, der zu einem passte und mit dem man bis ans Ende seiner Tage glücklich sein durfte.

Ein Traum. Ein unmöglicher Traum.

Vicki nahm die Hände ihrer Freundinnen. »Hört nicht auf mich. Ich rede ja schon wie eine Fünfzehnjährige. Tut mir leid. Wahrscheinlich bin ich nicht die Richtige, um anderen Leuten über ihren Liebeskummer hinwegzuhelfen.«

Clara drückte leicht ihre Hand. »Ist schon gut. Wir verstehen dich. Nicht wahr, Rachel?«

Aber Rachel sah aus, als sei sie mit ihren Gedanken ganz weit weg.

»Ich glaube, mein Chef ist in mich verliebt«, sagte sie plötzlich.

»Das glaube ich schon lange«, erwiderte Clara.

»Wirklich?«

Sie nickte entschieden. »Jedes Mal, wenn ich dich im

Büro abgeholt habe, hatte ich so einen bestimmten Eindruck. Er ist dir immer mit den Blicken gefolgt, und in seinen Augen lag ein besonderer Glanz, den er nur schlecht verstecken konnte.«

»Redet ihr etwa von dem kleinen Mann mit der Halbglatze?«, fragte Vicki nach. »Aua!«

Clara hatte ihr in die Hand gekniffen.

»Genau der«, entgegnete Rachel ruhig. »Friedrich Stolze, sechsundfünfzig Jahre alt, zweimal geschieden und das absolute Gegenteil eines Traummannes.«

Vicki entzog Clara schnell ihre Hand, bevor sie sagte: »Ist ja 'n Ding!«

»Finde ich auch«, entgegnete Rachel bedachtsam. »Ich verstehe gar nicht, warum mir das nicht schon früher aufgefallen ist.«

»Vielleicht, weil dir der einstmals tolle Martin den Blick vernebelt hat?«, erkundigte sich Vicki.

»Schon möglich.«

»Und du?«, fragte Clara sanft.

»Was, ich?«

»Empfindest du auch etwas für ihn?«

Rachel schüttelte heftig den Kopf. »Unsinn. Er ist seit zehn Jahren mein Chef. Ich hatte immer nur ein rein professionelles Verhältnis zu ihm. Ich denke, ich respektiere und mag ihn. Mehr nicht.«

Ganz ehrlich ist sie jetzt nicht, dachte Clara. Auch in den Augen der Freundin glaubte sie, diesen besonderen Glanz zu entdecken. Aber vielleicht lag es auch an dem schlechten Licht.

Einen Moment lang hatte Rachel geschwiegen, nun fuhr sie nachdenklich fort: »Im Augenblick bin ich bloß furchtbar durcheinander, das ist alles. Wie kann mich ein Mann seit wer weiß wie langer Zeit lieben, obwohl er doch genau wissen muss, dass er niemals eine Chance bei mir haben wird?«

»Tjaaaa«, machte Vicki gedehnt. »Wie kann man sich bloß in etwas verrennen, das keinerlei Aussicht auf ein Happy End hat?«

Sie war schnell zwei Schritte zurückgetreten, sodass Clara sie weder kneifen noch schubsen konnte.

Rachel zupfte nervös an einer kurzen schwarzen Haarsträhne.

»Lass Vicki in Ruhe«, sagte sie zu Clara. »Sie hat ja recht. Ich hab's genauso gemacht. Hab mich verrannt und immer wieder gehofft, eines Tages würde ich doch noch glücklich werden.«

»Martin hat dir aber versprochen, dass er seine Familie für dich verlässt.« Clara wollte die Freundin trösten. Nichts war schlimmer, als sich eingestehen zu müssen, dass man Jahre seines Lebens an den falschen Mann verschwendet hatte.

»Und ich wollte ihm unbedingt glauben. Bin selbst schuld gewesen.«

Darauf fiel Clara keine Erwiderung ein. Sie betrachtete Rachel genauer. Ihr schien, dass die ältere Freundin weniger unglücklich wirkte als noch vor einem Monat. So als hätte sie ihren Frieden mit ihrer bitteren Geschichte als Geliebte gemacht.

Vielleicht half es ja, dass sie sich der Zuneigung eines anderen Mannes bewusst geworden war. Selbst wenn Clara sich eben getäuscht hatte und Rachel die Gefühle nicht erwiderte. Manchmal war es einfach nur wichtig, begehrt zu werden. Egal, von wem.

Die Glückliche!, dachte Clara unwillkürlich. Sie hat jemanden, der an sie denkt. Und Vicki auch.

Dann wunderte sie sich. Konnte es sein, dass sie neidisch auf ihre Freundinnen war? Nicht zu fassen!

»Lasst uns weitergehen«, sagte sie schnell, damit sie sich bloß nicht in solche ganz und gar unangebrachten Gefühle vertiefte.

»Genau«, stimmte Vicki ihr zu. »Ich will vor Mitternacht wieder draußen sein.«

»Warum das denn?«, erkundigte sich Rachel mit einem belustigten Unterton in der Stimme.

»Schon mal was von Geistern in alten, unbewohnten Häusern gehört?«

Clara lachte leise. »Ist nicht dein Ernst.«

Vicki schaute nervös von einer zur anderen. »Spottet ihr nur. Ich gehe auf Nummer sicher.«

Sie warf einen Blick auf das Display ihres Smartphones. »Also los. Ein bisschen Zeit haben wir noch. Das müsste reichen.«

Kopfschüttelnd übernahm Rachel wieder die Spitze, die anderen beiden folgten ihr.

Als sie das Schulhaus erreichten, lief plötzlich ein Frösteln über Claras Rücken.

Mochte es an Vickis Gerede liegen oder daran, dass der

klobige Bau im Dunkeln besonders groß und abweisend wirkte: Auf einmal war ihr gar nicht wohl bei dem Gedanken, dort hineinzugehen. Sie erinnerte sich daran, dass sie vorhin geglaubt hatte, eine Bewegung hinter einem der Fenster auszumachen. Dann stellte sie sich vor, was eine Frau wie Rieke Peters wohl zu ihren Ängsten sagen würde.

Das half.

Sie ging den anderen nach.

»Wir müssen vorn rein«, erklärte Rachel, als sie das Gebäude umrundeten. »Der Hintereingang ist mit den Gerätschaften der Handwerker zugestellt.«

»Kein Problem«, erwiderte Clara tapfer.

Vicki sagte nichts. Sie war darauf konzentriert, mit dem starken Strahl der Taschenlampe gründlich den Boden vor ihren Füßen abzusuchen.

Clara unterdrückte ein Kichern. Noch einmal wollte die Freundin anscheinend nicht Bekanntschaft mit Schafkötteln machen.

Von den Hinterlassenschaften der Tiere bis zu dem widersprüchlichen Schäfer war es nur ein kurzer Gedankensprung.

Stopp!, rief sie sich selbst zur Ordnung.

Vergiss den Mann!

Du hast Wichtigeres zu tun!

Es half nicht wirklich. Sie sah die hohe Gestalt, das schwarze Haar mit dem vielen Grau darin unter dem scheußlichen Hut und die braunen Augen vor sich. Fast schien es ihr, als stünde er neben ihr. Sehr dicht neben ihr.

Was war es nur gewesen, das sie in dem einen kurzen Augenblick ihrer Begegnung so zu ihm hingezogen hatte?

Abneigung, entschied sie. Sie mochte ihn nicht. So einfach war das.

Dummerweise fühlte sich die Entscheidung falsch an, und Clara haderte still mit ihren widerstreitenden Gefühlen.

Gleich darauf war sie erleichtert, als Rachel nun die Eingangstür aufstieß und sie mit großer Geste einlud hereinzukommen.

»Bitte erwartet nicht zu viel«, bat sie. »Wir sind ja erst seit ein paar Wochen bei der Arbeit, und es gibt noch eine Menge zu tun.«

»Hier herein kommen die Schafe aber nicht, oder?«, wollte Vicki wissen.

Rachel lachte. »Hoffentlich nicht.«

»Na gut, aber wehe, ich trete gleich in irgendwas Komisches.«

Alle drei richteten nun ihr Licht auf einen breiten, recht langen Flur.

»Rechts waren früher zwei Klassenräume und links einer plus das Lehrerzimmer«, erklärte Rachel und trat durch die erste Tür zur Rechten. »Vorsicht an der Schwelle, und zieht die Köpfe ein. Der Türrahmen hängt etwas runter.«

Clara musste sich nicht kleiner machen, und sie betrat gespannt den Raum. Obwohl fast alles fortgeschafft worden war, das mal an eine Schule erinnert hatte, erschienen vor ihrem inneren Auge alte Holzpulte und eine Wandtafel. Fast glaubte sie, den Duft von Tinte zu riechen und zu hören, wie Kreide über Schiefer kratzte. Eine Lehrerin erklärte den Inselkindern das Einmaleins, ein blonder Junge zog ein Mädchen an den Zöpfen, ein anderes Kind kaute nachdenklich an seiner Schreibfeder, jemand meinte, er müsse mal dringend raus.

Rachels Stimme holte sie ins Hier und Jetzt zurück.

»Ich habe euch die Pläne ja schon geschickt«, führte sie aus. »Ein Klassenraum kann in zwei Gästezimmer plus Bäder aufgeteilt werden. Als das Haus noch ein Schullandheim war, hatte man nicht viel gemacht. Einfach das alte Mobiliar ausgeräumt und Betten, Schränke, Tische und Stühle reingestellt. Dazu gab's dann ein Gemeinschaftsbad. Nachdem später die neuen, modernen Schullandheime gebaut wurden, wollte niemand mehr hierher.«

Vicki schnaubte kurz durch die Nase. »Logisch. Und unsere Gäste erwarten natürlich auch einen anderen Komfort. Ich meine, wenn es schon keinen Balkon gibt, dann soll es wenigstens eine angenehme Unterkunft sein.«

»Genau«, stimmte Rachel ihr zu. »Was meinst du dazu, Clara?«

»Wie bitte? Natürlich, entschuldige. Ich bin ganz eurer Meinung. Wer macht die Türen und die übrigen Tischlerarbeiten?«

»Ein gewisser Piet Jansen. Ist ganz in Ordnung. Führt seine Werkstatt in dritter Generation. Ich habe ihm gesagt, dass ihr Kollegen seid, aber er schien nicht begeistert davon zu sein.«

»Verstehe ich«, erwiderte Clara. »Keiner lässt sich gern ins Handwerk pfuschen.«

Trotzdem hoffte sie, mit diesem Piet Jansen gut auszukommen. Möglicherweise brauchte er ja auch noch eine Mitarbeiterin. Es war eher illusorisch zu hoffen, sie werde allein vom Bau ihrer Schaukelpferde leben können. Und bis ihr Hotel Gewinn abwarf, würde noch einige Zeit vergehen. Vielleicht sogar der ganze Sommer. Das sah sie jetzt.

Ziemlich mutlos ließ sie den hellen Strahl ihrer Taschenlampe über nackte Wände und heraushängende Kabel wandern.

»Das sieht schlimmer aus, als es ist«, sagte Rachel, die ihren Blick richtig deutete. »Und übermorgen werden schon die Bäder eingebaut.«

»Wie ist es auf der anderen Seite?«, fragte Vicki und trat in den Flur hinaus.

Auch dort waren die Arbeiten nicht weiter fortgeschritten, aber Rachel hatte immerhin ein paar konkrete Vorstellungen zu bieten.

»Hier wird nur das Lehrerzimmer hergerichtet, um Gäste aufzunehmen. Der dritte Klassenraum soll stattdessen zur Begegnungsstätte umfunktioniert werden. Ich habe mir gedacht, wir brauchen so etwas wie einen Seminarraum.«

»Stimmt!«, rief Vicki begeistert aus. »Ein schönes großes Zimmer, hell gestrichen, mit freundlichen Möbeln. Hier werden unsere Gäste lernen, wieder Freude am Leben zu finden.«

Wie genau das vonstattengehen sollte, darüber sprachen sie nicht.

Es wird sich finden, dachte Clara, plötzlich von neuer Hoffnung erfüllt.

Anschließend stiegen sie die Treppe zum ersten Stock empor. Dort gab es eine kleine Küche, die noch ausgebaut werden sollte, damit den Gästen zumindest ein Frühstück serviert werden konnte.

Die zwei großen Klassenräume würden ebenfalls in je zwei Gästezimmer plus Bäder umgewandelt werden, der dritte Klassenraum war kleiner, bot aber noch die Möglichkeit, zwei bescheidenere Gästezimmer daraus zu machen.

»Immerhin«, sagte Vicki und zählte an einer Hand ab. »Oben und unten insgesamt zehn Zimmer. Alles Einzelzimmer, versteht sich.« Sie grinste. »Glückliche Paare werden sich kaum bei uns anmelden. Die brauchen keinen Rat in Sachen Liebeskummer.«

Clara nickte, obwohl ihre eben noch so positive Stimmung schon wieder ins Gegenteil kippte.

Was machte dieses alte Haus mit ihr? Wieso erlebte sie solche Gefühlsschwankungen? Im Augenblick wünschte sie sich, nur noch rauszukommen.

»Möchtet ihr hoch auf den Dachboden?«, fragte Rachel. »Ich muss euch aber warnen. Die Treppe ist sehr steil und ziemlich morsch.«

Clara wollte gerade vorschlagen, dies auf den nächsten Tag zu verschieben, als sie über sich ein Geräusch hörte.

»Was war das?«

Rachel hob die Achseln.

»Vielleicht Mäuse?«

»Mäuse?«, wiederholte Vicki, und ihre Stimme klang hysterisch. »Seit wann tragen Mäuse schwere Männerstiefel?«

Clara schauderte. Für sie hatte sich das auch so angehört.

»Lasst uns gehen«, bat sie.

»Ihr spinnt ja alle beide«, sagte Rachel, aber ganz wohl war ihr auch nicht in ihrer Haut, das konnte ihr Clara ansehen.

»Also gut. Kommen wir morgen wieder.«

Clara und Vicki ließen sich das nicht zweimal sagen. Sie flogen die Treppe nach unten und fegten wie zwei Wirbelwinde aus dem Haus.

»Hier setze ich erst wieder einen Fuß rein, wenn die Polizei alles abgesucht hat«, erklärte Vicki.

»Jetzt übertreibst du aber maßlos«, befand Rachel, während sie sich mit dem großen Haustürschlüssel abmühte.

»Finde ich nicht«, meinte Clara. »Ich hab's genau gehört. Da oben ist jemand rumgelaufen, und ein Geist war das bestimmt nicht.«

Den Geist hätte sie vielleicht nicht erwähnen sollen, denn nun fing Vicki an zu kreischen und lief mit fuchtelnden Armen den Weg zurück zur Pension.

11. Kapitel

Jonathan stellte seine Tasse in die Spüle und verzog das Gesicht zu einer halb amüsierten, halb schuldbewussten Grimasse. Sein Frühstück hatte mal wieder aus schwarzem Kaffee und trockenem Zwieback bestanden. Wenn Rieke ihn dabei erwischt hätte, dann hätte er was erleben können. Aber Rieke hatte ihn schon seit Tagen nicht mehr auf einen Plausch besucht, und er stellte fest, dass ihm die alte Insulanerin fehlte. Mit selbst gewählter Einsamkeit war das so eine Sache. War sie erst mal von außen durchbrochen worden, so wurde es schwierig, dahin zurückzukehren.

Nun, zum Glück war es heute damit ohnehin vorbei.

Marie kam!

Aus der Grimasse wurde ein breites Lächeln. Seit zwei Monaten war Jonathan nun auf Wangerooge, und in dieser Zeit hatte er seine Tochter nur dreimal besuchen können. Er hatte jedes Mal Bjarne Hillers, den Sohn eines Krabbenfischers, bitten müssen, seine Schafe zu hüten. Was er dem Jungen dafür zahlte, überstieg seine eigenen Einnahmen um ein Vielfaches. Aber es war ihm gleich gewesen. Er war nicht hier, um Geld zu verdienen. Er hätte noch viel mehr gezahlt, damit er seine Tochter sehen konnte. Nur hatte Bjarne selten Lust, sich als Schäfer zu betätigen, und so war Jonathan heilfroh, dass nun, Anfang Juli, die großen Ferien begonnen hatten.

Am heutigen ersten Samstag des Monats würde Marie mit der Nachmittagsfähre eintreffen.

Seit dem Morgengrauen schrieb sie ihm schon auf WhatsApp. Keine Sekunde habe sie geschlafen, las er um vier. Sie werde als Erstes einen Kurs im Windsurfen belegen, erklärte sie um fünf. Inzwischen herrschte seit einer Stunde Ruhe. Jonathan hoffte, seine Tochter habe doch noch etwas Schlaf gefunden.

Als er das Haus verließ, fand er draußen auf der Schwelle einen großen Fresskorb vor.

Von Rieke, wem sonst. Fertig geschmierte Brote mit einer dicken Schicht Butter und ihrer berühmten selbst gemachten Mettwurst, ein großes Stück Aal in Aspik, eine Plastikschüssel mit Obstsalat und süßes Rosinenbrot.

»Alles aufessen«, stand auf dem beiliegenden Zettel in ihrer großen, energischen Schrift. »Und heute Abend kommst du mit deiner Lütten zu mir.«

Seltsam, wie leicht ihm ums Herz wurde.

Er hatte keine Freunde gesucht, aber Rieke Peters war nicht der Typ Mensch, der lange fackelte.

Ihre Mission hieß: Den dünnen unzugänglichen Mann aufpäppeln und dann …

Tja, über dieses *Und dann* dachte er lieber nicht so viel nach. Insofern war er ganz froh, dass die Wirtin jetzt im Juli fast rund um die Uhr in ihrer Pension beschäftigt war.

Sie hatte nämlich schon damit begonnen, die eine oder andere Frau anzuschleppen, die sie für geeignet hielt.

Es waren peinliche Momente gewesen, in denen Jonathan im Stillen die Sekunden gezählt hatte, bis es vorbei war.

Wenn Rieke mit der jeweiligen Kandidatin dann wieder abgezogen war (insgesamt waren es vier gewesen), dann hatte er den Eindruck gehabt, die Erleichterung sei beiderseitig gewesen.

Ein geheimnisvoller Mann mit dunklen Haaren und Augen mochte ja reizvoll sein, aber ein streng riechender Schäfer, der die Zähne nicht auseinanderbekam, war offensichtlich eine andere Sache.

Wortkarge Männer kannten die Frauen von Wangerooge zur Genüge, hatte ihm Rieke mal erklärt. So waren die eigenen Kerle nämlich über Generationen geworden, wenn sie tagelang zum Fischen hinausfuhren, Strandgut sammelten oder körbeweise Miesmuscheln aus dem Watt holten. Da gab's nicht viel zu schnacken, also gewöhnten sie es sich ab.

Die Frauen aber sehnten sich nach welterfahrenen, aufregenden und ihnen zugewandten Verehrern. Dieser Typ, den ihnen die alte Rieke aufschwatzen wollte, war das genaue Gegenteil. Zumal die Pensionswirtin auf der Insel als ziemlich verschroben galt. Es hieß, sie bliebe nie lange ihrem Haus fern, weil ... Tja, das wusste eigentlich niemand so genau. Aber man hielt es allgemein für klüger, ihr nicht allzu nahe zu kommen.

Einige junge Frauen hatten sich über dieses ungeschriebene Gesetz hinweggesetzt, denn die Aussicht auf einen tollen Mann war doch zu verlockend gewesen. Nun jedoch ließ sich eine nach der anderen nicht mehr blicken.

Und so fühlte sich Jonathan nun, als habe er noch einmal Glück gehabt. Er ahnte zwar, Rieke würde so leicht nicht aufgeben, denn sie hatte offenbar einen Narren an ihm gefressen und wollte ihn an die Insel binden – warum, wusste der Himmel. Aber er hoffte auch, sie würde weiterhin Ruhe geben, wenn nun Marie den Juli und den halben August bei ihm verbrachte. Seine Tochter, so hoffte er, würde ihm als eine Art Schutzschild dienen.

Ihr leckeres Essen jedoch nahm er nur zu gern. Schnell packte er den Proviant in seinen Rucksack und ging dann zum Unterstand, wo die Herde schon ungeduldig wartete.

Zehn Minuten später tat er das, was er bisher noch nicht aufgegeben hatte: Er führte seine Schafe quer über den alten Schulhof.

Noch gab es im Gebäude kein Lebenszeichen. Die Handwerker arbeiteten nicht am Wochenende, und von den drei Frauen war offenbar noch keine wach.

Gut so. Jonathan hatte keine Lust auf einen Streit. Ihm war klar, dass er irgendwann damit anfangen musste, den Umweg an den Dünen entlang zu nehmen, aber die Renovierungsarbeiten waren noch nicht abgeschlossen, und so sah er nicht ein, warum er das jetzt schon wagen sollte.

»Kooomt, Mädels, kooomt!«, ließ er seinen Lockruf erklingen. Dazu blies er in die Trillerpfeife. Brav folgten ihm die Tiere, bildeten fast perfekte Zweierreihen. Den Trick hatte ihnen offenbar Onno beigebracht, und Jonathan musste jedes Mal denken, dass die Herde wirklich ein bisschen wie eine Schulklasse aussah.

Er ging in seiner Rolle als Schäfer inzwischen ganz auf. Er war sogar stolz darauf, wie gut er mit den Schafen zurechtkam. Und bisher verdrängte er ziemlich erfolgreich die Tatsache, dass ihm vielleicht etwas fehlte – die mit nichts zu vergleichende Befriedigung, einem kranken Menschen geholfen zu haben, der dankbare Blick eines Patienten und auch die intellektuelle Auseinandersetzung mit neuen medizinischen Forschungsergebnissen.

All das gehörte zu seinem früheren Leben, genauso wie seine Frau Jutta.

Jonathan zog sich heftig den Hut in die Stirn. Er durfte nicht darüber nachdenken! Schon gar nicht über dieses leise Gefühl, das immer noch tief versteckt in seinem Herzen existierte. Er war von Jutta sehr verletzt worden, er war das unschuldige Opfer ihres Verrats, und er durfte nichts mehr für sie empfinden.

Das Dumme war nur, dass er seine Gefühle nicht so einfach abstellen konnte. So viele Jahre hatten sie gemeinsam verbracht, hatten ihre wunderbare Tochter großgezogen und die gemeinsame Praxis aufgebaut. Es war verdammt schwer, all das hinter sich zu lassen. Auch noch nach zwei Monaten.

Und das Schlimmste war vielleicht, dass er an den langen Tagen draußen in der Natur ganz langsam begriff, dass er nicht nur ein unschuldiges Opfer gewesen war. Wie oft hatte Jutta ihn gebeten, mehr Zeit miteinander zu verbringen? Wie viel Zuwendung hatte er wirklich für sie übriggehabt? Das hektische Leben als Arzt hatte ihn aufgesogen, und ihre Ehe hatte kaum noch stattgefunden. Und Jonathan begriff: Er hatte auf ganzer Linie versagt. Dass seine Frau sich in einen anderen Mann verliebt hatte, war möglicherweise nur eine logische Entwicklung gewesen.

Schluss jetzt!, befahl er sich selbst. Es hatte keinen Sinn, immer und immer wieder über dieselben Dinge nachzugrübeln. Normalerweise gelang es ihm ganz gut, alles beiseitezuschieben. Aber heute kam Marie, und daher rückte sein früheres Leben wieder in den Vordergrund.

Die Herde hatte den Schulhof schon halb überquert, als eine energische Stimme hinter ihm sagte: »Sie schon wieder!«

Verflucht! Er hätte es fast geschafft gehabt!

Das Letzte, was er heute gebrauchen konnte, war ein Streit mit einer der neuen Nachbarinnen. Wobei es größere und kleinere Übel gab.

Die Schwarzhaarige schien ihm von allen dreien noch die Vernünftigste zu sein. Sie wies ihn bei jeder Gelegenheit in ruhigem Tonfall darauf hin, dass er damit aufhören müsse, die Schafe über den Schulhof zu treiben. Spätestens, wenn die ersten Gäste kämen, was hoffentlich im August der Fall sein dürfte. Anschließend ließ sie ihn jedoch in Ruhe ziehen und baute wohl auf seinen gesunden Menschenverstand.

Die junge Blondine hingegen kreischte immer gleich los, wenn sie ihn und seine Tiere erblickte, und sie drohte ihm an, sie werde jedes einzelne Schaf im Wattenmeer ertränken, wenn sie ihn noch einmal erwischte. Bei Flut natürlich.

Jonathan musste dann stets ein breites Grinsen unterdrücken, besonders wenn er beobachtete, wie sie sich anschließend sehr langsam im Storchenschritt entfernte, sorgfältig darauf bedacht, in keine stinkende Hinterlassenschaft zu treten. Er hätte ihr dann fast gebeichtet, dass er sich angewöhnt hatte, kleine Gassibeutel mitzuführen und hinter seiner Herde sauber zu machen. Aber er ließ es doch jedes Mal bleiben. Der Anblick der herumstaksenden langbeinigen Blondine amüsierte ihn einfach zu sehr.

Und dann war da die kleine Brünette. Sie irritierte ihn am meisten. Mit ihrem wilden Lockenkopf, der fraulichen Figur und den riesigen grauen Augen wirkte sie auf ihn wie ein Kobold, der sich in die Menschenwelt verirrt hatte.

Die wenigen Male, bei denen sie einander begegnet waren, hatte sie kein Wort gesagt. Ihn nur angeschaut mit diesem Blick, der ihm durch und durch ging, und sich dann schnell abgewandt.

Über sie dachte Jonathan am meisten nach. Was hatte diese Frau an sich, das ihn nicht losließ?

Ihr Aussehen konnte es nicht sein. Ihm hatten immer die großen, klaren, intellektuellen Frauen gefallen. So wie Jutta. Nordischer Typ mit beinahe knabenhafter Figur, von ausgeglichenem Charakter und ruhiger Zielstrebigkeit.

Der Kobold hier schien ihm das genaue Gegenteil zu sein. Clara hieß sie, das wusste er von Rieke, Clara Müller aus Hamburg. Ein paar Jahre jünger als er, alleinerziehende Mutter, nie verheiratet, Single. Von Beruf Tischlerin mit einer Leidenschaft für Schaukelpferde.

Jonathan staunte, wie viel er über sie wusste. Offenbar

hatte er Rieke besser zugehört, als er dachte. In den ersten Tagen nach der Ankunft der drei Frauen hatte die alte Insulanerin noch die Zeit gefunden, ihn auf ein Viertelstündchen zu besuchen. Und sie war ausgesprochen redselig gewesen.

Nicht mit allen Informationen hatte er etwas anfangen können. Da war es zum Beispiel um angebliche Geister auf dem Dachboden des alten Schulgebäudes gegangen. Jonathan hatte nur mit halbem Ohr zugehört und deshalb nicht verstanden, ob es sich um reale Menschen oder um die Ausgeburt einer Einbildung handelte. Rieke hatte ihm versprochen, sie werde ihn bald einmal darüber aufklären, aber es war nicht dazu gekommen.

Über die drei Hamburgerinnen, die jetzt bei ihr wohnten, hatte sie auch gesprochen und dabei irgendeinen seltsamen Plan erwähnt, den sie mit ihrem Hotel hatten.

Wieder war ihm offenbar das Wesentliche entgangen, denn er verstand nicht, was Rieke daran so ungemein amüsant fand.

Zudem blieben die ältere der Freundinnen, die schwarzhaarige Rachel, und die jüngere Blondine Vicki in seinem Kopf eher verschwommene Personen.

Einzig Clara stand ihm bei jeder Gelegenheit deutlich vor Augen. Ganz gleich, ob er draußen mit den Schafen unterwegs war oder in Onnos Bruchbude saß.

Dabei konnte er an einer Hand abzählen, wie oft sie einander begegnet waren, und es waren keine freundschaftlichen Treffen gewesen.

Auch jetzt stapfte sie wütend auf ihn zu, baute sich vor ihm auf und stemmte die Fäuste in die Hüften. Sie trug eine entsetzlich hässliche Cord-Latzhose, aus deren diversen Taschen alles Mögliche an Werkzeug herausragte, und darunter ein fleckiges T-Shirt.

Jonathan fand sie bezaubernd.

Er stellte sich vor, wie sie beide, er in seiner Schäferkluft, sie in ihrem Handwerker-Outfit, im vornehmen Bremer ›Dorint Park Hotel‹ dinieren würden, und musste unwillkürlich lächeln.

»Guten Morgen«, sagte er dabei freundlich.

Das brachte sie aus dem Konzept. Er ahnte, sie hatte sich eine heftige Strafpredigt zurechtgelegt. Vielleicht hielt sie es für ihre Pflicht, ihn und seine Schafe zu vertreiben, nachdem dies ihren Freundinnen in den vergangenen anderthalb Wochen nicht gelungen war.

Aber nun blieb ihr der Mund offen stehen, und sie schaute ihn stumm an.

Die Schafe verteilten sich währenddessen auf dem Grünstreifen am Gebüsch, das den Schulhof begrenzte. Sie hatten Hunger und sahen nicht ein, warum es diesmal so lange dauerte, bis sie ihre Weidegründe erreichten.

Jonathan wollte seinem Gruß etwas hinzufügen, aber ihm fiel nichts mehr ein. Er blickte nur in diese unglaublich großen Augen und dachte dabei an den Gewitterhimmel über der Nordsee, wie er ihn schon oft beobachtet hatte. Doch es war kein bedrohliches Grau, eher freundlich, fast silbrig.

Großer Gott!

Was tat er da? Machte sich Gedanken über die Augenfarbe eines hübschen Kobolds und trat nervös von einem Bein aufs andere.

Selten in seinem Leben hatte er sich so lächerlich gefühlt.

Deswegen tippte er jetzt gegen seine Hutkrempe, pfiff die Schafe zusammen und machte sich eiligst davon.

Es war eine Flucht, er wusste das, und er spürte Claras Blick noch lange in seinem Rücken.

Am Nachmittag hatte Jonathan seine Herde zwei Stunden früher zurückgeführt als gewöhnlich. Vor Maries Ankunft wollte er Onnos Haus in Ordnung bringen und sich selbst in einen zivilisierten Zustand versetzen. Die Schafe hatten blökend protestiert, als er sie über den Schulhof hetzte, aber im Unterstand warf er ihnen zusätzlich einen Ballen Heu hin, und so waren sie zufrieden.

Diesmal war ihm Clara nicht begegnet, und er wusste nicht, ob er darüber erleichtert oder enttäuscht sein sollte.

Weder noch, entschied er. Diese kleine Frau hatte ihn nicht zu interessieren.

»Iiiih! Papa, du stinkst!«, rief Marie, als sie in seine Arme flog.

Jonathan lachte. Eben noch hatte er gedacht, wie unglaublich erwachsen sie schon wirkte, als sie hier am Westanleger auf ihn zukam. Ein schmales, großes und blondes Mädchen an der Schwelle zur Frau. Aber dann hatte sie jedes zurückhaltende Benehmen vergessen und war die letzten Meter auf ihn zugerannt.

Der Fischerssohn Bjarne, der heute als Kofferträger für

die ankommenden und abreisenden Gäste arbeitete, hatte geschimpft, weil sie ihr Gepäck einfach hatte fallen lassen.

Aber ein strahlendes Lächeln von Marie ließ ihn augenblicklich verstummen. Er schnappte sich ihren großen, schweren Rucksack und brachte ihn zum Packwagen des Zuges.

Das kann ja heiter werden, dachte Jonathan bei sich, als er die Blicke bemerkte, mit denen Bjarne seine Tochter verfolgte. Er hoffte, er könnte Rieke um Rat fragen. Für ihn war Marie immer noch sein kleines Mädchen, das er auf seinen Schultern reiten ließ und dem er eine Gutenachtgeschichte vorlas. Es sah ganz danach aus, als müsste er sich schleunigst umstellen.

»Ich schwöre, ich habe eine halbe Stunde lang geduscht«, sagte er nun. »Aber nachdem ich mich eingeseift hatte, gab es nur noch kaltes Wasser. Der Boiler ist nicht ganz in Ordnung.«

Was eine glatte Untertreibung war. Es war eher ein großer Glücksfall, wenn es tatsächlich mal genügend heißes Wasser gab.

»Macht nichts«, beteuerte Marie, ließ ihn aber los und hielt Abstand, als sie in den Zug stiegen. »Wann geht es endlich los?«

»Vielleicht lassen wir die anderen Fahrgäste auch noch mitkommen?«

»Pfft«, machte sie, kramte dann ihr Smartphone raus, schoss geschätzte dreißig Selfies und schien seine Anwesenheit gänzlich zu vergessen.

Während der Fahrt hätte er sie gern auf die Schönheit

der Natur aufmerksam gemacht, auf die Salzwiesen, die weiten Seen, den Westturm in der Ferne und das Wattenmeer, doch Marie hob nicht ein einziges Mal den Blick von ihrem Smartphone.

Jonathan mahnte sich selbst zur Geduld.

Onnos Haus fand sie dann »krass«, ihre kleine Kammer unter dem Dach »abgefahren«, und die Schafe, na ja, da kam wieder nur ein lang gezogenes »Iiiih«.

Jonathan wurde immer schweigsamer, trotzdem war er glücklich, seine Tochter bei sich zu haben.

Als sie später hinüber zu Rieke liefen, zeigte Marie auf das klobige Schulgebäude und wollte wissen, wer da wohnte.

In wenigen Worten erzählte er ihr von den drei Hamburger Freundinnen, die ein besonderes Hotel eröffnen wollten.

»Ein besonderes Hotel? Was soll das denn sein?«

»Ehrlich gesagt, ich habe keine Ahnung. Da müssen wir vielleicht Rieke fragen.«

»Ist das die Alte, zu der wir jetzt hingehen? Die dich verkuppeln will?«

»Hm«, machte Jonathan und fragte sich, was er bei seinen Besuchen in Bremen noch so erzählt hatte, das nicht für Maries Ohren bestimmt gewesen war. Seine Mutter Gerda hatte ihn jedes Mal erbarmungslos nach seinem Leben auf Wangerooge und nach seinen Zukunftsplänen ausgequetscht, und ihm war offenbar das eine oder andere Detail entschlüpft.

Marie kicherte. »No stress, Papa. Dich will bestimmt

keine mehr. Nicht, solange du einen auf streng riechenden Aussteiger machst.«

Jonathan blickte seine Tochter von der Seite an.

»Hoffentlich.«

»Hundertpro. Außerdem wird Mama ...« Sie brach ab, biss sich auf die Lippen.

»Was denn?«, fragte er alarmiert. »Ist alles in Ordnung mit Jutta?«

Er pflegte derzeit keinen Kontakt mit seiner Noch-Ehefrau. Seit sie ihn vor einem Monat um die Scheidung gebeten hatte, ließ er alles über die Anwälte laufen. Marie sprach auch nie von ihr.

»Alles gut«, sagte Marie schnell. Und dann: »Oh, was ist das denn?« Sie deutete auf ein Miniaturhaus, das aussah, als sei es direkt einem Märchen entsprungen.

Sie waren rechter Hand am Schulgebäude vorbeigegangen und wollten in den Weg einbiegen, der zur Pension Peters führte.

»Eine Werkstatt, glaube ich«, sagte er vage. Dabei wusste er es genau. Dort drüben baute der hübsche Kobold seine Schaukelpferde.

»Sieht aus wie ein Hexenhäuschen«, meinte Marie fasziniert. »Kann ich mal reingehen?«

Bevor er sie daran hindern konnte, war sie auch schon losgelaufen und klopfte an die Eingangstür.

12. Kapitel

»Es ist offen!«, wurde innen gerufen.

Wie schon am Morgen wollte Jonathan flüchten, aber das hätte nun erst recht albern ausgesehen. Denn in diesem Moment verschwand seine Tochter in Claras Häuschen, und er hörte sie staunend sagen: »Das ist ja cool hier! Ich bin Marie. Darf ich mal anfassen?«

»Clara«, hörte er die amüsierte Antwort. »Natürlich darfst du. Pass nur am Rücken auf, die Farbe ist noch nicht ganz trocken.«

Als er den Kopf einzog, um ebenfalls einzutreten, schlug ihm der Duft nach frisch bearbeitetem Holz entgegen. Er wartete, bis seine Augen sich an das Halbdunkel gewöhnt hatten, und bemerkte dann eine etwas unordentliche, aber durchorganisierte Werkstatt mit Schaukelpferden in den unterschiedlichsten Phasen der Herstellung. Sie erinnerten ihn an die Karussellpferdchen seiner Kindheit und lösten in ihm eine Sehnsucht aus, die er nicht verstand.

Clara Müller stand neben Marie und wirkte vollkommen entspannt. Seit dem Morgen schien sie sich nicht umgezogen zu haben. Sie roch intensiv nach Farbe, und auf ihrer

Wange prangte ein großer dunkelblauer Fleck. Trotzdem fand er sie schon wieder bezaubernd.

»Bitte entschuldigen Sie unser Eindringen«, sagte er steif.

Clara lachte. »Kein Problem. Daran bin ich bei Ihnen ja gewöhnt.«

Was sollte er darauf erwidern? Jonathan hatte keine Ahnung. War auch nicht nötig.

Das übernahm Marie.

»Hey, ist mein alter Herr etwa ein Stalker? Dass er verrückt geworden ist, seit Mama ihn verlassen hat, ist allseits bekannt, aber *das* wäre dann doch voll daneben.«

Clara blinzelte verwirrt, und Jonathan wünschte sich weit, weit fort.

»Lass gut sein«, sagte er zu seiner Tochter. »Frau – ähm – Müller interessiert sich nicht für meine Familienverhältnisse.«

»Ihr siezt euch? Wieso das denn? Du hast mir doch erzählt, auf Wangerooge sagt man Du. Darf ich Du sagen, Frau Müller?«

»Clara«, wiederholte der entzückende Kobold.

»Cool. Wie geht das mit den Schaukelpferden? Kann ich mal helfen?«

Jonathan wollte sich schon wieder entschuldigen, wäre sich aber noch alberner vorgekommen. Also beobachtete er nur stumm, wie seine unglaubliche Tochter innerhalb von wenigen Minuten Freundschaft mit einer ihr völlig fremden Frau schloss.

»Wann immer du Lust hast«, sagte Clara freundlich. »Ich

bin so gut wie jeden Tag hier. Außer, wenn ich im Schulhaus arbeite.«

»Was bist du denn von Beruf?«, kam es prompt neugierig zurück.

»Tischlerin.«

»Supercool!«, rief Marie aus. »Das will ich auch mal werden.«

Endlich fand Jonathan seine Sprache wieder. »Tatsächlich? Bis vor zwei Tagen hattest du das Ziel, Pilotin zu werden. Und wenn ich mich recht erinnere, war letzten Monat eine Karriere als Model angesagt.«

Dass Marie bis zur Trennung ihrer Eltern fest entschlossen gewesen war, ebenfalls Medizin zu studieren, erwähnte er nicht. Vor Clara wollte er sich nicht verraten.

»Ach, Papa. Mach dich locker. Man kann seine Meinung ja wohl mal ändern.«

Er gluckste vergnügt, fing Claras herzliches Lächeln auf und war auf einmal mit sich und der Welt im Reinen.

In dieser Sekunde wünschte er sich, diese kleine Werkstatt nie mehr verlassen zu müssen. Er könnte sich ins Sägemehl auf den Boden setzen und zusehen, wie der reizende Kobold mit seinen kleinen, aber kräftigen Händen diese schönen Schaukelpferdchen baute.

Erst als Clara woanders hinschaute, kam er schlagartig wieder zu sich. Sein Kopf fühlte sich an wie bei einem veritablen Kater.

»Wir ... müssen gehen«, sagte er.

Marie rührte sich nicht vom Fleck. »Aber ich will wissen, warum du ein Stalker bist.«

»Bin ich nicht«, gab er zurück.

»Ist er nicht«, sagte auch Clara und lachte dabei. »Er treibt bloß seine Schafe über unseren Schulhof. Und das muss endlich aufhören.«

Seine Tochter tat die Information mit einem Achselzucken ab. »Wenn's weiter nichts ist. Mein Papa ist bestimmt nicht mehr lange Schäfer. Der macht das nämlich nur, damit er nicht ...«

»Marie!«

»Was denn?«

Er spürte Claras Blick auf sich ruhen, aber er schaute sie nicht mehr an. Stattdessen sagte er zu seiner Tochter: »Das hast du nicht zu entscheiden.«

Marie verdrehte bloß die Augen und wandte sich wieder an Clara: »Sag mal, was wird das denn für ein Hotel?«

Ihr Lächeln wirkte auf einmal gezwungen. »Ach, das ist ein bisschen kompliziert.«

Jonathan, der zu gern aus erster Hand erfahren hätte, was die Frauen planten, begriff, dass es höchste Zeit war zu verschwinden. Clara fühlte sich jetzt sichtbar unwohl, und dafür wollte er nicht verantwortlich sein.

»Tut mir leid«, sagte er noch einmal. »Wir werden von Rieke erwartet und sind schon spät dran.«

Fast hätte er gefragt, ob Clara später dazukommen würde, aber im letzten Moment konnte er sich daran hindern.

Was würde sie denken, wenn er signalisierte, er wollte Zeit mit ihr verbringen? Vermutlich nichts besonders Nettes. Und sie würde sich kaputtlachen.

Marie war noch nicht bereit zu gehen. »Bist du auch von deinem Mann getrennt? Ich finde das voll öde. Aber ich glaube ja, das bleibt nicht so. Mama will ihn nämlich zurück, das weiß ich genau. Und Papa weiß sowieso nicht, was er will.«

Jonathan sah, wie sich Claras Blick verfinsterte. Er wünschte, er wäre an einem anderen Ort. Eben noch hatte sie ihn vielleicht nett gefunden, jetzt konnte er ihr ansehen, dass sie ihn schlagartig nicht ausstehen konnte. Und was sollte das heißen, Jutta wollte ihn zurück? Ihm war das jedenfalls neu.

»Bitte entschuldigen Sie«, sagte er zu Clara und fragte sich, ob er sie von nun an immerzu um Verzeihung bitten würde. »Meine Tochter ist ziemlich vorlaut.«

Sie schwieg und machte den Eindruck, als ertrüge sie ihn keine Sekunde länger in ihrer Werkstatt.

Nur äußerst widerstrebend ließ sich Marie mit nach draußen ziehen.

»Clara ist toll«, erklärte sie, als sie nun ihren Weg zur Pension Peters fortsetzten. »Überhaupt nicht eingebildet und voll nett.«

»Hm«, machte Jonathan nur.

»Magst du sie nicht?«

»Ich kenne sie und ihre Freundinnen kaum. Da kann man von Sympathien wohl nicht sprechen.«

»Ach so.«

Marie ließ es zum Glück dabei bewenden, und als sie gleich darauf bei Rieke ankamen, gab es sowieso andere Themen.

»Dat ist also deine Lütte«, stellte Rieke fest und maß Marie mit einem prüfenden Blick.

»Ich bin kein kleines Mädchen mehr!«, protestierte seine Tochter wie erwartet.

»Nee, ist mir schon klar. Dein Vater hätte das nur ganz gern.«

Er schluckte. Es war nicht angenehm, so leicht durchschaut zu werden.

»Ja, der!«, empörte sich Marie.

Jonathan überhörte es geflissentlich und sah sich im Speisezimmer um, in das Rieke sie beide geführt hatte. Es war ein kleiner, hell gestrichener Raum, ausgestattet mit wenigen massiven Holztischen und Stühlen mit Strandhafergeflecht. An den Wänden hingen ein paar Aquarelle mit Meeresmotiven; es gab ein längliches Büfett für das Frühstück und ein paar schlichte Lampen an der Decke.

Praktisch und ohne Schnickschnack, dachte Jonathan. So wie Rieke selbst auch war.

»Essen wir ganz allein?«, fragte Marie, die im selben Moment wie er den einzigen gedeckten Tisch entdeckte.

Rieke nickte. »Bei mir gibt es normalerweise nur morgens Kaffee, Brötchen, Inselhonig und Aufschnitt für die Gäste. Aber dein Vater und ich sind Freunde, das ist etwas anderes.«

Jonathan hob überrascht die Brauen. Von einer Freundschaft hatte er bisher noch nichts bemerkt. Er hatte sich bloß ziemlich überrannt gefühlt von dieser energischen Insulanerin und ihren Bemühungen als Kupplerin. Aber er schwieg, weil er Maries ersten Abend auf Wangerooge nicht verderben wollte.

»Und die Hamburgerinnen?«, fragte seine Tochter als Nächstes. »Wo sind die denn? Clara habe ich eben kennengelernt, aber auf die anderen bin ich auch total gespannt. Was ist das für ein Hotel? Weißt du, ich will vielleicht Schriftstellerin werden. Das wäre eine gute Geschichte. Drei einsame Frauen, abgeschieden auf einer stürmischen Insel …«

»Apropos stürmisch«, unterbrach Rieke den Redefluss, während Jonathan noch über Maries neuesten Berufswunsch staunte. Was war aus der Tischlerin geworden? »Wir essen lieber hier drinnen, weil's heute noch 'n büschen ungemütlich wird.«

»Es kommt ein Sturm auf?«, fragte Jonathan alarmiert. »Aber der Himmel ist vollkommen klar. Blau und wolkenlos.«

Er dachte an Onnos schwächelndes Haus und an Marie später oben in der Dachkammer.

Rieke winkte ab. »Dat geht hier ganz schnell. Hast du bloß noch nicht mitgekriegt, weil wir bisher ungewöhnlich schönes Wetter hatten. Aber mach dir man keinen Kopp. Sturm ist erst, wenn deine Schafe keine Locken mehr haben.«

Marie kicherte, Rieke lachte ihr Möwenlachen, das Jonathans Tochter nicht im Geringsten zu irritieren schien. Über zwei Generationen hinweg hatten sich die alte Frau und die Heranwachsende bereits gefunden.

Er fühlte sich seltsam ausgeschlossen.

»Immer mit der Ruhe, mien Jung«, sagte Rieke, die seinen Gesichtsausdruck falsch deutete. »Deine Schützlinge werden schon nicht wegfliegen. Onnos Unterstand liegt in einer Senke, falls du es noch nicht bemerkt hast. Da zieht der Sturm drüber weg. Und wenn's für euch zu schlimm wird, bleibt ihr heute Nacht einfach hier.«

»Aber bist du nicht ausgebucht?«

Rieke zuckte mit den Schultern. »Ein Bett findet sich bei mir immer. Außerdem sind Rachel und Vicki, diese eingebildete Spökenkiekerin, für zwei Tage nach Hamburg gefahren.«

»Spökenkiekerin?«, wollte Marie sofort wissen. »Was ist das?«

»Alles zu seiner Zeit«, wurde sie von Rieke vertröstet. »Jetzt hole ich erst mal das Essen.«

Jonathan hatte nur mit halbem Ohr zugehört. Die Schwarzhaarige und die Blondine waren also gar nicht da. Clara schon. Sie arbeitete in ihrem Hexenhäuschen, hatte einen blauen Fleck auf der Wange und malte in diesem Moment vielleicht mit einem langen Pinsel einen Sattel auf den Rücken des neuesten Schaukelpferdes.

Sie würde doch hoffentlich in ihrer Werkstatt in Sicherheit sein? Oder rechtzeitig in die Pension zurückkehren?

Bevor er seine Fragen laut aussprechen und sich vermutlich schrecklich blamieren konnte, kam Rieke mit einer großen dampfenden Terrine aus der Küche zurück.

»Was ist das?«, fragte Marie skeptisch.

»Weißes Ragout von Seezunge in sämiger Kapernsauce«, verkündete die Wirtin stolz.

Marie stand das nackte Entsetzen ins Gesicht geschrieben, und Jonathan feixte. Vielleicht hätte er seine Tochter auf Riekes besondere Küche vorbereiten sollen. Marie war schon immer sehr eigen mit ihrer Ernährung gewesen. Seit sie in die Pubertät gekommen war, ernährte sie sich vorwiegend von Fast Food und Süßigkeiten. Nicht einmal Jonathans Mutter Gerda war bisher dagegen angekommen.

»Ich glaube, das mag ich nicht«, sagte Marie denn auch prompt.

»Dann gibt es für dich Brot und Salat«, erwiderte Rieke ungerührt. »Oder bloß ein Glas Wasser. Deine Entscheidung.«

Eine solche Behandlung war Marie nicht gewöhnt. Sie zog einen Flunsch, setzte sich an den Tisch und verschränkte die Arme vor der Brust. Als Rieke ihr auftat, würdigte sie das Essen keines Blickes.

Jonathan hingegen, der die Kochkünste der alten Frau zu schätzen gelernt hatte, tauchte seinen Löffel in das ungewöhnliche Ragout und probierte.

»Köstlich«, verkündete er, brach sich ein großes Stück dunkles Brot ab und nahm von dem frischen bunten Salat, den die Wirtin ebenfalls auf den Tisch gestellt hatte.

Rieke nickte gnädig und widmete sich selbst ihrem Essen. Die stumme Marie wurde von ihr vollkommen ignoriert.

»Also«, sagte sie erst nach einer ganzen Weile. »Du wolltest wissen, was für ein Hotel die Frauen eröffnen und was ein Spökenkieker ist.«

»Ja«, kam es gemurmelt. Dazu erklang ein leises Geräusch, das Jonathan eindeutig als Magenknurren erkannte.

»Gut. Zuerst das Hotel. Haltet euch fest, liebe Leute, die Damen wollen ihre künftigen Gäste vom Liebeskummer befreien.«

Maries Augen wurden groß und rund. »Wie soll das denn gehen? Können die etwa zaubern? Sind das Hexen? Das ist nämlich ein ganz fürchterliches Gefühl, bei dem man am liebsten sterben möchte. Damit kann man nicht einfach zur Kur fahren.«

Zu denken, dass seine dreizehnjährige Tochter schon genau wusste, wie sich Liebesleid anfühlt, brach Jonathan das Herz.

»Marie«, sagte er sanft.

»Schon gut, Papa. Ich bin drüber weg. Der Florian ist es gar nicht wert, dass ich ihm noch eine Sekunde länger nachweine.«

Trotzdem beschloss Jonathan, bei nächster Gelegenheit diesen Florian zum Duell herauszufordern. Oder etwas in der Art.

»Bist 'ne plietsche Deern«, bescheinigte Rieke seiner Tochter. »Ich bin auch schon dabei, den Mädels diesen Quatsch auszureden, aber das braucht noch ein bisschen Zeit.«

Auf die Gefahr hin, zu neugierig zu wirken, fragte Jonathan: »Wie sind die Damen überhaupt auf so eine – ähm – ungewöhnliche Idee gekommen?«

Rieke grinste. »Haben sich alle drei wohl kräftig die Finger verbrannt und gehen jetzt mit ihren schrecklichen Tragödien spazieren. Genau wie du, mein bedauernswerter Freund.«

Weil das wirklich sehr abfällig klang, beschloss Jonathan, vorerst den Mund zu halten.

Rieke wandte sich wieder an Marie. »Also, die Spökenkieker. Mein Urgroßvater war einer. Ein Spuk-Seher oder auch Geister-Seher. Er besaß das zweite Gesicht.«

Maries Augen leuchteten auf. »Wirklich? Konnte er in die Zukunft sehen?«

»Ganz recht. Und auch mehr als das. Jedenfalls, solange sein Hund lebte.«

»Sein Hund? Was hatte der denn damit zu tun?«

Rieke nahm sich Zeit, ein paar Happen zu essen, bevor sie weitererzählte. »Karl hieß der und war irgendein Mischling. Das ist nicht überliefert. Aber mein Urgroßvater, der Hinrich Luths, der schwor auf den Köter.«

»Wie ging denn das?«, wollte Marie wissen und knabberte dabei aufgeregt an einem winzigen Stückchen Brot.

Jonathan überlegte, ob er Rieke unterbrechen sollte. Er war ein Mann der Wissenschaft und hielt herzlich wenig von Geistergeschichten. Aber dann fing er einen kurzen Blick der alten Frau auf und schwieg. Es war einer der ältesten Tricks der Welt, und er funktionierte. Denn als Rieke nun weitersprach, tauchte Marie geistesabwesend ihren Löffel in das seltsame Fischgericht und begann zu futtern.

»Das war so«, sagte Rieke langsam. »Manchmal hat der Karl in der Dunkelheit in eine bestimmte Richtung grausig und andauernd geheult. Das hieß für meinen Urgroßvater, dass der Hund etwas sah. Dann trat Hinrich hinter ihn und blickte zwischen den aufgerichteten Hundeohren hindurch. So sah er selbst dann auch den Spuk.«

»Und was war das?«

»Nun, früher glaubte man auf Wangerooge, dass ein Verstorbener in der dritten Nacht noch einmal wiederkehrte. War der Geist schneeweiß anzusehen, dann war er ein Engel, war er aber schwarz, dann war der Tote nicht selig geworden.«

»Hammer!«, rief Marie aus. »Und dein Urgroßvater konnte so was sehen.«

»So wurde es in der Familie überliefert«, erwiderte Rieke zufrieden.

Jonathan stellte zu seiner Überraschung fest, dass er ebenfalls vollkommen in den Bann ihrer Erzählung geraten war.

»Von Zeit zu Zeit«, erzählte Rieke weiter, »sah der alte Hinrich auch ein bläuliches Feuer auf einem Haus, in dem ein Kranker lag. Oder das Feuer lief die Wände hinunter. Das war das sichere Zeichen, dass der Tod kurz bevorstand.«

Marie schüttelte sich. »Stell dir vor, Papa, du hättest diese Gabe auch. Dann könntest du schon ganz früh wissen, was deine ...«

»Unsinn«, unterbrach er sie schnell.

»Dann könnte er wissen, ob eines der Schafe den Deich runterrollt?«, hakte Rieke nach.

»So ungefähr«, sagte er und warf Marie einen warnenden Blick zu.

Niemand außer Onno wusste über seinen wahren Beruf Bescheid, und das sollte auch so bleiben. Zwar spürte er, wie Rieke ihn neugierig musterte, aber er sagte nichts mehr dazu.

Zum Glück hatte Marie verstanden. Sie nahm sich wie selbstverständlich eine zweite Portion aus der Terrine und fragte dann: »Aber was ist denn nun mit dieser Vicki? Wieso glaubt die, eine Spökenkiekerin zu sein?«

Rieke ließ kurz ihr kreischendes Lachen ertönen. »Die Deern hat allen Ernstes gedacht, auf dem Dachboden der alten Schule treibt sich ein Geist herum.«

Jonathan erinnerte sich wieder daran, dass Rieke schon einmal davon geredet hatte. Aber da hatte er nicht richtig zugehört.

»Und?«, fragte er, auf einmal äußerst gespannt, während Marie damit beschäftigt war, das Fischragout in sich hineinzuschaufeln.

»Nun, der Tjark ist tatsächlich schon sehr alt, über neunzig, wenn ich mich nicht täusche. Aber ein Geist ist der ganz bestimmt nicht.«

»Seltsamer Vorname«, stellte Jonathan fest.

»Bei uns früher sehr geläufig. Tjark Ummen heißt er vollständig. Ist ein Nachkomme von Schmugglern und Strandräubern.«

»Oh«, machte Marie mit vollem Mund.

»Kein Grund, schockiert zu sein«, entgegnete Rieke, und in ihrer Stimme klang ein Hauch vom Stolz einer Insulanerin mit. »In alten Zeiten gab es für die Wangerooger nicht viel, wovon sie leben konnten. Die Seefahrt, der Fischfang, das Sammeln von Muscheln, aus deren Schalen Kalk gebrannt wurde, die Jagd auf Robben und auch der Walfang – viel mehr war nicht möglich. Landwirtschaft spielte keine große Rolle, denn die Nordsee holte sich immer wieder große Stücke der Insel.«

»Wie das?«, fragte Marie.

Rieke stöhnte, als sei sie es langsam müde, so viel zu erklären, sprach dann aber weiter: »Wie alle anderen ostfriesischen Inseln auch wandert Wangerooge von West nach Ost. Heutzutage allerdings nicht mehr so stark wie früher. Der Gezeitenstrom holte sich im Nordwesten das Land, dafür kam welches im Südosten hinzu. Demzufolge mussten häufig Siedlungen verlegt werden, und landwirtschaftliche Flächen gingen verloren.«

»Kapiert«, sagte Marie und unterdrückte ein Gähnen.

Jonathan staunte ohnehin schon über ihr Durchhaltevermögen. Die Aufregungen dieses Reisetages mussten ihr ordentlich zu schaffen machen.

Dennoch fragte sie nach: »Aber heute gibt es zum Schutz doch die Deiche, richtig?«

»Fast«, entgegnete Rieke. »Die Deiche befinden sich auf der Wattseite, um die tiefer gelegenen Inselbereiche gegen Sturmfluten zu schützen. Hier im Nordwesten und natürlich auch im Osten haben wir Schutzdünen und dazu noch die Buhnen. Das sind massive lange Wälle, die im rechten Winkel zum Strand ins Meer hineingebaut wurden, um das Abtragen des kostbaren Sandes zu verhindern.«

Marie erwiderte nichts, sondern gähnte einmal ausgiebig. Noch einmal konnte sie es nicht unterdrücken.

Aber dann wurde ihre Aufmerksamkeit wieder geweckt, als Rieke fortfuhr: »Bevor Wangerooge also ein Seebad wurde und die Touristen kamen, war es ein hartes, entbehrungsreiches Leben hier.«

»Muss schlimm gewesen sein«, murmelte Jonathan, während seine Tochter sich zwar die Augen rieb, aber genau zuhörte.

»Ein Zuckerschlecken war das nicht, so viel ist sicher. Und wenn es ums Überleben ging, war fast alles erlaubt. Früher hieß es: Strandgut ist Landgut, dagegen gibt es heute klare Gesetze. Ich fürchte bloß, der eine oder andere Tourist hat schon so einige Dinge verloren, die nie wieder aufgetaucht sind. Armbanduhren, Schmuck, Handys …«

»Weil dieser alte Mann die Sachen – ähm – einsammelt?«, hakte Marie nach.

Rieke grinste. »Der Tjark hat nicht ganz mitbekommen, dass die alten Zeiten vorbei sind. Eigentlich lebt er ja im Altenheim, aber da büxt er immer wieder aus. In der früheren Schule fühlt er sich wohler.«

»Ist ja 'n Ding. Also versteckt sich ein Krimineller bei den Frauen auf dem Dachboden. Ich glaube, die Sommerferien werden spannender, als ich gedacht habe.«

»Übertreib man nicht. Iss lieber auf.«

Gehorsam tat Marie wie ihr geheißen, und Jonathan kam aus dem Staunen nicht mehr raus.

Mit einer aufregenden Geschichte hatte Rieke nicht nur seine Tochter um den kleinen Finger gewickelt, sondern auch ihn selbst in ihren Bann gezogen.

Ihm war, als legte diese alte Frau ein unsichtbares Spinnennetz aus, um ihn an Wangerooge zu binden. Es wurde geknüpft aus gutem Essen und dramatischen Erzählungen.

Aber warum nur? Was für ein Interesse konnte sie daran haben?

Ging es ihr wirklich nur darum, eine der jüngeren Insulanerinnen unter die Haube zu bringen?

Oder …

Ihm stockte kurz der Atem. Oder hatte Onno sein Geheimnis doch nicht gewahrt?

Während er noch überlegte, ging draußen die Welt unter.

13. Kapitel

Schon vor einer guten Stunde hatte Clara Feierabend machen wollen, aber nun hielt sie sich immer noch in ihrer Werkstatt auf. Etwas an dem Gedanken, in Riekes Pension gleich wieder auf den Schäfer zu treffen, behagte ihr ganz und gar nicht.

Weil an dem fast fertigen Schaukelpferd die Farbe über Nacht trocknen musste, widmete sie sich bereits dem nächsten, das vor ihr auf der Arbeitsbank stand. Ein paar der Einzelteile mussten noch zusammengefügt werden.

Sorgfältig trug sie Holzleim an einer Vertiefung im schlanken Hals auf und steckte dann den Kopf mit seinen gespitzten Ohren drauf.

Die vier Beine hatte sie bereits auf die zu einem Halbrund geschwungenen Kufen gestellt. Und der kleine massive Rumpf ruhte auf den schlanken Beinen. Er war ebenfalls mit Holzleim in vier Vertiefungen angeklebt und anschließend mit Senkkopfschrauben aus Holz fest und sicher verbunden.

Nun nahm Clara den Schweif zur Hand. Er bestand aus einem kurzen Holzstück, an dem langes, strohähnliches

Haar hing. Auch er wurde an seinem Platz fixiert, und später würde auch noch eine kurze Mähne am Hals hinzukommen.

Während Clara die tausendfach geübten Handgriffe verrichtete, wanderten ihre Gedanken ständig zu dem Schäfer zurück.

Jonathan Hanser hieß er, das hatte sie von Rieke erfahren. Viel mehr wusste sie jedoch nicht über ihn.

Nein, korrigierte sie sich im Stillen. Seit vorhin wusste sie, dass er eine Tochter hatte. Ein hübsches junges Mädchen, das Clara ein wenig an Lene in dem Alter erinnerte. Aufgeweckt, neugierig, mit langen Fohlenbeinen und einem hübschen Blondschopf.

Im Gegensatz zu ihrem Vater besaß Marie ein offenes, fröhliches Wesen, und sie war – nun ja – durchaus mitteilsam.

Unwillkürlich musste Clara schmunzeln. Jonathan war also auch ein verlassener Mensch. Ein Mann, dessen Frau sich von ihm getrennt hatte.

Das war natürlich nicht lustig, und Clara wischte sich das Schmunzeln mit einer schnellen Handbewegung von den Lippen.

Nur gut, dachte sie, dass weder Vicki noch Rachel dabei gewesen sind. Die Freundinnen hätten darauf bestanden, den Schäfer sofort in ihren Klub aufzunehmen. Natürlich nur unter der Bedingung, dass er mit seiner Herde künftig einen großen Bogen um das Schulgebäude machen würde.

Ihre Mundwinkel wanderten schon wieder nach oben. Sie kam nicht dagegen an. Wie er sie angesehen hatte heute früh! Mit einem Lächeln, das den mürrischen, verschlossenen Mann geradezu in einen liebenswerten Menschen verwandelte!

Ihre ganze schöne Wut war daraufhin in sich zusammengefallen. Dabei hatte sie sich seit Tagen eine Rede zurechtgelegt, die sie ihm an den Kopf hatte werfen wollen, sobald sie ihn wieder einmal auf frischer Tat erwischte.

Um Privateigentum war es darin gegangen, um Hausfriedensbruch und um den Respekt vor anderen.

War alles weg gewesen in der Sekunde, in der er sie angelächelt hatte.

Da war es wieder gewesen, dieses tiefe Gefühl, das sie schon bei ihrer ersten Begegnung verspürt hatte.

Aber sie wollte das nicht! Schon gar nicht in Verbindung mit diesem ungehobelten Schäfer!

Sie war hier, um ihren Seelenfrieden wiederzufinden, nicht, um dem nächsten Kerl in die Arme zu sinken, der sie doch nur wieder unglücklich machen würde.

Deswegen war sie auch erleichtert gewesen, als er ziemlich plötzlich seine Schafe eingesammelt hatte und weitergezogen war. Fast war es ihr so vorgekommen, als wollte er vor ihr flüchten. Aber das hatte sie sich bestimmt nur eingebildet.

Gedankenverloren strich Clara über die langen Schweifhaare. Eigentlich wollte sie nun damit anfangen, die Mähne anzukleben, aber eine seltsame Müdigkeit hatte sie erfasst und lähmte ihren Arbeitswillen. So stand sie nur da und grübelte vor sich hin.

Jonathan Hanser. Etwas sagte ihr, er war nicht der Mann, für den er sich ausgab. Sein Blick war intelligent, die Haltung locker und selbstbewusst, und die Hände – Clara hatte einen Blick für Hände –, die waren schön geformt, beinahe feingliedrig.

Auf der anderen Seite waren da seine schreckliche Schäferkluft, sein intensiver Landgeruch und seine schroffe Art.

Bei dem Mann passte so einiges nicht zusammen! Bisher hatte Clara sich beherrschen können und Rieke nicht nach ihm ausgefragt. Hätte die Wirtin ihr Interesse bemerkt, so wäre Clara ihr beißender Spott sicher gewesen.

Aber sie schaffte es auch nicht, ihn ganz aus ihren Gedanken zu vertreiben. Besonders nicht an einem Tag, an dem sie ihn gleich zweimal getroffen hatte. Vorhin hatte sie beinahe den Eindruck gehabt, er wolle sie fragen, ob sie ihn und Marie zur Pension begleiten würde.

Doch Unbewusst nickte Clara vor sich hin. Es hatte in seinen Augen gestanden. Aber dann hatte er es nicht getan, und schon wieder war es ihr so vorgekommen, als flüchte er vor ihr.

Uff! Clara ließ den Schweif los, bevor sie ihn noch ausrupfte, setzte sich auf einen Hocker und verschränkte die Finger ineinander.

Schluss mit diesem Mann! Sie hatte wahrhaftig andere Sorgen!

Seit zehn Tagen war sie nun mit Rachel und Vicki auf der Insel, und die Arbeiten gingen nicht im Entferntesten so voran, wie sie gehofft hatten. Ständig gab es Verzögerungen, mal fehlten wichtige Einzelteile, mal passten die Anschlüsse in den Bädern nicht, mal tauchten die Handwerker morgens nicht auf, weil es irgendwo etwas Dringenderes zu tun gab.

Es war, als hätte sich Wangerooge gegen die drei Hamburgerinnen verschworen.

Wenn Clara etwas in der Art sagte, behauptete Rachel jedes Mal, sie übertreibe maßlos.

Vicki hingegen gab die ganze Schuld ihrem Geist auf dem Dachboden. Zwar waren die Freundinnen inzwischen von Rieke über die wahre Identität ihres Untermieters aufgeklärt worden, da jedoch bisher keine von ihnen den alten Mann zu Gesicht bekommen hatte, hielt Vicki an ihrer Geist-Theorie fest, und weder Clara noch Rachel widersprachen ihr. Sie hatten einfach zu viel anderes im Kopf. Um den alten Mann würden sie sich kümmern, wenn die übrigen Probleme gelöst waren.

Sofern dieser glückliche Fall jemals eintreten sollte!

Rachel und Vicki schienen momentan jedenfalls von ihrem gemeinsamen Projekt die Nase gestrichen voll zu haben.

Wie zufällig waren sie gestern gemeinsam für ein verlängertes Wochenende nach Hamburg abgereist. Rachel hatte behauptet, sie müsse ein paar dringende Fragen im Maklerbüro klären, Vicki war zunächst um einen guten Grund verlegen gewesen.

Erst als Clara nachgebohrt hatte, war sie damit herausgerückt, dass sie Sehnsucht nach ihren anderen Freunden hatte.

»Nichts gegen euch, Mädels, aber ich brauche mal etwas Abwechslung.«

Rachel hatte wissen wollen, ob einer dieser Freunde zufällig Samuel hieß.

»Der hat überhaupt nichts damit zu tun!«, hatte Vicki ausgerufen, aber Clara war aufgefallen, dass die Freundin dabei jeglichen Blickkontakt mied.

Clara stieß einen Seufzer aus. Sie sollte sich nicht so viele Sorgen machen! Rachel und Vicki standen fest zu ihren gemeinsamen Plänen. Sie brauchten bloß mal eine Pause. Weiter nichts!

Wenn Clara ganz ehrlich war, hatte sie ebenfalls schon mit dem Gedanken gespielt, sich eine Auszeit zu nehmen. Lene besuchen und ein wenig Großstadtluft atmen. Wie herrlich wäre das!

Doch sie blieb, wo sie war, denn sie fühlte, die Dinge konnten sich täglich zum Besseren wenden. Auf einmal war da zum Beispiel jemand, der bereit schien, zumindest Clara eine Chance zu geben: der örtliche Tischlermeister Piet Jansen. Er war ein knorriger und wortkarger Mittsechziger, der aber eine gute Handwerkerin erkennen konnte und Clara schon nach ein paar Tagen in die Arbeiten im Schulhaus mit eingebunden hatte.

Kaum war sie an diesem Punkt ihrer Überlegungen angekommen, stand sie auf, suchte ihr Smartphone und rief Rachel an. Am Nachmittag hatte sich etwas ergeben, das sie der Freundin unbedingt erzählen wollte. Sie hatte es schon ein paarmal bei ihr versucht, aber stets nur die Mailbox erreicht.

»Da bist du ja!«, rief sie aus, als Rachel sich kurz angebunden meldete. »Wieso bist du so lange nicht rangegangen?«

»Ich … war … beschäftigt«, kam es abgehackt zurück.

Die Verbindung schien schlecht zu sein. Vielleicht stimmte es ja, was Rieke schon vor Stunden behauptet hatte, und es zog tatsächlich ein Unwetter auf. Dann brachen Handynetze an der Küste schon mal zusammen, das hatte Clara bereits erfahren.

»Hör zu«, sagte sie daher schnell. »Piet Jansen hat mir eine Stelle angeboten. Er ist vor ein paar Stunden extra in die Werkstatt gekommen, um es mir persönlich zu sagen.«

»Wirklich?« Es klang eher desinteressiert.

»Ja, stell dir vor. Wenigstens mit den Holzarbeiten in der alten Schule sind wir so gut wie fertig. Und heute Nachmittag hat er gemeint, er könnte eine tüchtige Tischlerin zur Verstärkung brauchen. Erst mal nur zur Probe, aber vielleicht wird eine feste Anstellung draus. Was sagst du dazu?«

»Klingt gut.«

»Ja, nicht wahr? Dann hätte ich wenigstens etwas Sicherheit.«

»Hm.«

Endlich begriff Clara, dass Rachels seltsames Verhalten nichts mit einer schlechten Verbindung zu tun hatte.

»Was ist los?«

»Nichts, wieso?«

»Du bist so komisch. Wo bist du?«

»Ich muss Schluss machen«, sagte die Freundin. »Wir sehen uns Montag.«

Bevor Clara noch etwas erwidern konnte, wurde das Gespräch beendet.

»Verdammt!«, schimpfte sie. Was hatte das jetzt wieder zu bedeuten?

Sie versuchte es sofort bei Vicki. Vielleicht wusste die ja was. Aber da gab ihr Smartphone plötzlich kein Lebenszeichen mehr von sich.

Mist!

Wieder mal vergessen, es aufzuladen! Und das Ladekabel lag natürlich in ihrem Zimmer in der Pension Peters.

Mit Lene in meiner Nähe wäre mir das nicht passiert, dachte Clara und verspürte wie so oft diese unendlich große Sehnsucht nach ihrer Tochter. Heute war es besonders schlimm, vielleicht weil sie Marie kennengelernt hatte. Aber auch an anderen Tagen hatte Clara oft mit sich zu kämpfen.

Während Lene in Hamburg es nach dem ersten Schrecken absolut locker nahm, dass ihre Mutter nun auf einer ostfriesischen Insel lebte, fühlte Clara sich manchmal, als fehlte ihr ein Stück ihres eigenen Herzens. Es gab niemanden, mit dem sie darüber reden konnte, das machte es besonders schwer.

Rachel und Vicki waren keine Mütter, und sie hätten Clara zudem nur darauf hingewiesen, dass es doch ihre eigene Entscheidung gewesen war fortzugehen. Riekes Meinung wollte sie lieber auch nicht hören, und sonst kannte sie praktisch niemanden auf Wangerooge. Die Insulaner hielten sich von den Freundinnen fern.

Clara schickte einen zweiten Seufzer dem ersten hinterher.

»Es wird besser«, sagte sie dann zu den Schaukelpferden. Sie fand, sie machte sich selbst mehr Mut, indem sie laut sprach.

Und es stimmte doch!

Das Angebot von Piet Jansen war ein gutes Zeichen, und auch mit den Renovierungsarbeiten an der alten Schule ging es voran. Viel, viel langsamer zwar als erhofft, aber es ging!

Clara rieb sich über die Stirn. Die negativen Gedanken wirbelten in ihrem Kopf herum wie ein hungriger Möwenschwarm über einem Fischkutter.

Ihr wurde bewusst, dass sie schon viel zu viele Stunden allein in ihrer kleinen Werkstatt hockte. Piet Jansens Besuch vorhin war kurz gewesen, und auch Jonathan Hanser und Marie hatten sich nicht lange bei ihr aufgehalten. Den größten Teil des Tages hatte sie vollkommen allein verbracht und kein Wort mit jemandem gewechselt. Da konnte auch der positivste Mensch nur depressiv werden!

Es war höchste Zeit, für heute Schluss zu machen. Mit neuem Schwung sprang sie vom Hocker auf und wollte gerade zur Tür gehen, als ein lauter Donner sie zusammenzucken ließ.

Instinktiv zählte Clara die Sekunden. Vier, fünf, dann folgte ein gleißender Blitz, der die Welt vor den beiden Sprossenfenstern taghell erleuchtete.

Der Sturm ist noch weit genug weg, beruhigte sie sich selbst. Ich habe alle Zeit der Welt, zu Rieke rüberzulaufen.

Oder wäre sie schneller im Schulgebäude? Wo war es sicherer?

Bei Rieke, entschied sie.

Auf den nächsten Donner folgte der Blitz schon schneller.

Raus hier!, dachte Clara.

Da sah sie, wie es erst hinter dem einen, dann hinter dem anderen Sprossenfenster dunkel wurde.

Dort draußen ging jemand vorbei!

Jetzt wurde an der Tür gerüttelt, während gleichzeitig ein Sturzregen aufs Dach prasselte.

Clara keuchte auf. Sie war eine Frau, nur knapp mittelgroß und nicht besonders kräftig, allein in einem abgelegenen Häuschen. Da draußen konnte sonst wer stehen.

Der Mann vom Dachboden vielleicht? Sie hatte ihn noch nie zu Gesicht bekommen und fürchtete sich ein wenig vor ihm, auch wenn sie das niemals Vicki und Rachel verraten würde. Aber im nächsten Moment erinnerte sie sich daran, dass Rieke von einem über neunzigjährigen Greis gesprochen hatte. Der Schatten eben war sehr hoch gewesen. Entweder ließ also das Inselleben die Menschen groß und stark bis ins hohe Alter bleiben, oder es war jemand anderes.

Während Clara noch panisch überlegte, was sie tun sollte, gingen ihr so einige Strandräubergeschichten durch den Sinn, die Rieke den Freundinnen nur zu gern erzählte.

Von armen Schiffbrüchigen war da die Rede, die schnell mal einen Kopf kürzer gemacht worden waren, damit die Insulaner an die Wertsachen gelangten. Von wilden Gesellen und erbarmungslosen starken Männern hatte sie erzählt.

Natürlich hatte sie den Frauen aus Hamburg nur Angst einjagen wollen, denn Clara und die anderen wussten genau, dass diese Geschichten sehr, sehr lange her waren, wenn sie denn überhaupt stimmten. In Wahrheit waren die Wangerooger berühmt dafür, verzweifelte Menschen aus Seenot zu retten. Oft genug riskierten die Bergungsmannschaften dabei sogar ihr eigenes Leben. Rachel hatte Clara davon erzählt.

Aber in diesen Sekunden, allein in einem vom Sturm umtosten Häuschen, mit einem Fremden draußen an der Tür, glaubte Clara jedes Wort, das Rieke je von sich gegeben hatte.

Hektisch holte sie Luft. Ein Pfefferminzbonbon, das sie sich vor ein paar Minuten in den Mund gesteckt hatte, rutschte ihr tief in den Hals und blieb dort stecken. Sie musste würgen, und es dauerte ein paar Sekunden, bis sie das Bonbon runtergeschluckt hatte.

Na toll, dachte sie grimmig. Ich bring mich selbst um, bevor es jemand anderes tun kann.

Nur mit größter Mühe unterdrückte sie ein hysterisches Lachen. Gleichzeitig tastete sie wahllos hinter sich auf der Arbeitsbank herum, ergriff das erste Stück Holz, das sich wie eine Waffe anfühlte, und hob es hoch über den Kopf.

Da flog die Tür auf, und ein groß gewachsener Mann kam hereingestolpert.

Weil er pitschnass war, erkannte sie ihn nicht sofort. Und weil sie nicht mehr klar denken konnte, sprang sie vor und schwang die Waffe.

»Hoppla!«, rief Jonathan Hanser und hob die Arme, sodass er mit den Händen gegen die niedrige Decke stieß. »Wollen Sie mich mit einem Pferdeholzbein erschlagen?«

Dazu lachte er, während ihm der Regen aus den Haaren tropfte, seine Augen jedoch blieben ernst.

»Sie Idiot!«, schrie Clara, ließ aber das halb fertig gedrechselte Bein fallen, das sie eben blind ergriffen hatte.

»Sie haben mich zu Tode erschreckt! Ich dachte, Sie wären ein Strandräuber!«

Sie stand ganz dicht vor ihm und stellte fest, dass er ziemlich streng nach nassem Schaf roch. Was wahrscheinlich an dieser grässlichen Weste lag, die er offenbar nie auszog.

Unwillkürlich krauste sie die Nase.

Er ließ die Arme sinken und wirkte ehrlich zerknirscht. »Das lag gewiss nicht in meiner Absicht, Frau Müller. Falls ich recht informiert bin, dringen Strandräuber jedoch nicht in feststehende Gebäude ein, sondern holen sich, was das Meer hergibt.«

Blöder Besserwisser, dachte sie wütend.

»Was machen Sie überhaupt hier?« Ihr Herz klopfte wie rasend, obwohl die unmittelbare Gefahr vorbei war. Sie hatte keinen Schimmer, was das zu bedeuten hatte, wollte es auch lieber nicht herausfinden.

»Ich möchte sichergehen, dass mit Ihnen alles in Ordnung ist.«

»Warum?«

»Nun ja, das ist ein ziemlich starker Sturm, selbst wenn Rieke Peters behauptet, es sei bloß ein bisschen Schietwetter.«

Clara verkniff sich ein Grinsen. Immer noch stand sie ein bisschen zu dicht vor ihm, aber sie schaffte es nicht, einen Schritt zurückzutreten.

Er anscheinend auch nicht. Blieb wie festgenagelt, wo er war, während sich auf den blanken Fußbodendielen eine Pfütze bildete.

»Obwohl ich ja glaube«, fuhr er bedächtig fort, »dass die gute Rieke nur so lässig und abgeklärt tut. In Wahrheit scheint sie Angst zu haben. Sie hat sich jedenfalls geweigert, das Haus zu verlassen, um mit zu Ihnen zu kommen. Obwohl ich sagte, Sie würden mich möglicherweise nicht begleiten wollen, wenn ich allein käme. Aber sie erwähnte irgendetwas höchst Merkwürdiges von ihren kostbaren vier Wänden, die sie nicht allein lassen könne. Verstehen Sie vielleicht, was die Frau damit meint?«

Er redete schnell und abgehackt, so als müsse er unbedingt eine Stille füllen, die sich sonst unter dem aufs Dach prasselnden Regen auszubreiten drohte. Ihm war also ebenso unwohl zumute wie ihr. Das verschaffte ihr eine gewisse Genugtuung.

»Nein«, beschied Clara ihn knapp.

Jonathan Hanser schwieg einen Moment, bevor er sagte: »Nun, ich habe da so eine Ahnung.«

»Nämlich?«

»Riekes Elternhaus ist im Zweiten Weltkrieg zerstört worden«, erklärte er. »Und später musste sie hart darum kämpfen, es neu aufzubauen und vor Stürmen zu schützen.«

»Aha.« Clara fand es höchst seltsam, mit dem Mann hier zu stehen und über Rieke zu sprechen. Gleichzeitig fühlte es sich auf einmal normal, beinahe alltäglich an.

Er legte seinen Kopf schief, woraufhin das Regenwasser noch schneller aus den Haaren tropfte. »Marie hat sich allerdings heimlich gegen die Stirn getippt, als Rieke davon erzählte.«

»Sie sind hoffentlich nicht auf die Idee gekommen, das Mädchen mitzuschleppen!«

»Selbstverständlich nicht«, erwiderte er. »Sie ist in der Pension gut aufgehoben.«

Nun entstand doch eine unangenehme Stille, und diesmal war es Clara, die sie nicht ertrug.

»Warum?«, fragte sie erneut.

»Wie bitte?«

»Warum interessiert es Sie, wie es mir geht?«

»Nun ...« Jonathan schien nach Worten zu ringen. »Mir kommt dieses Häuschen nicht besonders stabil vor. Genau wie die Bruchbude, in der ich zurzeit wohne. Hier drinnen zu bleiben ist gefährlich.«

Was keine Antwort auf ihre Frage war.

»Sie sollten mit zu Rieke kommen«, fügte er hinzu. »Marie macht sich auch Sorgen um Sie.«

»Marie. Aha. Aber warum interessiert es Sie, wie es mir geht? Wir kennen uns nicht.« Sie sah ihm in die Augen, die so tiefbraun und warm schimmerten, und fügte dann trotzig hinzu: »Und ich mag Sie nicht einmal.«

Das war gelogen, und sie bereute es sofort.

Jonathans braune Augen verengten sich. »Gut, ich mag Sie nämlich auch nicht sonderlich.«

»Gut.« Etwas anderes fiel Clara nicht ein.

Er ließ ihren Blick nicht los und beugte sich zu ihr herunter. Regenwasser tropfte in ihr Gesicht, als sie sich auf die Zehenspitzen stellte.

Der Kuss war leicht, nur eine flüchtige Berührung ihrer

Lippen, und doch ging ein Schaudern durch ihren ganzen Körper.

Sie wollte ihre Arme um seinen Nacken schlingen, sich ganz eng an ihn schmiegen und ihn küssen, immer nur küssen.

Doch da folgte ein neuer Donnerschlag, und Jonathan Hanser zuckte zurück.

»Gehen wir!«, rief er und wandte sich um. Und sie hörte, wie er murmelte: »Das hier ist falsch.«

»Moment mal!«, sagte sie zu seinem Rücken.

Er trat hinaus in den Regen. Sie hörte ihn noch etwas sagen, aber das herabprasselnde Wasser verschluckte seine Worte. Clara starrte ihm hinterher. Das sollte es jetzt gewesen sein? Erst weckte er Gefühle in ihr, und dann ging er einfach fort? Und was, bitte, sollte falsch daran sein, sie zu küssen?

»Du Mistkerl!«, schrie sie. »Du Feigling!«

Jonathan schwieg, ließ das Wasser auf sich herabprasseln, rührte sich nicht vom Fleck, wartete auf sie.

Endlich gab Clara auf, löschte das Licht und schloss die Tür von außen. Als er sich daraufhin in Bewegung setzte, folgte sie ihm mitten durchs Gewitter den kurzen Weg bis zur Pension. Er drehte sich nicht ein einziges Mal nach ihr um.

Toller Retter in der Not, dachte sie. Stinkwütend stapfte sie an einer erstaunten Rieke vorbei durch den Flur direkt in ihr Zimmer.

Diesen Mann wollte sie nie, nie wiedersehen! Und wenn

er es noch einmal wagte, ihr zu nahe zu kommen, würde sie eine bessere Waffe zur Hand haben als ein blödes Holzbein!

Clara ging unter die heiße Dusche und schluchzte leise vor sich hin.

Es dauerte lange, bis sie ihre Fassung wiederfand. Als sie endlich unter die Bettdecke kroch, war ihr klar geworden, dass sie Jonathan Hanser natürlich weiterhin begegnen würde. Allein schon, wenn er seine dummen Schafe über den Schulhof trieb. Oder man traf sich zufällig bei Rieke. Oder Marie würde sie in der Werkstatt besuchen, und ihr Vater käme, um sie abzuholen.

Gelegenheiten gab es viele. Es war praktisch unmöglich, einander aus dem Weg zu gehen.

Gut, dachte sie bei sich. Dann werde ich wissen, wie ich mich zu verhalten habe.

Ganz sicher würde sie sich keine Blöße mehr geben. Kühl und zurückhaltend wollte sie sein. Koste es, was es wolle.

Clara hatte nicht vor, sich noch einmal verletzen zu lassen.

Nicht von einem stinkenden Schäfer!

Ziemlich zufrieden mit sich, schlief sie endlich ein. Doch als sie am nächsten Morgen erwachte, wunderte sie sich über das immense Glücksgefühl, das sie für wenige Sekunden ausfüllte. Im nächsten Moment wurde es von einer tiefen Traurigkeit abgelöst, um sogleich in heftige Wut umzuschlagen.

Kühl und zurückhaltend? Könnte schwierig werden, dachte sie.

14. Kapitel

Zwei Wochen später, an einem herrlich sonnigen Sonntag Mitte Juli, schlenderte Clara mit Marie über die Untere Strandpromenade. Beide vertilgten mit einiger Mühe riesige Eistüten, die verflixt schnell vor sich hin schmolzen.

Reden war dabei erst mal nicht drin, und so schaute Clara ein wenig sehnsüchtig auf die Urlauber, die es sich am Nordstrand gut gehen ließen.

Manche bauten mit ihren Kindern mehr oder weniger prächtige Sandburgen, andere genossen die Stunden in den Strandkörben. Viele planschten und schwammen im Meer. Es herrschte Ebbe, aber niemand schien sich daran zu stören, ein ganzes Stück bis zum Beginn der Wasserlinie laufen zu müssen. Sie wurden sorgfältig bewacht von den Rettungsschwimmern, denn das Baden in der Nordsee konnte aufgrund plötzlicher Strömungen gefährlich werden.

Weiter draußen zogen die Wind- und Kitesurfer vorbei, in der Ferne entdeckte Clara große und kleine Segelschiffe. Und am Horizont zeichnete sich hin und wieder ein großes Kreuzfahrtschiff oder ein Frachter ab. Es war der perfekte Tag, um ihn auf einer ostfriesischen Insel zu verbringen, fand Clara. Trotz der hochsommerlichen Temperaturen sorgte ein leichter Wind für Abkühlung. Bloß das Eis in ihren Händen – Schokolade, Pistazie und Walnuss für Marie, Erdbeere, Zitrone und Vanille für sie selbst – tropfte immer schneller vor sich hin.

Clara wünschte sich auf einmal, einer dieser Badegäste zu sein. Alle wirkten so fröhlich und sorglos! Doch sie hatte keine Zeit, auch nur ein paar Stunden am Strand zu verbringen. Dieser Spaziergang mit Marie war schon mehr Müßiggang, als sie sich erlauben durfte. Aber das Mädchen hatte darauf bestanden und keine Ausrede gelten lassen.

»Es ist Sonntag, drei Uhr nachmittags«, hatte sie vorhin in der Werkstatt mit gewichtiger Miene verkündet. »Du musst mal raus an die frische Seeluft, sonst tickst du noch irgendwann aus.« Dabei hatte sie fast so energisch wie Rieke geklungen und Clara damit zum Lachen gebracht.

»Also gut. Für eine halbe Stunde.«

»Das sehen wir dann.«

Als sie an der Pension vorbeigekommen waren, hatte die Wirtin ihnen kurz zugewunken.

»War ihre Idee«, hatte Marie gestanden. »Ich wollte eigentlich mit Bjarne raus zum Windsurfen, aber Rieke hat mir befohlen, dich aus deiner Höhle zu holen. Ihre Worte.«

Bjarne, das wusste Clara aus Maries Erzählungen, war der Sohn eines örtlichen Fischers. Im Sommer nahm er alle möglichen Jobs an, aber seit er Marie begegnet war, ließ er so einiges schleifen und verbrachte am liebsten seine Zeit mit ihr.

»Bjarne ist ja echt süß«, sagte Marie jetzt. Sie hatte ihr

Eis in einer irren Geschwindigkeit verputzt. »Aber sooo anhänglich.«

Der junge Insulaner war ihr absolutes Lieblingsthema, und Clara mahnte sich immer wieder zur Geduld.

Sie mochte Marie wirklich, doch manchmal war sie auch froh, wenn das Mädchen nicht so viel Zeit bei ihr in der Werkstatt verbrachte. Hin und wieder brauchte sie einfach ein paar Stunden für sich, in denen sie in ihrer Arbeit aufgehen und die Gedanken zur Ruhe kommen lassen konnte.

Dann wieder war sie froh, wenn sie nicht so viel Gelegenheit zum Grübeln hatte. Denn ihre Überlegungen führten doch immer wieder zu denselben Fragen. Mochte sie zum Beispiel damit anfangen, über Rachel und Vicki nachzudenken, die neuerdings so geheimnisvoll taten, oder über das Hotel, das zu ihrer aller Überraschung langsam, aber sicher seiner Fertigstellung entgegensah – am Ende stand immer: Warum hat sich Jonathan nach dem Kuss abgewandt? Bin ich so hässlich? Warum will er nichts von mir wissen?

Sie vergaß dabei, dass sie selbst beschlossen hatte, ihm aus dem Weg zu gehen.

So war Clara eben, und das wusste sie auch. Sie verlor viel zu schnell ihr Herz und glaubte immer noch an die große Liebe. Selbst wenn der Mann ihr seit zwei Wochen die kalte Schulter zeigte.

Marie hatte inzwischen weiter von Bjarne geredet, aber dann landete sie plötzlich bei ihrem Vater und erzählte, er sei fest entschlossen, ab morgen mit seinen Schafen einen großen Umweg zu machen. »Damit er euch nicht mehr nervt.«

Clara erwiderte nichts darauf. Es war sicherer, fand sie, sich auf kein Gespräch über ihn einzulassen.

Prompt blieb Marie stehen und sagte: »Du darfst Papa nicht böse sein.«

Clara, die sich ertappt fühlte, beschäftigte sich angelegentlich mit ihrer Eistüte.

»Wie kommst du darauf, dass ich ihm böse bin?«, fragte sie dann.

Marie legte den Kopf schief. »Immer wenn ich von ihm rede, fängst du an, so eisern zu schweigen.«

Clara schwieg.

»Genau.« Marie grinste von einem Ohr zum anderen. »Dabei war es doch voll nett, dass er dich in dem Sturm neulich gerettet hat.«

»Gerettet. Na ja.«

»Also, ich fand's mutig von ihm.«

»Hm.«

»Rieke hatte ihn noch zurückhalten wollen, aber er hat nicht auf sie gehört.«

Aus unerfindlichen Gründen fühlte sich Clara daraufhin ein klein wenig besser.

»Tatsächlich?«

»Ja, sie hat gesagt, er wäre ein blöder Holzkopp, weil er sich mit so einem Wetter auf der Insel nicht auskennt. Er hat sie bloß nicht mehr gehört, weil er da schon losgelaufen war.« Marie schlang ihre dünnen Arme um den Oberkörper. »Ich hatte auch echt Angst, bis er wieder da war. Ich war ja erst seit ein paar Stunden auf Wangerooge. Das war voll gruselig.«

Clara warf ihr einen liebevollen Blick zu. Manchmal vergaß sie glatt, dass sie Marie erst kurze Zeit kannte – so sehr war ihr das Mädchen inzwischen ans Herz gewachsen.

»Und Rieke wollte losschimpfen, als er pitschenass wiederkam. Das habe ich ihr genau angesehen. Aber dann bist du hinter ihm aufgetaucht, und sie hat keinen Ton mehr gesagt. Irgendwie komisch. Du hast auch so wütend ausgesehen.«

»Hm«, machte Clara wieder nur. Deswegen kassierte sie seitdem also prüfende Blicke von der alten Wirtin. Die ahnte was! Allerdings hatte ihr Verdacht in den letzten zwei Wochen kaum neue Nahrung erhalten, so wie Clara und Jonathan einander gemieden hatten.

Marie hockte sich auf einen Uferstreifen, und Clara tat es ihr nach. Hier zu sitzen und die Füße in den Sand zu stecken fühlte sich wenigstens ein kleines bisschen wie Ferien an.

»Manchmal«, hob Marie erneut an, »hoffe ich so sehr, dass Papa mit diesem Quatsch hier aufhört, damit wir wieder unser normales Leben zu Hause in Bremen führen können. Aber dann denke ich, es tut ihm gut, den Schäfer zu spielen.«

»Spielen?«, hakte Clara nach. Nun wurde sie doch neugierig.

Marie schlug sich die Hand vor den Mund. »Shit! Ich sage kein Wort mehr! Papa killt mich, wenn ich rumerzähle, wer er in Wahrheit ist.«

Clara kicherte. »Hoffentlich kein Bremer Mafiaboss.«

»Nee!« Marie rollte mit den Augen. »Aber mehr verrate ich nicht!«

Sie schien sehr zufrieden mit sich, und Clara erkannte, wie geschickt das Mädchen sie in ein Gespräch über ihren Vater verwickelt hatte.

Marie war noch nicht fertig. »Also magst du ihn jetzt wieder? Er hat ja auch dafür gesorgt, dass deine Schaukelpferde in diesem großen Souvenirshop direkt da oben angeboten werden.« Sie wies mit dem Daumen in Richtung Obere Strandpromenade.

Das stimmte. Seitdem konnte sich Clara vor Aufträgen kaum noch retten. Sie hätte Jonathan dankbar sein müssen. War sie bloß nicht. Denn sie hatte das Gefühl, er wollte damit bloß sein schlechtes Gewissen beruhigen.

Außerdem war die Inhaberin des Ladens eine unverschämt große, naturblonde und blauäugige Insulanerin namens Imke Tannen, die es eindeutig auf den exotischen Schäfer abgesehen hatte. Sie war, das wusste Clara von Rieke, die einzige Frau, die sich von Jonathans verschlossener Art nicht im Geringsten abschrecken ließ.

»Den werde ich knacken wie einen Hummer«, sollte sie gesagt haben, was Clara beinahe veranlasst hätte, den Deal mit ihren Schaukelpferden platzen zu lassen. Aber dann hatte sie auf die vernünftige Rachel gehört und Privates beiseitegelassen. Geschäft war Geschäft.

Trotzdem. Eine Freundin würde Imke Tannen bestimmt nicht werden. Diese Frau war zu laut, zu herrisch.

Dass sie selbst möglicherweise schlichtweg eifersüchtig war, gestand sich Clara nicht ein.

Marie klopfte ihr mit dem Fingerknöchel leicht gegen die Stirn. »Tock, tock, ist jemand da?«

Clara lächelte schief, sagte aber nichts, sondern beschäftigte sich ganz mit ihrem Eis. Als sie es aufgegessen hatte, schaute sie wieder zum Strand hinüber.

»Ein Glück, dass der Sturm keinen größeren Schaden angerichtet hat. Mitten in der Saison wäre das eine Katastrophe gewesen. Es mussten nur ein paar Lastwagenladungen Sand aus dem Südosten herangeschafft und verteilt werden, um die Verluste auszugleichen.«

Clara las regelmäßig den Wangerooger »Inselboten«. Sie wollte informiert sein über alles, was in ihrer Wahlheimat geschah, und sie fühlte sich auf diese Weise den Einheimischen schon ein wenig zugehörig.

»Okay, okay, ich geb's auf. Ich fang nicht mehr von Papa an. Versprochen.«

»Stell dir vor, wir hätten eine Sturmflut bis hoch ins Dorf bekommen.«

»Brrr.« Marie schüttelte sich. »Da hätte ich echt Angst gekriegt. Aber Papa hätte uns alle gerettet. Er ist ein Held.«

»Marie.«

»Sorry. Kommst du mit ins Wasser?«

Clara sah an ihren gewohnten Latzhosen hinunter. »Eher nicht.«

»Nur die Füße nass machen. Na los. Ist bestimmt schön frisch.«

»Tut mir wirklich leid. Aber ich muss zurück.« Sie stand wieder auf und klopfte sich umständlich den Sand ab. »Bis heute Abend sollte ich noch zwei Schaukelpferde fertig haben.«

Sie erwähnte nicht, dass Maries Begeisterung für ihr Handwerk rasant nachgelassen hatte.

Kaum war das Mädchen in der Lage gewesen, mal eine Mähne anzukleben oder einen Sattel aufzumalen, war es ihr immer seltener zur Hand gegangen. Meistens kam Marie nur in die Werkstatt, um zu quatschen. Auch deshalb hinkte Clara mit der Fertigstellung hinterher.

Aber es war in Ordnung. Eine Dreizehnjährige durfte sprunghaft sein. Lene war in dem Alter nicht anders gewesen.

Marie verzog das Gesicht und kam ebenfalls auf die Füße. »Dann nicht. Treffe ich eben doch noch den Bjarne.«

Sie kniff die Augen zusammen, als könnte sie den Jungen zwischen all den Urlaubern entdecken, und rief plötzlich aus: »Ist das nicht euer Geist dahinten? Oh Mann! Guck nur! Der ist schon fast bei dem einen Strandkorb, wo die Leute gerade ins Wasser wollen.«

Clara folgte Maries ausgestrecktem Arm mit dem Blick und entdeckte einen alten Mann. »Himmel, ja! Wir müssen ihn aufhalten!«

Schon schlüpften beide aus ihren Sandalen und liefen los.

Hoffentlich sind wir rechtzeitig da, überlegte Clara nervös.

Im tiefen Sand kamen sie nicht sehr schnell voran, aber Marie war zum Glück ein wenig flinker und erreichte Tjark Ummen, kurz bevor dieser sich klammheimlich an dem verlassenen Strandkorb zu schaffen machen konnte.

»Hallo!«, rief sie, während Clara noch zwanzig Meter weiter weg war.

Tjark, ein kleiner, gebeugter Mann mit wehenden weißen Haarsträhnen, sah sich um und tat unschuldig.

»Wer bist du? Was willst du von mir?«

»Marie, das wissen Sie ganz genau.«

Die Haarsträhnen wirbelten heftig herum, als er den Kopf schüttelte. »Nie gesehen.«

Clara kannte Tjark auch dank Riekes Berichten inzwischen recht gut. Bei Bedarf ließ sein Gedächtnis schlagartig nach. In Wahrheit war ihm Marie nämlich sehr wohl ein Begriff. Schließlich hatte sie ihn schon ein paarmal auf dem Dachboden besucht. Wo es etwas Spannendes zu entdecken gab, war das Mädchen nicht weit.

»Clara ist auch da.«

»Ich kenne keine Clara.«

Marie ließ sich nicht beirren. »Das ist die supernette Frau hier, die Schaukelpferde baut und außerdem dafür gesorgt hat, dass Sie noch nicht aus der alten Schule geflogen sind.«

Clara wusste selbst nicht genau, warum sie sich für ihn eingesetzt hatte. War es Mitleid gewesen? Oder das Gefühl, in ihrer Werkstatt weniger allein zu sein, wenn nebenan noch ein alter Mann wohnte?

Ihre Angst vor ihm hatte sie verloren, seit Rieke sie nach dem schlimmen Unwetter über ihn aufgeklärt hatte. Bei ihren Freundinnen war Clara allerdings auf harten Widerstand gestoßen.

Vicki war der Strandräuber nach wie vor nicht geheuer,

Rachel hatte auf ihre pragmatische Art angemerkt, so jemand schädige das Geschäft. Außerdem sollte der Dachboden irgendwann noch ausgebaut werden.

Clara jedoch hatte nicht lockergelassen. Sie wollten doch Menschen helfen. Warum nicht auch diesem Insulaner?

Mochte er eventuell in seinem Alter keinen Liebeskummer mehr haben – glücklich war er nicht.

Wen störte er schon, solange es keine Gäste gab? Und Geld für den Ausbau oben war ohnehin keines übrig. Rachel hätte ihnen doch schon vor Wochen erklärt, sie müssten sich auf das Notwendigste beschränken. Also auf die Zimmer und Bäder im ersten und zweiten Stockwerk.

Schließlich hatten Rachel und Vicki dann erstaunlich schnell nachgegeben. Bis zur Eröffnung des Hotels dürfe Tjark Ummen bleiben, sagten sie. Diese Diskussion hatten sie ein paar Tage nach ihrer Rückkehr aus Hamburg geführt, und Clara hatte sich darüber gewundert, dass die beiden so geistesabwesend wirkten.

Normalerweise hätten sie leidenschaftlich gegen den ungebetenen Untermieter protestiert. Doch sie machten auf Clara den Eindruck, als seien sie mit ihren Gedanken ganz woanders. In Hamburg zum Beispiel.

Clara hatte das gehörig zu denken gegeben, aber seitdem hatte sie keine Gelegenheit gehabt, Rachel und Vicki auszufragen. Fast schien es ihr, als vermieden es die beiden, mit ihr zu reden. Wenn es um die Belange des Hotels ging, benahmen sie sich normal, aber sobald es irgendwie privat wurde, hatten sie es stets furchtbar eilig.

Jetzt schob sie alle Gedanken an ihre Freundinnen beiseite, strengte sich an, zum Strandkorb zu kommen, und schickte ein strahlendes Lächeln voraus. Es verrutschte, als sie bemerkte, dass der alte Mann sie keines Blickes würdigte.

»Ein bisschen mehr Respekt, bitte«, forderte Marie ihn auf. »Wir wollen dir nur helfen.«

»Pah!«, machte Tjark abfällig und linste voller Begehren zu einer großen Tasche, die herrenlos auf dem gestreiften Sitzpolster lag.

Inzwischen hatte Clara die beiden erreicht und bemühte sich, wieder zu Atem zu kommen.

»Herr Ummen!«

Er reagierte nicht. Mit seinem Nachnamen hatte er es auch nicht so.

»Tjark!«, rief Clara.

Da streckte er bereits den Arm in Richtung der unbekannten Schätze aus.

»Ich rufe die Polizei«, drohte sie ihm.

Der alte Strandräuber feixte bloß und entblößte dabei ein billiges Gebiss. Die zwei Dorfpolizisten auf Wangerooge jagten ihm keine Angst ein.

»Und ich hole die Rieke!«, fügte Marie hinzu.

Der Arm zuckte zurück. Rieke war ein anderes Kaliber. Vor der hatte Tjark Ummen mächtig Respekt.

»Ich tue doch gar nichts«, verteidigte er sich. »Guck mich nur 'n büschen um. Ist nicht verboten.«

»Von wegen«, schimpfte Marie. »Wenn man nicht auf dich aufpasst, landest du noch im Knast.«

Der alte Mann verlor sein Lächeln. »Da wohne ich

längst«, sagte er dumpf und meinte damit das verhasste Altenheim. »Ich bin ’n freier Mensch! Ich lasse mich nicht einsperren!«

»Stimmt etwas nicht?«, fragte plötzlich eine fremde Männerstimme hinter ihnen.

Alle drei fuhren herum. Vor ihnen stand der Urlauber, wohlbeleibt und mit einem beeindruckenden Sonnenbrand.

»Suchen Sie etwas in meinem Strandkorb?«, fügte er misstrauisch hinzu.

»Bitte entschuldigen Sie …«, begann Clara und wusste nicht weiter.

Tjark stand nur stumm neben ihr und war überhaupt keine Hilfe. Ein schlechtes Gewissen schien er auch nicht zu haben.

Es war Marie, die sie rettete. Sie streckte die Hand aus, die vom Urlauber automatisch ergriffen wurde. »Hallo, schön, Sie kennenzulernen. Wir arbeiten für die Kurverwaltung und möchten Sie gern heute Abend zum Konzert im Rosengarten einladen.«

»Diese Aufführungen sind meines Wissens ohnehin kostenlos.«

Dumm war der Mann nicht, und wieso ein Teenager, ein Methusalem und eine Frau in Latzhosen im Namen der Kurverwaltung unterwegs waren, wollte ihm wohl auch nicht so recht in den Sinn.

»Das wissen wir natürlich«, erwiderte Marie ganz cool, während sie Clara ein Zeichen gab, Tjark aus der Gefahrenzone zu ziehen. »Aber ich werde für Sie die besten Plätze in der ersten Reihe reservieren. Wie finden Sie das?«

»Ich ... äh ... müsste mal meine Frau fragen. Hertha, Schatz!«, brüllte er so laut, dass sogar der etwas schwerhörige Tjark zusammenzuckte. »Komm doch mal her!«

Seine ebenso gut genährte Gattin machte sich auf den Weg zu ihnen.

Zeit zu verschwinden, dachte Clara. Marie erkannte das ebenfalls, bedachte den Urlauber noch mit einer Flut von Worten und fing gleichzeitig an rückwärtszugehen.

Clara schob den zeternden Tjark vor sich her in Richtung Untere Strandpromenade.

»Warten Sie mal!«, rief der Mann ihnen nach.

Marie winkte mit beiden Armen. »Bis heute Abend. Wir freuen uns schon!«

Erst als sie über einen der vielen schrägen Wege die Obere Strandpromenade erreicht hatten und sich unter die Spaziergänger mischten, fühlten sie sich wieder sicher.

»Puh!«, stieß Marie aus. »Das war aber verdammt knapp.«

Clara rang nach Luft und brachte erst mal keinen Ton heraus.

Tjark Ummen hingegen, der in seinem hohen Alter offenbar besser in Form war als eine Mittvierzigerin, hörte nicht auf zu schimpfen.

»Ich bin entführt worden!«, rief er so laut, dass einige Passanten stehen blieben.

15. Kapitel

Ausgerechnet Imke Tannen, die Inhaberin des Souvenirshops, eilte herbei. Weder Clara noch Marie schafften es, Tjark zum Schweigen zu bringen. Er brüllte immer weiter etwas von einer Entführung.

Die Leute kamen näher, ein paar Männer, dem Tonfall nach Berliner, tauschten sich darüber aus, was zu tun sei. Die Polizei rufen oder den armen alten Mann gleich befreien?

Bevor sie sich für Letzteres entscheiden konnten, stürmte eine große blonde Frau unter Einsatz ihrer Ellenbogen und einer kräftigen Stimme durch die rasch anwachsende Menge.

»Platz da, Leute!«

Einige wichen zurück. Andere, wie die Männer aus Berlin, dachten gar nicht daran. Sie forderten die blonde Frau auf, sich nicht einzumischen. Sie hätten alles im Griff.

»Ha!«, machte Imke nur und lachte ihnen ins Gesicht. »Alles im Griff? Ihr wisst wohl nicht, wen ihr da vor euch habt!«

Mit großer Geste zeigte sie auf Clara, Marie und den nach wie vor zeternden Tjark.

»Das da ist der Dorftrottel von Wangerooge«, erklärte sie. »Die kleine Frau ist seine Pflegerin und das Mädchen die Enkelin.«

Clara hoffte, Tjark habe Imke nicht gehört. Zwar hätte sie ihn in diesem Moment wirklich erwürgen können, aber als Dorftrottel bezeichnet zu werden musste ihn tief in seiner Ehre kränken.

Zum Glück schrie er selbst zu laut, um andere zu verstehen. Bis zu der Sekunde, wo Imke zu ihm trat und ihm eine große Hand auf den Mund legte.

»Klappe halten«, zischte sie, während die Berliner immer noch unschlüssig herumstanden.

»Hey«, sagte sie zu ihnen. »Wenn ihr zufällig mal drüben in Fietjes Kneipe geht, sagt ihm einen schönen Gruß von mir. Die erste Runde geht auf mich.«

So schnell und zielstrebig hatte Clara selten ein paar Männer verschwinden sehen. Auch die übrigen Passanten gingen zum Glück weiter. Die Show war offensichtlich vorbei.

»Lass den Tjark mal lieber wieder los«, sagte sie zu Imke.

»Nix da, der vergrault mir meine Kunden, wenn er hier so ein Theater macht.«

»Aber er kriegt keine Luft mehr«, warf Marie ein. »Er ist schon blau im Gesicht.«

Imkes Hand war wirklich sehr groß, fast so groß wie Riekes, stellte Clara voller Staunen fest. Und sie umschloss nicht nur Tjarks Mund, sondern auch seine Nase.

Als Imke ihn freigab, schwankte er und röchelte vor sich hin. Clara und Marie hakten ihn wieder auf beiden Seiten unter. Seine Gesichtsfarbe normalisierte sich aber schnell.

»Passt man besser auf den auf«, sagte Imke noch und ging ein paar Schritte in Richtung ihres Ladens. »Der alte Mann bringt nur Ärger.«

»Olle Klugschnackerin«, sagte Tjark, immer noch röchelnd.

»Blöde Kuh«, befand Marie.

Clara konnte keinem von beiden widersprechen.

Marie streckte dem Schaufenster voller bunter Souvenirs die Zunge raus. »Aber sie hat vielleicht einen Lynchmord verhindert.«

»Wir wären mit den Leuten auch allein fertig geworden«, meinte Clara, obwohl sie sich dessen gar nicht so sicher war. »Jetzt komm, nichts wie weg hier.«

Sie schleppten Tjark mit sich, wandten sich aus Gewohnheit nach Westen und kamen bald darauf zu Riekes Pension.

»Wir können sie fragen, was wir machen sollen«, schlug Marie vor. »Wenn wir ihn nicht zufällig entdeckt hätten, wäre er bestimmt verhaftet worden. Und Rieke kennt ihn schon ewig.«

»Gute Idee«, befand Clara. »Außerdem weiß ich gar nicht, wo sein Altenheim ist. Du vielleicht?«

»Nee, kein Plan, und er wird es uns hundertpro nicht verraten.«

Also blieb ihnen keine Wahl.

Tjark wehrte sich nach Leibeskräften. Offenbar war

Rieke Peters der letzte Mensch, dem er begegnen wollte. Aber sie schleiften ihn gnadenlos durch den Vorgarten.

Rieke saß draußen in einem Korbsessel und hatte die Füße auf einen Hocker gelegt.

Clara wusste, sie entfernte sich nie sehr weit oder für längere Zeit von ihrem Haus. Mal kam sie zum alten Schulhaus, mal stattete sie Jonathan einen kurzen Besuch ab. Ihre Einkäufe im Dorf erledigte sie schnell und ohne sich von irgendjemandem aufhalten zu lassen. Auch deshalb galt sie bei den Insulanern als eine etwas merkwürdige alte Frau. Und wenn ihre Gäste den Tag am Strand, im Watt oder auf Erkundungstour im Innern der Insel verbrachten, nahm sie sich manchmal für ein Stündchen frei, indem sie sich in die Sonne setzte.

Warum sie die Pension kaum verließ, hatte Clara bereits herausgefunden. Jonathan hatte ihr schon davon erzählt, und sie hatte sich weiter erkundigt: Obwohl so viele Jahre seit dem Zweiten Weltkrieg vergangen waren, fürchtete Rieke Peters noch immer, ihr Haus könnte wieder verschwinden, wenn sie nicht genau aufpasste. Auch die Erinnerung an den großen Sturm von 1962, bei dem ein Teil des Ortes erneut zerstört worden war, saß ihr noch im Nacken.

So mutig und selbstbewusst sie sich sonst auch gab – wenn es um ihre Pension ging, waren die alten Ängste stärker als jede vernünftige Überlegung.

Es war dieses Wissen um eine furchtsame Frau hinter der resoluten Fassade, das Clara dazu gebracht hatte, die Wirtin in ihr Herz zu schließen. Mochte Rieke die drei Hamburger Frauen regelmäßig auslachen und zur Schnecke machen. Clara war froh, dass sie nun zu ihrem Leben gehörte.

Auch das Verhältnis ihrer beiden Freundinnen zu Rieke war größtenteils von Sympathie geprägt. Rachel war ja von Anfang an recht gut mit ihr ausgekommen, aber neuerdings hielt Vicki sich oft bei ihr in der Küche auf. Warum sie das tat, hatte sie allerdings noch nicht verraten.

»Alter Mann, wat haste wieder angestellt?«, fragte Rieke streng. Sie hatte die kleine Prozession ganz richtig gedeutet und bedachte Tjark mit einem eisigen Blick.

Der presste die Lippen zusammen und starrte zu Boden. Er versuchte immer noch, sich zu befreien, aber seine Kräfte erlahmten. Clara lockerte ein wenig ihren Griff. Sie wollte ihm ja nicht wehtun.

Marie tat es ihr nach, passte aber auf jede seiner Bewegungen auf.

»Ich warte auf eine Antwort!«

»Dat geit di gar nüscht an, wat i mok«, erwiderte Tjark, der gern vom Plattdeutschen ins Hochdeutsche wechselte und wieder zurück. So als könnte er sich in seinem Alter nicht entscheiden, was ihm lieber war. »Als du noch in die Windeln geschissen hast, bin ich schon zur See gefahren.«

»Wärste man dabei geblieben! Dann hätten wir heute nicht ständig Ärger mit dir.«

An Clara gewandt erklärte Rieke: »Wangerooger Männer werden sehr alt, wenn sie nicht in jungen Jahren auf See gestorben sind. So war es jedenfalls früher. Und bei diesem elenden Element hier wär's für alle ein Segen gewesen.«

Der alte Mann funkelte Rieke zornig an, was sie ignorierte. »Als Fischfutter hätte er sich wenigstens nützlich machen können. Aber nix da. Und im Krieg hat er sich bloß gedrückt. Ist mit dem Kutter seines alten Herrn auf irgendeine unbewohnte schottische Insel geflüchtet.«

»Ich war bloß ein Junge«, verteidigte er sich. »Und Vadder hat mich weggeschickt.«

Clara empfand Mitleid mit ihm. Wahrscheinlich lebte er schon sein ganzes Leben mit dem Stigma, ein Feigling gewesen zu sein.

»Einmal Taugenichts, immer Taugenichts«, sagte Rieke gnadenlos.

»Pah!«, machte Tjark und spuckte vor ihr aus. Sein Körper fühlte sich jetzt schlaff an, und Clara hoffte, er würde nicht auf einmal zusammenbrechen. Wer wusste schon, wie viel Aufregung so ein altes Herz verkraften konnte.

Da Rieke von ihm nicht erfuhr, was geschehen war, schaute sie fragend erst Clara und dann Marie an.

»Er ... hat gar nichts Besonderes gemacht«, sagte das Mädchen und lockerte ebenfalls den Griff. »Er hat sich nur ein bisschen ... äh ... am Strand verlaufen, und wir haben ihn weggebracht.«

»Du lügst. Ich schätze mal, er hat sich *in* einen Strand*korb* verlaufen.«

Marie wurde rot, und Clara sagte zu ihrer Verteidigung: »Sie will ihn schützen. Er ist doch nur ein einsamer alter Mann.«

Tjark wurde noch ein bisschen schlaffer.

»Vor allem ist er ein ausgekochtes Schlitzohr«, gab Rieke

zurück, »und er wickelt die Leute um den Finger, wie es ihm gerade passt.«

Clara fand, die Wirtin urteile zu hart, aber sie erwiderte lieber nichts, sondern hörte zu, als diese nun wieder mit Tjark redete. »Noch so ein Vorfall, und du kannst was erleben.«

Ein hämisches Grinsen zog über das faltige Männergesicht. Seine Furcht schien Tjark verloren zu haben.

»So? Und wat? Mir machst du keine Angst, Rieke Peters!«

Da erhob sich die Wirtin, ragte hoch über ihm auf und sagte: »Wie wär's mit einem kleinen Ausflug zur Aussichtsdüne?«

Schlagartig wurde Tjark Ummen bleich wie der Tod. Mit einer einzigen überraschenden Bewegung entwand er sich Claras und Maries inzwischen laschem Griff und rannte davon. Schnell wie ein junger Kerl.

Marie wollte ihm nachsetzen, aber Rieke hielt sie zurück. »Lass man. Der verkriecht sich jetzt auf dem Dachboden und denkt hoffentlich über seine Sünden nach. Für eine Weile wird er bestimmt nichts mehr anstellen. Hab ihm genug Angst eingejagt.« Sie lachte ihr Möwenlachen und ließ sich wieder in ihren Sessel fallen.

Clara und Marie standen unschlüssig vor ihr.

»Wieso hat er Angst vor der Aussichtsdüne?«, wollte Marie wissen.

»Ist 'ne alte Geschichte. Ich war damals noch ein ganz kleines Mädchen und habe erst später davon erfahren. Unter den Jungen von Wangerooge gab es eine Mutprobe, die jeder bestehen musste, wenn er zur Gruppe dazugehören wollte: Einmal so weit von der hohen Düne springen, wie man konnte, und zwar mit verbundenen Augen.«

»Klingt gefährlich«, meinte Clara.

»War es auch. Es hat immer mal wieder Unfälle gegeben, aber der von Tjark war der schlimmste. Er überschlug sich und landete kopfüber im lockeren Sand. Bis die anderen ihn rausgezogen hatten, war er fast erstickt. Da hatte er den Krieg auf einer Insel am Ende der Welt überlebt, und dann das.«

»Krass«, sagte Marie.

»Tja, das wär's gewesen für ihn, mit achtzehn. Wäre vielleicht kein großer Verlust gewesen.«

»Rieke«, mahnte Clara sanft.

»Schon gut. Na, ich muss ihm bloß mit der Düne drohen, dann wird er ganz brav. Er weiß nämlich ganz genau, dass ich nicht zögern würde, ihn von der Spitze runterzustoßen.«

»Würdest du nicht?«, sagte Clara erschrocken.

Rieke lachte noch einmal. »Tjark lässt es jedenfalls nicht darauf ankommen.«

Marie verabschiedete sich kurz darauf. Sie wollte zurück zum Strand.

Lächelnd sah Clara ihr nach. Das Mädchen hatte für heute genug von alten Leuten und noch älteren Geschichten. Verständlich.

Als sie weg war, klopfte Rieke einladend auf den Korbsessel neben ihrem. »Setz dich, Clara, ich hol dir einen Kaffee.«

»Aber ich muss zurück in die Werkstatt.«

Rieke schüttelte den Kopf. »Du arbeitest zu viel, Deern. Heute Nachmittag hast du frei.«

»Ach, und wer beschließt das?«

»Ich. Und Piet Jansen kann morgen Vormittag auf dich verzichten. Das habe ich ihm schon gesagt. Dann kannst du deine Schaukelpferde in Ruhe fertigstellen.«

Clara unterdrückte einen Fluch. Es passte ihr überhaupt nicht, dass Rieke mit ihrem neuen Arbeitgeber über sie sprach. Sie empfand eine solche Anmaßung als extrem übergriffig.

Dummerweise hatte sie erst vor Kurzem erfahren, dass sie den Job bei dem Tischlermeister überhaupt nur Rieke zu verdanken hatte. Jansen war nämlich deren Neffe und hatte ihrer Bitte zugestimmt, der Hamburger Tischlerin eine Chance zu geben.

Na, dachte Clara. Wenigstens hat er seine Entscheidung nicht bereuen müssen. Bisher war er mit ihrer Arbeit zufrieden, und dass Clara auf Fensterrahmen spezialisiert war, passte auch gut.

»Okay«, gab sie nach und setzte sich. Mit Rieke wollte sie keinen Streit. Am Ende brachte die es fertig und schleppte sie auch zur Aussichtsdüne.

»Gutes Kind.« Die Wirtin verschwand im Haus und kam wenig später mit einem vollen Tablett zurück.

Außer einer Kaffeekanne, Bechern, Zucker und Milch

entdeckte Clara einen Teller voller kleiner quadratischer Kuchenstücke, die köstlich dufteten.

»Was ist das?«, fragte sie und vergaß, dass sie erst vor Kurzem ein riesiges Eis verdrückt hatte.

»Kaffeebrot«, erklärte Rieke. »Selbst gemacht. Altes Rezept meiner Großmutter.«

»Was jetzt keine Überraschung ist«, murmelte Clara anerkennend.

»Die Grundzutaten sind Mehl, Butter, Eier und Zucker. Ganz einfach. Es kommt nur auf das langsame Backen an.«

Clara nahm sich ein Stück und knabberte daran. »Köstlich.«

Rieke lächelte zufrieden und goss ihr einen Becher voll Kaffee ein. »Hier. Ich weiß doch, dass du den lieber hast als unseren Tee.«

Dankbar nahm Clara den Becher, tat einen Kaffeelöffel Zucker und einen Schuss Milch hinzu, nippte an der Tasse, knabberte weiter an dem Kuchenstück, lehnte sich zufrieden zurück.

»Das tut gut.«

»Siehst du. Und jetzt verrate mir mal, was mit dir und dem Jonathan los ist. Ihr streicht umeinander herum wie zwei liebestolle Straßenköter, aber wehe, ihr kommt euch zu nahe. Dann knallt's.«

Clara richtete sich auf. Mit der Entspannung war es vorbei.

»Ich weiß nicht, was du meinst.«

»Das weißt du sehr gut. Was ist in der Sturmnacht zwischen euch vorgefallen? Habt ihr zwei euch in die Wolle gekriegt?«

Was geht denn dich das an, hätte sie gern zurückgefragt. Aber sie erwiderte nur vage: »Da ist nichts Besonderes passiert.«

»Blödsinn. Da war was.«

»Ich denke, das ist meine Sache«, sagte Clara mutig. »Und die von Herrn Hanser.«

»Soso. Nun, dann will ich dir mal was erklären. Du und der Jonathan, ihr passt nicht zusammen. Lass lieber die Finger von dem.«

Clara spürte, wie ihr Gesicht heiß wurde.

»Ich habe nicht die Absicht, mit Herrn Hanser irgendetwas anzufangen!«

»Denn ist ja gut.«

Trotzdem hatte Clara den Eindruck, Rieke glaubte ihr nicht. Und was sollte das überhaupt heißen, sie und Jonathan passten nicht zueinander? Was wusste die alte Frau schon?

Unglücklicherweise war Rieke noch nicht fertig.

»Der braucht ein anderes Kaliber von Frau«, erklärte sie gnadenlos. »Keine dusselige Deern, die noch an den Märchenprinzen auf seinem weißen Ross glaubt. Ich habe ja mal gedacht, du wärst ganz praktisch veranlagt, aber du träumst zu viel.«

»Ich finde ...«, setzte Clara an, wurde aber mit erhobener Hand zum Schweigen gebracht.

»Deine Meinung interessiert mich nicht. Ich weiß nur, dass der Jonathan selbst ein dummer Träumer ist. Er hat keine Ahnung, was er mit seinem Leben anfangen soll. Der braucht eine Frau, die ihm zeigt, wo es langgeht.«

»So eine wie Imke Tannen«, meinte Clara niedergeschlagen.

Erschrocken hielt sie sich die Hand vor den Mund.

Zu spät. Sie hatte zu viel verraten, das war ihr augenblicklich klar. Jetzt wusste die Wirtin, dass dieser Mann sie nicht gleichgültig ließ.

Tatsächlich wirkte Rieke zufrieden, gleichzeitig jedoch auch verärgert. »Genau. Die Imke passt zu ihm. Die ist eine handfeste Wangeroogerin, tief verwurzelt und mit klaren Vorstellungen. Die wird es schaffen, den Jonathan hier bei uns zu halten.«

Clara fragte sich, warum das so wichtig sein sollte. Wieso legte die Pensionswirtin bloß so viel Wert darauf, dass sich ein Schäfer auf der Insel niederließ? Aber sie hielt den Mund.

»Du hingegen«, fuhr Rieke fort, »du könntest von heute auf morgen wieder verschwinden.«

»Das werde ich nicht tun!«

Die alte Frau ließ sich davon nicht beeindrucken.

»Du bist aus Hamburg«, gab sie zurück, als sei damit alles erklärt. Aber weil sie wohl Claras halb zornigen, halb ratlosen Gesichtsausdruck richtig deutete, fügte sie hinzu: »Es wäre immerhin möglich, dass du beschließt, in die Stadt zurückzukehren, weil es dir hier zu langweilig wird.«

»Niemals!«, rief Clara im Brustton der Überzeugung aus.

Das schien bei Rieke endlich anzukommen. »Von euch dreien traue ich es dir noch am meisten zu, dass du bleibst.

Trotzdem. Ich kann nicht riskieren, dass du den Jonathan von Wangerooge weglockst.«

Da war etwas, erkannte Clara, das über Riekes freundschaftliche Gefühle für Jonathan Hanser hinausging. Es hatte mit Sicherheit etwas mit den Widersprüchen in diesem Mann zu tun, die sie selbst schon bemerkt hatte. Sie dachte an Marie, die nichts verraten durfte, und geriet ins Grübeln.

»Was ist er in Wahrheit von Beruf?«, fragte sie geradeheraus. »Es muss etwas sein, das dir sehr wichtig ist.«

»Jetzt bist du die Spökenkiekerin«, erklärte Rieke barsch. »Der Jonathan ist nur ein armer Schäfer, der überaus dankbar für diesen Job ist.«

Clara glaubte ihr kein Wort, sie erkannte jedoch auch, dass sie vorerst nichts weiter erfahren würde. Zudem fühlte sie sich nicht mehr wohl in Riekes Gesellschaft und suchte nach einer Ausrede, um doch noch in die Werkstatt zu gehen.

Aber dann kamen Vicki und Rachel durch den Vorgarten auf sie beide zu.

»Wie war's?«, fragte Rieke, obwohl sie sich über die Unterbrechung zu ärgern schien. Ihre Mundwinkel zeigten deutlich nach unten.

»Sehr lehrreich«, sagte Rachel.

»Matschig«, ergänzte Vicki. »Und anstrengend. Ich bin völlig geschafft.« Sie befreite sich stöhnend von ein paar Gummistiefeln. Rachel tat es ihr nach.

Die beiden waren um die Mittagszeit zu einer geführten Wattwanderung aufgebrochen und hatten Clara eingeladen mitzukommen. Aber sie hatte abgelehnt. Erst Marie war es später gelungen, sie von ihrer Arbeit loszueisen.

Die Freundinnen ließen sich nun in die noch freien Korbsessel fallen.

»Wir hätten mit einer dieser Pferdekutschen fahren sollen«, beklagte sich Vicki. »Das wäre viel gemütlicher gewesen. Ich spüre meine Beine kaum noch.«

»Aber dann hättest du die vielen kleinen Dinge übersehen«, sagte Rachel milde. »Die Muscheln zum Beispiel. Und die Prielwürmer.«

»Igitt.« Vicki schüttelte sich.

Rachel lachte und wandte sich Clara zu, ohne deren finstere Miene zu bemerken. »Wir haben Krebse gesehen, die seitwärts an uns vorbeigeschlichen sind, und wir haben die Wattschnecken knistern hören. Ich habe sogar einen herrlichen Seestern entdeckt. Von einer Kutsche aus wäre das nicht möglich gewesen.«

Vicki murmelte etwas Unverständliches.

»Und wir haben uns in die Robbenbabys auf der Sandbank verliebt.«

»Das stimmt«, gab Vicki zu. »Die waren wirklich süß. Und sie sahen so flauschig aus. Aber wir durften natürlich nicht zu nahe rangehen. Die sind ja noch nicht mal zwei Monate alt und natürlich geschützt.«

»Waren früher ein gutes Geschäft«, erklärte Rieke lakonisch. »Sehr wertvoll, so ein Robbenbabyfell.«

Als sie die bestürzten Blicke der drei Hamburgerinnen bemerkte, setzte sie hinzu: »Regt euch nicht auf. Das waren andere Zeiten damals. Da ging es ums Überleben. Entweder

Tier oder Mensch. Davon haben verwöhnte junge Frauen wie ihr keine Ahnung.«

»Kann ja sein«, warf Clara ein. »Aber das hättest du uns nicht unbedingt erzählen müssen.«

»Ihr seid eben verweichlichte Städterinnen«, erklärte Rieke. Dann stand sie auf und ging ins Haus.

»Olle Hexe«, schimpfte Vicki, als sie außer Hörweite war. »Jetzt kriege ich das Bild von den armen Robbenbabys nicht mehr aus dem Kopf.« Sie rieb ihre Füße und stöhnte leise dazu.

Rachel lächelte nachsichtig. »Lass dich von Rieke nicht immer gleich fertigmachen. Bestimmt hat sie sich die üble Geschichte nur ausgedacht, um dich ordentlich zu erschrecken.«

Clara glaubte das eigentlich nicht, aber sie hielt den Mund.

Von Sympathie für die Wirtin konnte bei ihnen dreien im Augenblick keine Rede mehr sein, und seit der Tirade über eine passende Frau für Jonathan wollte Clara sie auch nicht länger in ihr Herz schließen. Sie ahnte bloß, es würde schwer sein, Rieke auf Dauer nicht zu mögen. Sie war einfach ein Original.

»Okay«, meinte Vicki erleichtert. »Manchmal ist es echt schwierig mit ihr, aber ich brauche sie noch.«

Wofür?, wunderte sich Clara, kam aber nicht mehr dazu, die Frage laut zu stellen, weil Rieke mit zwei weiteren Bechern zurückkehrte.

Vicki musterte interessiert das Kaffeebrot. »Kriege ich das Rezept?«

»Mal sehen«, gab die Wirtin unwirsch zurück. »Muss ich mir gut überlegen.«

Auf einmal begriff Clara, warum Vicki so viel Zeit in der Küche verbrachte.

»Alte Wangerooger Gerichte?«, fragte sie Vicki. »Ist das was für deinen Food-Blog?«

»Klar. Wenn ich den nicht aufgeben will, muss ich mir was Neues ausdenken. Mit Haute Cuisine komme ich hier auf der Insel nicht weiter. Bloß Rieke muss noch mitspielen.«

»Das sind schließlich die geheimen Rezepte meiner Familie«, verteidigte sich die Wirtin. »Ich sehe nicht ein, warum ich die aller Welt so einfach zur Verfügung stellen soll.«

»Vielleicht, weil das eine prima Werbung für deine Pension wäre?«

»Ich koche aber gar nicht für meine Gäste.«

»Ist doch egal«, erwiderte Vicki. »Du könntest auch einmal in der Woche ein Essen veranstalten. Oder wir bringen ein Rezeptbuch heraus. So oder so wirst du dich vor Anfragen nicht retten können.«

Dieses Gespräch führten die beiden nicht zum ersten Mal, dachte Clara. Und noch war nicht abzusehen, wer sich am Ende durchsetzen würde.

Sie hoffte, es würde Vicki sein. Dann hätte die Freundin einen Grund mehr, ebenfalls auf Wangerooge zu bleiben.

Im nächsten Augenblick bemerkte sie, dass Rieke sie alle drei musterte.

»Lasst uns man über wat anderes schnacken«, sagte sie

prompt. »Kommt nicht oft vor, dass wir alle zusammensitzen.«

Kurz fürchtete Clara, Rieke würde vor den anderen von Jonathan Hanser anfangen, aber zu ihrer Überraschung fragte die Wirtin rundheraus: »Seid ihr bei diesem Blödsinn mit dem Liebeskummer-Hotel zur Vernunft gekommen?«

16. Kapitel

Niemand antwortete. Die Wirtin stemmte die Fäuste in die Hüften und wiederholte ihre Frage: »Das Liebeskummer-Hotel. Habt ihr euch das endlich anders überlegt?«

»Warum sollten wir?«, schoss Vicki zurück.

»Erstens«, sagte Rieke, »ist das so ungefähr die dümmste Idee, die ich je gehört habe. Dumm Tüch, sagen wir hier dazu. Dummes Zeug. Zweitens seid ihr bisher bei den Wangeroogern nicht sonderlich beliebt, falls ihr das noch nicht mitbekommen habt, und ihr solltet nicht noch selbst dafür sorgen, dass es schlimmer wird. Es reicht schon, wenn die Leute mich schief ansehen.«

Sie wurde von Rachel unterbrochen. »Offen gestanden verstehe ich das aber nicht so recht. Was haben die gegen uns? Es gibt doch viele Zugezogene auf der Insel.«

Clara bemerkte, wie Rieke ungeduldig die Brauen zusammenzog.

»Rachel«, sagte die Wirtin dann in bestem Hochdeutsch. Sie wurde stets auch in ihrer Sprache förmlich, wenn ihr etwas wichtig war. »Du bist doch eine kluge Person und zudem eine kühl rechnende Geschäftsfrau. Jetzt stell dir mal vor, du lebst auf einer kleinen Insel mit knapp tausenddreihundert Einwohnern im schönen Wattenmeer.«

»Ja, und?«

»Unterbrich mich gefälligst nicht. Also, Touristen kommen und gehen, und manchmal gibt es auch Neubürger. Aber bisher waren das alles Leute, die sich schnell ins Inselleben eingefügt haben. So, und auf einmal heißt es, da kommen drei verrückte Frauen aus Hamburg und gründen hier eine Sekte ...«

»Wer *das* Gerücht wohl in die Welt gesetzt hat«, warf Clara ein.

Rieke ließ sich nicht beirren. »Du sei auch still! Dann tauchen diese drei Frauen eines Tages persönlich auf. Die eine sieht mit ihren kurzen schwarzen Haaren aus wie ein Kerl und hat ein komisches geschwollenes Gesicht ...«

»Ich muss doch bitten!«, sagte Rachel scharf.

»... die anderen beiden sind eine tollpatschige Blondine und eine Frau mit braunem Wuschelkopf, die klein ist wie anderer Leute Kinder.«

»So eine Gemeinheit!«, rief Vicki.

»Ich bin fast mittelgroß«, sagte Clara gereizt.

»Für hiesige Verhältnisse eben nicht.« Rieke begegnete den wütenden Blicken der Freundinnen mit ihrer gewohnten Gleichmut. »Ich versuche nur, euch zu erklären, wie ihr auf die Leute hier am Anfang gewirkt habt. Bei mir war das anders. Ich habe euch gleich gemocht.«

»Na ja«, warf Vicki ein.

»Auch wenn ich das vielleicht nicht so zeigen konnte.

Ist eben nicht meine Art. Aber ihr seid in Ordnung, und so langsam merken es auch die anderen.«

Rieke lächelte, und es sah beinahe warmherzig aus. »Rachel gilt inzwischen als clevere und harte Verhandlungspartnerin. Vicki macht sich neue Freunde, indem sie die Inselfrauen nach alten Rezepten ausfragt, und von Clara heißt es, sie sei eine tüchtige Tischlerin, deren Schaukelpferde eine weitere Attraktion von Wangerooge werden. Im Prinzip seid ihr also auf einem guten Weg. Aber das alte Schulhaus ist noch ein Problem.«

»Wieso das denn?«, fragte Clara überrascht. »Der Kasten stand doch seit Jahren leer. Kein Mensch wollte ihn haben.«

»Das hat damit nichts zu tun. Niemand sieht euch bisher gern als die neuen Besitzerinnen.«

»Aber warum denn nicht?«, fragte Vicki. »Wir sind doch drei supernette Frauen.«

Rieke wirkte langsam ungeduldig. »Ist das wirklich so schwer zu verstehen? Viele von uns verbinden mit dem Gebäude persönliche Erinnerungen. Manche sind alt genug, um selbst dort das ABC gelernt zu haben, bei anderen waren es die Eltern oder Großeltern. So oder so betrachten eben viele Wangerooger die Schule als etwas, das zu ihnen gehört, und sie fragen sich, was ihr damit anstellen werdet. Wenn die Sache mit dem idiotischen Liebeskummer-Hotel bekannt wird, gibt es mit Sicherheit einigen Ärger.«

Clara stieß ein kurzes unsicheres Lachen aus. »Du meinst, sie fackeln uns das Haus ab?«

Rieke bedachte sie mit einem schmalen Blick. »Wir leben auf Wangerooge, nicht in einem Großstadtgetto. Was ich sagen will, ist, dass ihr bei den Leuten wahrscheinlich für alle Zeiten unten durch sein werdet, wenn ihr so weitermacht.«

»Verstehe«, erwiderte Clara und überlegte, wie wichtig ihr ein gutes Verhältnis zu den Insulanern war. Sehr wichtig, stellte sie fest. Rieke, Piet Jansen und die paar Kollegen waren nicht genug. Sie wollte neue Freunde gewinnen. An eine gewisse Imke Tannen dachte sie dabei nicht.

»Ich selbst komme ja nicht so oft ins Dorf«, fügte Rieke hinzu, »aber ich habe gehört, dass manche Angst um ihre alte Schule haben.«

Eine halbe Idee formte sich in Claras Kopf: Wenn die Menschen so sehr daran hängen, dann könnte man doch vielleicht ...

Sie kam nicht dazu, den Gedanken weiterzuverfolgen, denn nun wandte Rieke sich an Vicki und sagte ruhig: »Außerdem habe ich den Eindruck, dass sich das Thema mit dem ollen Herzschmerz für dich und Rachel erledigt hat.«

Ein peinliches Schweigen entstand.

Ach ja?, dachte Clara verblüfft. Wie kann das sein? Was habe ich verpasst?

Ihr fiel ein, dass die Freundinnen seit ihrer Rückkehr aus Hamburg verändert gewirkt hatten und irgendwie geheimnisvoll taten. Sie war bloß noch nicht dazu gekommen, die beiden danach zu fragen. Weil sie ihr ständig ausgewichen waren.

Und jetzt war auch kein guter Moment. Nicht, wenn Rieke dabei war. Die alte Frau mischte sich sowieso schon zu viel in ihr aller Leben ein.

Also schwieg sie und wartete ab.

Es war Rachel, die als Erste wieder sprach. »Das eine hat mit dem anderen nichts zu tun«, teilte sie Rieke kühl mit. »Unser Plan steht. Wir wollen unglücklichen Menschen die Chance geben, sich zu erholen und neu zu finden.«

»Genau«, warf Vicki ein. »Und wir haben auch schon tolle Pläne. Wir wollen Seminare abhalten und Yogakurse geben. Vielleicht auch eine Selbsthilfegruppe gründen. Wer einmal bei uns war, kann unserem Klub der befreiten Herzen beitreten. Und wer seine Lebenskrise überwunden hat, der kann künftig vielleicht anderen Menschen helfen. Ich werde nämlich auch eine Website einrichten und ...«

Weiter kam sie nicht, da Riekes kreischendes Lachen jedes Wort übertönte.

»Blondchen!«, rief sie aus, als sie sich wieder ein wenig beruhigt hatte. »Du müsstest dich mal selbst reden hören. Kann man das nicht irgendwie aufnehmen und dir dann in fünfzig Jahren vorspielen? Ich verspreche dir, dann lachst du dich auch schlapp. Bloß lebst du dann nicht mehr hier, weil du es dir mit den Dorfbewohnern für immer verdorben hast.«

Clara wollte Vicki zur Seite stehen und sagte: »Liebeskummer ist nicht zum Lachen, Rieke. Er kann Menschen komplett aus der Bahn werfen.«

Sie dachte daran, wie sie sich gefühlt hatte, als Kristian sie verlassen hatte. Dummerweise wollte es ihr nicht mehr so recht einfallen. Auch sein Bild war verschwommen. Stattdessen sah sie einen schlaksigen Mann mit grau meliertem dunklen Haar und tiefbraunen Augen vor sich.

Mist!

Sie ließ sich nichts anmerken und setzte schnell hinzu: »Ich verstehe überhaupt nicht, warum du das so lustig findest.«

»Mal kieken«, entgegnete Rieke und verfiel, wie so oft, für ein paar Worte ins Plattdeutsche. Dazu legte sie ihre Stirn in tausend Falten, als müsste sie angestrengt nachdenken. »Möglicherweise, weil es Schlimmeres im Leben gibt?«

»Zum Beispiel?«, wollte Vicki in äußerst beleidigtem Tonfall wissen.

»Tja, mal abgesehen von Bomben und Sturmfluten hätte ich da drei tote Ehemänner zu bieten.« Sie sprach so ruhig, als würde sie über ein Rezept für Sanddorngelee reden, und so dauerte es einen Moment, bis die drei Freundinnen den Inhalt ihrer Worte begriffen.

»Oh Gott«, flüsterte Rachel.

»Scheiße«, meinte Vicki.

Clara sagte nichts, aber sie spürte, wie sich ihr Herz wieder dieser alten Frau öffnete, die sich so angestrengt gegen jegliche Gefühlsduselei sperrte.

»Möchtest du uns davon erzählen?«, fragte sie nach einer Weile leise. »Von deinen Ehemännern?«

Rieke zuckte mit den Schultern.

»Ist keine große Geschichte. Der erste, Frerk hieß er, war meine Jugendliebe. Wir haben geheiratet, als ich achtzehn war, und wir haben Ende der Fünfziger aus einer Bruchbude eine hübsche Pension gemacht. Bloß reichte das Geld hinten und vorne nicht, und so hat Frerk einmal im Jahr auf einem großen Frachter in Cuxhaven angeheuert. Ist untergegangen, irgendwo bei Kap Hoorn. Im Winter 1960.«

»Das ist ja furchtbar«, flüsterte Vicki. »Wie alt warst du denn?«

»Zwanzig«, gab Rieke ruhig zurück. »Und schwanger. Hab das Kind verloren. Der Schock, sagte der Arzt. Konnte danach keine mehr bekommen.«

Kurz entdeckte Clara in dem verwitterten Gesicht die schöne junge Frau, die sie mal gewesen sein musste. Und sie sah das tiefe Unglück in ihren Augen. Sie stellte sich ein Leben ohne ihre geliebte Tochter vor und empfand großes Mitleid für Rieke. Gleichzeitig zerriss ihr die Sehnsucht nach Lene fast das Herz.

Die Wirtin jedoch stieß ein ungeduldiges Schnauben aus, als sie die entsetzten Mienen der Freundinnen bemerkte.

»Nu kriegt euch wedder in. Ist lange her. Mein zweiter, der Clas, war ein anständiger Kerl. Geliebt habe ich ihn am Anfang nicht ...«

»Und warum hast du ihn dann geheiratet?«, fragte Vicki dazwischen.

»Blondchen, das verstehst du nicht. Waren andere Zeiten. Eine Frau allein Anfang der Sechziger wurde nicht ernst genommen. Und sie galt auch nicht als geschäftsfähig. Außerdem stellte sich die Liebe mit der Zeit ganz von selbst ein. Wir hatten gute zwanzig Jahre zusammen. Haben in den Siebzigern auch die Pension neu und schick aufgebaut. Aber schließlich ist mein armer Clas tot umgefallen. Einfach so.

Herzinfarkt. Hatte meine gute Küche geliebt und war dick geworden mit den Jahren. Dick und faul.«

Keine der Freundinnen sagte etwas. Alle drei tauschten betretene Blicke.

»Also«, fuhr Rieke sachlich fort. »Da war ich Mitte vierzig und dachte, das war's jetzt mit der Liebe. Bis ein paar Jahre später der Jochen kam. Ein feiner Herr war das. Kurgast aus Köln. Hat sich in mich verliebt, als ich fünfzig war. Eigentlich eine alte Frau. Kann man sich so was vorstellen?«

»Ich schon«, meinte Clara.

Rieke hörte sie nicht, war ganz in ihre Erinnerung vertieft. »Ich wusste von Anfang an, dass der Jochen es auf der Lunge hatte. Der war ja aus gutem Grund wochenlang zur Kur hier. Aber geheiratet habe ich ihn dann doch, und wir lebten noch ein ganzes schönes Jahr miteinander. So, und nun kommt ihr mir noch mal mit eurem Liebeskummer.«

Wieder sprach niemand.

Schließlich brach Rieke erneut das Schweigen. »Ich hoffe bloß, ihr habt es richtig kapiert. Ich beklage mich nicht. Mit allen dreien hatte ich schöne Zeiten. Die behalte ich hier drinnen.« Sie tippte sich erst auf die Stirn, dann auf die Brust. »Mehr kann ich vom Leben nicht verlangen.«

»Eine Frage hätte ich noch«, sagte die pragmatische Rachel nach einer kleinen Weile. »Welcher deiner Männer hieß mit Nachnamen Peters?«

Vielleicht hatte sie es nicht beabsichtigt, aber es gelang ihr, damit die Stimmung aufzulockern.

»Keiner«, erklärte Rieke. »Das ist mein Mädchenname.

Den habe ich wieder angenommen, als auch der Jochen von mir gegangen ist. Und die Pension hieß schon immer so.«

Stolz warf sie einen Blick auf das Haus. »Ist alles, was ich immer hatte und jemals haben werde. Auf die Mauern ist Verlass, auf Menschen weniger.«

»Aber du hast doch bestimmt Freunde?«, wollte Vicki wissen.

»Nicht der Rede wert«, kam es ungerührt zurück. »Ein paar sind auch schon tot. Die meisten Leute halten mich für nicht ganz dicht, weil ich mein Haus nicht gern allein lasse.«

»Ach so.« Vicki wirkte ratlos. »Da haben wir ja was gemeinsam.«

»Aha, inwiefern?«

»Na, du hast uns doch lang und breit erklärt, dass man uns auch für bekloppt hält.«

»Stimmt.«

»Du könntest unsere Freundin sein«, schlug Rachel vor, bekam aber keine Antwort. Clara bemerkte jedoch, dass die Mundwinkel der alten Frau ganz leicht in die Höhe wanderten.

»Und ich verstehe dich«, sagte Clara und erntete von Rieke einen zunächst misstrauischen, dann dankbaren Blick. »Es ist wichtig zu wissen, wohin man gehört.«

»Was man von euch nicht sagen kann«, erklärte die Wirtin prompt.

»Falsch. Ich bin hier und bleibe hier. Für Rachel und Vicki kann ich nicht sprechen.«

»Wir auch«, erklärten die beiden im Chor.

Überrascht hob Clara die Augenbrauen. »Aber ich dachte, ihr, also …«

»Was denn?«, erkundigte sich Rachel. »Dass wir hier alles hinschmeißen, bloß weil sich die Sache mit dem Liebeskummer für uns erledigt hat?«

»Ist das so?«, fragte Clara verwirrt zurück. Sie vergaß, dass sie in Anwesenheit der Wirtin nicht darüber hatte sprechen wollen.

Rachel lächelte, und ihre Augen sprühten auf einmal vor Glück. »Als ich in Hamburg war, wollte ich kündigen. Aber Friedrich hat das nicht zugelassen.« An Rieke gewandt erklärte sie: »Das ist mein Chef, ein Immobilienmakler.«

»Ich weiß«, grummelte diese.

»Er hat mir seine Liebe erklärt.«

Vicki war nicht überrascht, stellte Clara fest. Sie wusste also schon davon. Rieke musste auch was geahnt haben, sonst hätte sie eben nicht etwas in der Art erwähnt.

»Warum hast du mir das nicht gleich erzählt?«, fragte Clara Rachel.

»Ich … bin mir ja keineswegs sicher, was daraus wird. Ich weiß ja noch nicht mal genau, was ich fühle.«

Das steht in deinen Augen, dachte Clara.

»Also«, fuhr Rachel fort. »Friedrich möchte ein Büro hier auf Wangerooge eröffnen. Zunächst nur versuchsweise und dann mal sehen. So oder so möchte er in meiner Nähe sein.«

»Wow!«, stieß Clara aus. Ein Mann, der für die Frau seines Herzens alles aufgab. Das musste wirklich Liebe sein.

Rieke kratzte sich angelegentlich am Kopf. »Wieso ein

Immobilienmakler? Kannst du nicht einen fähigen Arzt an Land ziehen? Den brauchen wir dringender.«

Rachel lachte auf. »Tut mir sehr leid. Ich war mal mit einem Chirurgen – ähm – befreundet, aber das ist vorbei.«

»Zu schade.«

»Finde ich nicht«, entgegnete Rachel entspannt.

Rieke schaute Clara an, und sie fragte sich, was das sollte.

»Ich kenne auch keinen Arzt«, stellte sie fest. »Und wenn, dann würde ich mich bestimmt nicht mit einem zusammentun, bloß weil ihr hier auf Wangerooge einen braucht.«

»Bist halt eine Träumerin«, entgegnete Rieke, und es klang verflixt geringschätzig.

Clara beschloss, sie zu ignorieren.

»Und du, Vicki?«, fragte sie.

»Oh, bei mir ist noch gar nichts spruchreif. Hab mich bloß ein paarmal mit Samuel getroffen, als ich in Hamburg war. Echt netter Typ. Und er sagt, ich inspiriere ihn zu neuen Krimis. Jetzt dürfen auch wieder andere Figuren sterben, nicht bloß Frauen, die aussehen wie seine Ex-Freundin.« Vicki feixte. »Hätte nie gedacht, dass ich mal die Muse eines Schriftstellers werde.«

Auch ihre Augen leuchteten, und auf einmal fühlte sich Clara furchtbar einsam.

Konnte es sein, dass alle anderen das Glück wiederfanden, nur sie selbst nicht?

Um sich davon abzulenken, sagte sie zu Rieke: »Was schlägst du denn stattdessen für ein Hotel vor?«

»Dumme Frage. Seit wann braucht ein Gästehaus auf einer Nordseeinsel ein Motto? Die Leute kommen her, um sich zu erholen. Meinetwegen auch vom Liebeskummer. Aber sie müssen weder Yogakurse noch Seminare besuchen. So was macht sie bloß im Kopf verrückt. Unsere gute Luft, kräftiges Essen und viel Bewegung draußen reichen da völlig.«

So wie sie es sagte, klang es absolut logisch, fand Clara.

Auch Rachel und Vicki schienen nachdenklich zu werden. Clara erkannte es daran, wie Rachel die Stirn runzelte und Vicki eine Haarsträhne zwirbelte.

»Finanziell könnte es sowieso schwierig werden«, gestand Rachel nach einer Weile. »Wir sind schon am Limit mit den Ausgaben, und für dieses Projekt müssten wir eine Reihe von Fachleuten einstellen. Psychologen, Yogalehrer, vielleicht einen Life Coach ...«

»Einen was?«, fragte Rieke.

»Nicht so wichtig. Dein Vorschlag ist gut.«

Zufrieden lehnte sich die alte Frau zurück.

»Finde ich auch«, sagte Vicki, obwohl es sie sichtlich Überwindung kostete, mit der Wirtin einer Meinung zu sein. »Es gibt bloß ein klitzekleines Problem.«

»Welches?«, fragte Rieke ungeduldig.

»Wir haben fünf Einzelzimmer geplant. Die sind nicht besonders groß.«

»Papperlapapp. Wer auf Wangerooge Urlaub macht, erwartet keine Luxussuiten. Das trifft jedenfalls auf meine Stammgäste zu. Doppelbetten werden da schon reinpassen. Und ein paar Pritschen für die lieben Kleinen.«

Vicki war nicht überzeugt. »Könnte eng werden.«

»Dafür haben die Leute die unendliche Weite der Natur dann direkt vorm Fenster. Glaub mir, niemand hält sich groß im Zimmer auf, wenn er draußen sein kann. Egal, wie das Wetter ist.«

»Wir sollten auf Rieke hören«, meinte Clara. »Sie hat schließlich langjährige Erfahrung als Pensionswirtin auf der Insel.«

»Gutes Kind«, lobte Rieke sie. »Kannst ja doch praktisch denken und nicht bloß in deinem Wolkenkuckucksheim vor dich hin träumen.«

»In Ordnung«, gab Vicki nach, und auch Rachel nickte zustimmend. »Wird schon gehen. Ich spreche morgen mit den Handwerkern und ändere dann die Möbelbestellung.«

»Welchen Namen wollen wir unserem Haus geben?«, fragte Vicki gleich darauf. »Das haben wir immer noch nicht geklärt.«

»Das liegt doch auf der Hand, Kinners«, meinte Rieke.

Alle sahen sie gespannt an.

»Hotel ›Zur alten Schule‹.«

»Bisschen langweilig«, befand Vicki.

Rachel wiegte den Kopf hin und her. »Aber einfach und zutreffend. Und irgendwas mit Liebeskummer sollte es sowieso nicht mehr sein. Also auch keine ›Schule der befreiten Herzen‹.«

Clara biss sich auf die Unterlippe. »Ja, da hast du wohl recht.« Sie hörte selbst den bitteren Ton in ihrer Stimme, konnte aber nichts dagegen tun.

Vicki stand auf und hockte sich auf ihre Sessellehne, die

gefährlich knarzte. »Nicht aufregen, Clärchen. Wir wollten ja mit dir reden, seit wir aus Hamburg zurück sind, aber es war – irgendwie schwierig.« Sie drückte ihr einen Kuss auf die Locken. »Wir möchten nicht, dass du noch trauriger wirst, weil du jetzt die Einzige bist, die in keinen verliebt ist.«

Irrtum, dachte Clara, sah auf und begegnete Riekes wissendem Blick.

»Es gibt Frauen«, sagte die Wirtin, »die sollten sich von den Männern fernhalten. Sie richten nur Schaden an.«

»Was willst du damit sagen?«, verlangte Rachel zu wissen.

Aber Rieke antwortete nicht mehr. Sie räumte den Tisch ab und verschwand mit dem Tablett im Haus. Nur in der Tür drehte sie sich noch einmal um und sagte zu Vicki: »Das sind Korbsessel, Blondchen. Steh von der Lehne auf, bevor du was kaputt machst.«

Vicki streckte ihrem Rücken die Zunge raus. Dennoch kehrte sie folgsam auf ihren eigenen Platz zurück.

Nun waren die drei Freundinnen allein, und Clara spürte schmerzhaft, dass sich zwischen ihnen etwas verändert hatte. Als Schicksalsgefährtinnen waren sie auf die Insel gekommen, nun brach ihre Gemeinschaft auseinander.

Natürlich würden sie immer Freundinnen bleiben, aber dieses gemeinsame Gefühl, das war weg. Und es war erschreckend schnell gegangen, fand sie.

Clara fühlte sich sehr allein.

»Und du?«, fragte sie Vicki. »Wirst du zurück nach Hamburg gehen?«

Die Freundin schien eine Weile mit sich zu ringen. Vielleicht wollte sie Clara keinen weiteren Kummer bereiten, aber schließlich gab sie ihr doch eine Antwort.

»Nö. Mir gefällt's hier eigentlich ganz gut. Und der Samuel, also der träumt schon lange davon, aus Hamburg wegzugehen. Und neulich hat er gesagt, er möchte Krimis schreiben, die auf den Inseln hier spielen. Das wäre doch super, oder?«

»Hauptsache, er will dich nicht irgendwann morden, weil du es dir anders überlegst«, orakelte Rachel.

»Ach was. Ich würde diesen Wahnsinnstypen niemals verlassen.«

»Du scheinst dir ja sehr sicher zu sein«, erwiderte Clara und hörte sich schon wieder so bitter an.

Noch einer, dachte sie, der bereit ist, für die Liebe alles aufzugeben. Und von wegen »nicht spruchreif«. Das klang nach ziemlich klaren Plänen.

»Bitte seid mir nicht böse«, bat sie. »Aber ich komme noch nicht ganz mit. Eben hatten wir alle drei Liebeskummer, und plötzlich ist alles anders.«

»Schon okay, Clärchen«, sagte Vicki. »Wir sind ja selbst ziemlich von den Socken. Also Rachel, die wird ja schon lange heimlich geliebt, und nun hat sie gemerkt, was für ein Schatz ihr Chef ist. Aber Samuel und ich, das ging wirklich fix.« Dazu grinste sie breit.

Clara nickte und spürte Rachels aufmerksamen Blick auf sich ruhen.

»Was hat Rieke da eben gesagt? Wieso sollst du die Finger von den Männern lassen? Ist irgendwas passiert? Hast du dir etwa den kernigen Fischer geangelt, den wir nicht bekommen haben?«

Sie meinte es scherzhaft, aber Clara schluchzte plötzlich auf.

»Keinen Fischer«, sagte sie. »Und geangelt habe ich mir sowieso niemanden.«

17. Kapitel

Am letzten Samstag im Juli pfiff schon im Morgengrauen ein starker Wind über die Nordseeinsel. Jonathan überlegte, ob er heute nicht eine Ausnahme machen und seine Herde über den Schulhof treiben konnte. Fast eine Woche lang hatte er es geschafft, den Umweg zu nehmen – rechts um das Gebäude, Claras Werkstatt und Riekes Pension herum, am Fuß der hohen Aussichtsdüne und ihrer niedrigeren Geschwister entlang in Richtung Westen bis ins Sanddorntal.

Einfach war es nicht gewesen, aber mit vielen Rufen, dem Pfiff aus seiner Trillerpfeife und einem Hütestab, den er bei Onno gefunden hatte, war es gelungen. Nicht ein einziges Mal war ihm ein Schaf abhandengekommen. Sein persönlicher Albtraum, die Herde könnte ihm weglaufen und am Badestrand zwischen den Urlaubern herumhüpfen, hatte sich zu seiner größten Erleichterung nicht bewahrheitet.

Dieser starke Wind jedoch ließ ihn zweifeln. Wenn der noch zunimmt, dachte er grimmig, fliegen mir die leichteren Schafe glatt über die Düne davon.

Andererseits: Sollte er wirklich eine Auseinandersetzung mit einer der streitbaren Damen riskieren? Seit er den Schulhof mied, herrschte so etwas wie Waffenstillstand zwischen ihm und den Hamburgerinnen, und der war ihm wichtig. Vor allem wollte er Clara nicht noch mehr verärgern.

Ach, Clara. Unwillkürlich knirschte Jonathan mit den Zähnen. Er stand schon an der Haustür, öffnete sie aber noch nicht, sondern gestand sich einen Augenblick der Sehnsucht zu.

Sehnsucht? Wirklich?

Jonathan kratzte sich am Kopf. In Wahrheit war er sich über seine Gefühle keineswegs im Klaren. Nur eines wusste er genau: Dieser Kuss in der Werkstatt war ein Fehler gewesen. Er hatte sein mühsam erkämpftes inneres Gleichgewicht durcheinandergebracht. Obwohl seitdem drei Wochen vergangen waren, glaubte er noch immer, Claras weiche Lippen auf seinen zu spüren. Noch immer schmeckte er eine Mischung aus Pfefferminz und Sägespänen in seinem Mund.

Ja, er war wieder mal vor ihr geflüchtet. Oder vor sich selbst. Das traf es sicherlich besser. Vielleicht hätte er mit ihr reden müssen. Ihr erklären, dass es für ihn zu früh war, dass er im Herzen nicht frei war.

Er hatte geglaubt, er könnte in den Monaten auf Wangerooge seine Ehe abstreifen wie ein paar alte, zerlöcherte Hausschuhe. Aber es war eben nicht so einfach. Ständig geriet Jutta in seine Gedanken, seine kluge, schöne Frau, mit der er all die Jahre so viel geteilt hatte. Vor allem, seit Marie bei ihm auf der Insel war, fielen ihm tausend kleine und große Begebenheiten ein, die sein Leben als Ehemann und Familienvater ausgemacht hatten.

Jonathan erinnerte sich daran, wie Marie als Baby zwischen ihnen im großen Bett geschlafen hatte, und wie er und Jutta einander über das Köpfchen hinweg voller Liebe in die Augen geschaut hatten. Er dachte an ihren Alltag in der Praxis, wenn sie trotz aller Hektik eine Minute für einen Kuss oder eine Umarmung gefunden hatten. Und er entsann sich der Momente der Leidenschaft, die sie auch noch nach Jahren geteilt hatten.

Doch das war alles sehr lange her. Jahre. Sie hatten schon seit Ewigkeiten keine echte Zweisamkeit gelebt. Funktioniert hatten sie, als Ärzte und als Eltern. Mehr nicht. Das erkannte er inzwischen.

Dann kehrte die Wut zurück, zusammen mit der Traurigkeit darüber, dass er nun ein verlassener Ehemann war.

Nicht gerade die besten Voraussetzungen, um sich auf etwas Neues einzulassen, beschwor er sich Tag für Tag. Besonders in jenen Augenblicken, in denen sein Wunsch, mit Clara zu sprechen oder sie wenigstens nur zu sehen, beinahe übermächtig wurde.

Und es gab noch einen weiteren Grund für seine Zurückhaltung: Seit Marie auf Wangerooge war, machte sie Andeutungen über Jutta und ihren Freund. Anscheinend kriselte es bereits zwischen den beiden.

Jonathan erklärte Marie dann jedes Mal, sie sollte sich nicht um die Angelegenheiten der Erwachsenen kümmern, sondern einfach ihre Ferien genießen. Er mutmaßte, seine

Tochter wünschte sich, er und Jutta würden wieder zusammenkommen, und alles könnte werden wie früher.

Aber das war unmöglich.

Oder?

Dann wieder glaubte er, Marie wolle ihn mit Clara verkuppeln. Er wurde aus seiner Tochter einfach nicht schlau.

Nun gut. Aus sich selbst ja auch nicht.

Und so grübelte Jonathan von früh bis spät, und manchmal tanzte ihm dabei ein kleiner bildschöner Kobold mit wuscheligen braunen Locken und riesigen grauen Augen im Kopf herum.

Marie kam die Treppe heruntergeschlurft und riss ihn damit aus seinen Gedanken.

Er war froh darüber, bis sie fragte: »Wieso bist du noch nicht los, Papa? Hast du etwa Schiss davor, Clara zu sehen?«

»Nein«, gab er knapp zurück.

»Denn ist ja gut. So früh geht sie sowieso nicht in die Werkstatt.«

»Doch«, erwiderte er, bevor er sich selbst daran hindern konnte.

Marie gähnte. »Heute ist Sonntag. Da schläft sie eine Stunde länger.«

»Und wieso bist du schon auf?«, fragte er, um vom Thema »Clara« abzulenken.

»Das weißt du doch. Hab dich gestern gefragt. Ich darf mit Bjarne auf dem Kutter seines Vaters mitfahren.«

»Ist es nicht ein bisschen zu windig dafür?«, fragte Jonathan besorgt.

»Ach was, die Brise legt sich wieder. Hat Bjarne mir eben

geschrieben.« Sie hielt ihr Smartphone hoch. »Außerdem fahren wir nicht weit raus. Nur eine kleine Tour die Inseln hoch und runter.« Sie zählte an den Fingern auf: »Spiekeroog, Langeoog, Baltrum, Norderney, Juist und Borkum. Ich habe dir doch erzählt, dass Bjarnes Vater im Sommer Ausflugsfahrten für Touristen macht. Bringt mehr Geld als die Fischerei.«

»In Ordnung.« Er wünschte ihr noch viel Spaß, dann ging er hinaus zu seinen Schafen.

Die Tiere waren schon unruhig. Es drängte sie zu ihren Weidegründen.

Zwanzig Minuten später erreichte Jonathan mit der Herde den Fuß der Aussichtsdüne. Er war schon fast daran vorbei, als er bemerkte, dass eine große, blonde Frauengestalt den Weg herunterkam.

Jutta, dachte er eine Sekunde lang und spürte, wie etwas in seinem Innern in Bewegung geriet. Sein Magen vielleicht. Oder sein Herz.

Dann kam die Gestalt näher, und Jonathan erkannte Imke Tannen.

»Guten Morgen«, sagte er höflich, während die Schafe anfingen, am Strandhafer und an der Besenheide zu knabbern.

Wie hatte er sie nur eine Sekunde mit Jutta vergleichen können! Zwar waren beide Frauen groß und blond, aber Imke war das Gegenteil von schmal und elegant. Besonders ihre breiten Schultern fand er beeindruckend, um nicht zu sagen beängstigend. So mancher Mann wäre neidisch darauf gewesen.

»Moin, Moin!«, trompetete sie. Der Ruf war vermutlich bis aufs Festland zu hören. Sie hängte ein Lachen an, das kaum leiser war.

Jonathan zwang sich, nicht zusammenzuzucken.

Imkes forsche Art erinnerte ihn stark an Rieke Peters. Mit dem Unterschied, dass die alte Wirtin ihm nicht an die Wäsche wollte.

Schon hatte sie ihn erreicht. Er bemerkte, dass sie die Absätze in den Sand bohrte, um nicht größer zu sein als er. Nur mit Mühe unterdrückte er ein Grinsen.

»Jonathan, wie schön, dass ich dich hier treffe.«

Ein Zufall ist das bestimmt nicht, dachte er. Schon Rieke hatte versucht, Imke und ihn zusammenzubringen. Und seit er sich bei der Ladenbesitzerin für Clara und ihre Schaukelpferde eingesetzt hatte, verfolgte sie ihn. Mal schlenderte sie abends wie zufällig bei ihm zu Hause vorbei, wenn er sich nach einem langen Arbeitstag draußen auf der Holzbank entspannte, mal besuchte sie ihn mit einem Picknick bewaffnet bei den Weidegründen – wobei es ihre Kochkünste bei Weitem nicht mit denen von Rieke aufnehmen konnten.

Und wehe, er traute sich mal in den Ort! Dann kam Imke aus ihrem Souvenirshop gelaufen und ließ so lange nicht locker, bis er mit ihr auf eine Tasse Tee ins ›Café Pudding‹ ging.

Hätte er geahnt, was da auf ihn zukam, so hätte er sie nie darum gebeten, Clara zu helfen. Andererseits – wenn der hübsche Kobold mit den grauen Augen ihm dafür sein feiges

Verhalten verzieh, war das jedes Opfer wert. Er stellte sich vor, Clara und er könnten gute Freunde werden, und merkte nicht, wie er sich selbst in die Tasche log.

Dann erst fiel ihm auf, dass Imke Tannen ihn intensiv anstarrte.

»Habe ich was im Gesicht?«, fragte er arglos und zog sich den Hut tiefer in die Stirn.

Alle fanden das speckige Ding scheußlich, sogar Marie, und auch die Schafwollweste stieß auf allgemeine Ablehnung. Aber er hatte sich an die beiden Sachen gewöhnt. Ohne sie hätte er sich nicht wie ein richtiger Schäfer gefühlt. Jedoch musste er zugeben, dass ihm unter der Weste jetzt im Hochsommer manchmal ganz schön warm wurde.

»Nee«, sagte Imke verblüfft. »Ich möchte dich nur etwas fragen.«

»Und deshalb hast du die Nacht über oben auf der Düne campiert? Um mich nicht zu verpassen? Das wäre doch auch bequemer gegangen.«

»Hä?«, gab sie nur zurück. Sinn für Humor gehörte nicht zu ihren Eigenschaften.

»Nun«, bemühte sich Jonathan zu erklären. »Du hättest mich einfach anrufen können. So macht man das heutzutage.«

Dieses Starren ließ ihn langsam nervös werden. Außerdem trauten sich zwei seiner Schafe bereits ein paar Meter die Düne hinauf. Zeit, weiterzuziehen.

Imke räusperte sich. »Ich stehe gern früh auf und komme hierher. Es ist wunderschön und friedlich, so ganz allein da oben.«

Wer's glaubt, dachte er.

»Zu zweit wäre es aber bestimmt noch viel schöner«, fügte sie hinzu und klimperte mit den Augenlidern. Ziemlich hektisch.

»Ist Sand reingekommen?«, fragte er höflich. »Soll ich mal nachschauen?«

Es war immer noch ziemlich windig, obwohl er den Eindruck hatte, es wehte tatsächlich schon nicht mehr so stark wie bei seinem Aufbruch.

Imke hörte auf zu klimpern. »Heute Abend findet drüben am Nordweststrand eine Party statt. Lagerfeuer, Musik, Sonnenuntergang gucken und so.«

»Aha«, sagte er nur, weil er mit der Information nicht viel anfangen konnte.

Sie starrte wieder. Jetzt ganz ohne Geklimpere. Was definitiv schlimmer war.

»Und was war nun deine Frage?«, erkundigte er sich. Ein wenig tat sie ihm jetzt leid. Imke Tannen war den vierzig näher als den dreißig, aber viel Erfahrung hatte sie auf romantischem Gebiet offenbar nicht.

»Wann holst du mich ab?«

Jonathan begriff endlich. Und erschrak bis in sein Inneres. »Bedaure. Ich kann leider nicht mit dir auf eine Party gehen.«

Die beiden Schafe waren einen weiteren Meter höher geklettert.

»Wieso nicht?«

»Nun, ich ... gehe grundsätzlich auf keine Partys. Abends bin ich müde.«

Immerhin, sie war nicht dumm. Sofort durchschaute sie die Lüge.

»Du willst damit wohl sagen, du willst mit *mir* nicht dahin gehen.«

»Imke, es tut mir leid.«

Sie schlug die Augen nieder. Endlich!

»Hab's kapiert. Na dann, einen schönen Tag noch, Jonathan. Aber glaub man nicht, dass du mir so leicht davonkommst.«

Er fand, es klang eindeutig wie eine Drohung. Ihn schauderte.

Sie stapfte davon. Wütend. Die breiten Schultern angespannt.

Jonathan beeilte sich, seine Schafe einzusammeln und weiterzutreiben. Ihm war klar, er hatte Imke Tannen schwer beleidigt, aber die Vorstellung, mit ihr auszugehen, war schlichtweg grotesk.

Eine ganze Weile verbrachte er dann noch mit den Gedanken an seine Verehrerin. Bislang hatte er ihr keinen Grund gegeben, sich Hoffnungen auf ihn zu machen. Er verstand einfach nicht, warum sie nicht aufgab.

In einiger Entfernung hatte Clara die Szene beobachtet. Sie war selbst so früh hinausgegangen, weil sie gedacht hatte, Jonathan ... weil sie gehofft hatte, er ...

Ach, so genau hatte sie selbst nicht gewusst, was sie hoffte. Wenigstens mal in Ruhe mit ihm reden, vielleicht. Aber dann war da Imke gewesen, und die beiden hatten sehr vertraut gewirkt. Auch wenn Clara schließlich den Eindruck hatte, Jonathan habe Imke weggeschickt, bohrte sich der spitze Stachel der Eifersucht in ihr Herz.

Vergessen, sagte sie sich, als sie fortging, ohne dass er sie entdeckt hatte. Ich muss diesen Mann vergessen. Er tut mir nicht gut. Imke will ihn, seine Ex-Frau will ihn zurück. Das sind ein paar Frauen zu viel.

18. Kapitel

Jonathan grübelte noch immer darüber nach, warum Imke nicht lockerließ, und schließlich fragte er Clara, die möglicherweise nicht die beste Ansprechpartnerin dafür war.

»Weil sie geschworen hat, dich wie einen Hummer zu knacken«, erklärte sie ihm mit einem bezaubernden Augenzwinkern. Dahinter erkannte er jedoch einen unterschwelligen Zorn. Oder war es eher Resignation?

Es war spät am Abend auf ebenjenem Strandfest, auf das er mit Imke nicht hatte gehen wollen.

Aber seine Tochter hatte ihn mitgeschleppt, und bevor er so recht gewusst hatte, wie ihm geschah, hatte er neben Clara auf einem viel zu kleinen Campingstuhl Platz genommen, irgendwie seine langen Beine untergebracht und sich einfach wohlgefühlt. Wie schaffte sie das nur? Gab ihm das Gefühl, willkommen zu sein, ohne große Worte zu machen. Einfach durch ihre Art, ihn anzulächeln. Dennoch hatte er gespürt, dass sie ihm grollte, war aber zu feige gewesen, sie nach dem Warum zu fragen. Sie hatten ein wenig über dies und das geplaudert, bevor er ihr schließlich von der unheimlichen Begegnung am frühen Morgen berichtet hatte.

»Einen Hummer?«, fragte er zurück.

Vielleicht hätte er zur schwarzen Jeans kein rotes Hemd anziehen sollen. Gekochte Hummer waren rot. Aber Marie hatte behauptet, er müsse mal zivilisiert gekleidet unter die Leute gehen.

Ein weißes Hemd wäre auch zivilisiert gewesen, dachte er jetzt erschrocken.

»Genau.« Sie zwinkerte ihm noch einmal zu.

»Hat sie das zu dir gesagt?« Da sie ihn geduzt hatte, erschien es ihm selbstverständlich, dabei zu bleiben. Es fühlte sich gut an, und es gehörte zum normalen Umgang hier auf der Insel.

Sie schüttelte den Kopf, sodass ihre braunen Locken herumwirbelten. »Nein, ich hab's von Rieke, aber es passt zu Imke, findest du nicht?«

»Unbedingt, und ich gebe zu, es macht mir ein bisschen Angst.«

Clara lachte. Jonathan fand, sie hatte ein wunderschönes Lachen. Hell und rein. Kein Vergleich zu Riekes Möwengeschrei und Imkes Trompetensolo.

Er dachte an Juttas Lachen, aber es wollte ihm nicht einfallen. Das gab ihm mächtig zu denken.

Und dann Claras Augen. Im Lichtschein des Lagerfeuers erschienen sie ihm dunkler, und doch war ein Leuchten von ihnen ausgegangen, das ihn magisch angezogen hatte.

Marie hätte ihm vor ein paar Minuten gar nicht in den Rücken puffen müssen, um ihn in Claras Richtung zu dirigieren. Ausnahmsweise trug sie auch mal keine Latzhosen, sondern ein luftiges Sommerkleid, das ihre frauliche Figur zur Geltung brachte. Ihm wurde ziemlich heiß, so dicht neben ihr.

Verwirrt fuhr Jonathan sich durchs Haar. Er war nach Wangerooge gekommen, um Abstand und Ruhe zu finden. Und nun drängten sich drei Frauen in seine Gedanken. Jutta, Imke, Clara. Jede auf ihre Art, und Clara ein bisschen mehr als die anderen.

Die Sonne schickte sich an, als roter Feuerball in der Nordsee unterzugehen, jemand spielte Gitarre, der Duft von gegrilltem Fisch drang Jonathan in die Nase. Ganz langsam entspannte er sich.

Er wunderte sich, dass Clara hier so allein saß. Bis er ihre Freundinnen ein Stück näher am Ufer entdeckte. Sie standen in einem Grüppchen zusammen. Beide schienen in Begleitung zu sein. Die schwarzhaarige Rachel redete mit einem Mann, der einen halben Kopf kleiner war als sie. Die blonde Vicki, die damals – es schien ihm Jahre her zu sein – in die Schafköttel getreten war, stand neben einem etwa gleichaltrigen dunkelhaarigen Mann und zeigte mit großer Geste über das Meer. Der junge Mann hatte allerdings nur Augen für sie.

Jonathan hatte inzwischen von Rieke erfahren, dass die drei Frauen nach Wangerooge gekommen waren, um ihre jeweiligen Enttäuschungen in der Liebe hinter sich zu lassen.

Genau wie ich, hatte er gedacht. Sogar von einem geplanten Liebeskummer-Hotel war die Rede gewesen, was auch immer das sein mochte. Aber es war offenbar kein Thema mehr, da Rieke es den Frauen ausgeredet hatte.

Nun jedoch wunderte er sich. Sonderlich kummervoll

sahen zwei von ihnen an diesem Abend nicht aus. Ganz im Gegenteil.

»Rachel und Vicki haben Besuch aus Hamburg bekommen«, sagte Clara, die seinen Gesichtsausdruck offenbar richtig gedeutet hatte. In ihrer Stimme schwang keinerlei Neid mit. Vielleicht eine Spur von Traurigkeit, aber das mochte auch Einbildung sein.

Er wartete darauf, dass sie noch mehr dazu sagte. Als sie es bleiben ließ, hakte er nicht nach. Es ging ihn nichts an, entschied er.

»Marie hat mir begeistert von ihrer Bootstour erzählt«, wechselte Clara gleich darauf das Thema.

»Ja, mir auch«, erwiderte er. »Muss schön gewesen sein. Und zum Glück nicht zu windig.«

»Der Bjarne ist ein netter Kerl«, erklärte sie. »Immer hilfsbereit und höflich.«

Er nickte zwar, meinte jedoch: »Marie ist zu jung für einen festen Freund.«

Clara grinste. »Das habe ich bei meiner eigenen Tochter in dem Alter auch gedacht. Aber sie hatte ihren eigenen Kopf.«

Er wusste selbst nicht, warum, doch bisher hatte er sich Clara nicht als Mutter vorgestellt. Diesmal fragte er nach Einzelheiten.

Sie erzählte ihm freimütig von Lene und erwähnte auch, dass sie bereits verheiratet war und ihr erstes Kind erwartete. »Sie ist jetzt im sechsten Monat. Im Winter werde ich Großmutter sein.«

Das fand er dann doch zu abwegig, und es dauerte eine ganze Weile, bis sie ihn davon überzeugt hatte.

»Trotzdem unglaublich«, entgegnete er schließlich. »Du wirst auf jeden Fall eine jugendliche und absolut hinreißende Oma.«

Darauf erwiderte sie nichts, und auch Jonathan schwieg nun. Um sie herum herrschte Partylärm, doch sie fühlten sich wohl in ihrer kleinen Welt der Stille. Nichts daran war unangenehm.

Ihm kam in den Sinn, wie er während der Sturmnacht in ihrer Werkstatt jedes Schweigen hatte verhindern wollen, aus Furcht, es könnte bedrückend werden zwischen ihnen. Das war vorbei. Mehr noch: Ihm war, als fiele eine schwere Last von seinen Schultern, und zum ersten Mal seit Monaten war ihm leicht ums Herz. Wenn es nach ihm gegangen wäre, hätten sie für immer so sitzen bleiben können.

Doch Clara sagte schließlich: »Dahinten steht Imke Tannen.« Sie wies mit ihrer Bierflasche in Richtung eines zweiten Lagerfeuers, keine fünfzehn Meter von ihnen entfernt.

Jonathan folgte mit den Augen ihrem ausgestreckten Arm. Dann machte er sich auf seinem Campingstuhl so klein wie möglich – was nicht viel war. Selbst auf die Entfernung und im Dämmerlicht konnte er sehen, dass Imke ihn wieder anstarrte.

Schon kam sie auf ihn zu, ragte über ihm auf.

»Kiek an, wir gehen also grundsätzlich auf keine Party, wat?«

Jonathan stand auf. Clara auch. Sie wirkte besonders klein, zumal sich jetzt noch ein Mann dazugesellte, den Jonathan nur vom Sehen kannte. Er war locker zwei Meter groß, und seine Schultern nahmen es problemlos mit denen Imkes auf.

»Probleme, Lütte?«

Wen meinte er wohl damit? Imke?

Jonathan wagte es nicht, einen Blick mit Clara zu tauschen. Ein gemeinsamer Lachanfall hätte die angespannte Lage zweifellos noch verschärft. Also presste er nur fest die Zähne aufeinander und sagte erst mal nichts.

»Kümmere dich um deinen eigenen Kram, Torben«, zischte Imke.

»Nix da. Wenn meine Freundin Stress mit 'nem anderen Kerl hat, will ich das wissen.« Er sprach nicht mehr ganz flüssig. Offenbar hatte er dem Bier und vermutlich auch dem einen oder anderen Kurzen schon gut zugesprochen.

»Ich bin nicht deine Freundin!«, empörte sich Imke und fixierte den Riesen mit ihren hellen stechenden Augen.

Wenigstens nicht mehr mich, dachte Jonathan erleichtert.

»Das hättest du wohl gern, du blöder ungehobelter Ostfriese!«

»Du bist selbst Ostfriesin«, gab Torben lässig zurück. Er wirkte kein bisschen beleidigt, höchstens belustigt.

Jemand kniff Jonathan in den Arm. Clara. Er riskierte einen schnellen Blick. Sie rollte mit den Augen und kaute auf ihrer Unterlippe herum. Ihr Gesicht war hochrot. Gleich würde sie platzen vor Lachen.

Unauffällig nahm er ihre kleine kräftige Hand in seine und hielt sie fest.

Da wurde Clara ganz ruhig und schaute verträumt in die Ferne. Mitten durch die zwei sehr großen Menschen vor ihnen, hinaus aufs Meer, wo die letzten rötlichen Streifen am Horizont verblassten.

So jedenfalls sah es für ihn aus.

Vielleicht hätte er das nicht tun sollen. Besser, er ließ sie wieder los, bevor sie noch dachte, dies sei ein erneuter Annäherungsversuch. Bloß schaffte er es nicht. Es schien ihm, als seien ihre Hände ineinander verschmolzen, und ihm wurde wieder unendlich leicht zumute.

In der Zwischenzeit stritten sich Imke und der Mann namens Torben immer heftiger.

»Wir haben manchmal Sex miteinander, und der ist sogar ziemlich gut. Muss ich zugeben. Aber bilde dir da bloß nichts drauf ein. Das macht dich noch lange nicht zu meinem Freund.«

Oha, dachte Jonathan. Mit aller Fantasie konnte er sich Imke nicht als leidenschaftliche Frau vorstellen.

»Wer weiß«, flüsterte Clara ihm zu, »was du da verpasst hast.«

»Grmpf«, machte er vor lauter Anstrengung, nicht loszugrölen.

Imkes Kopf flog zu ihm herum. »Hast du irgendwas gesagt?«

»Keinen Ton«, behauptete er, während nun Clara kleine unterdrückte Geräusche von sich gab.

Zum Glück zog der riesenhafte Torben schnell wieder Imkes volle Aufmerksamkeit auf sich. »Aber ich liebe dich«, erklärte er voller Inbrunst. »Seit ich dich zum ersten Mal gesehen habe.«

»Da waren wir vier!«

»Stimmt! Dass du das noch weißt! Siehst du? Du hast mich gern.«

Jonathan bemerkte, wie Imke langsam, aber sicher ins Zweifeln geriet. »Du hast nie was in der Richtung erwähnt. Und du hast verdammt viele Jahre auf dem Festland gelebt. Jetzt, wo du wieder da bist und das Hotel deiner Eltern führst, willst du mich plötzlich zurück? Es hat wohl nicht geklappt mit den Frauen an der Küste?«

»Hat es nicht«, gab Torben zu. »Weil ich dich nie vergessen konnte.«

»Du hast sie ja nicht mehr alle!«

»Ich liebe dich, Imke!«

»Spinner!«

»Du bist mein Leben!«

Offenbar verfolgte der Mann die Taktik, seine Auserwählte mit häufig wiederholten Liebesbekundungen zu erobern.

Schien zu klappen.

Jonathan wurde wieder ausgiebig angestarrt, dann wanderte Imkes Blick zurück zu Torben. So ging das eine Weile hin und her.

»Ich könnte mal etwas höhere Absätze tragen«, murmelte sie.

Torben grinste. »High Heels.«

»Übertreib man nicht. So viel größer bist du nun auch wieder nicht.«

Lachend legte er ihr einen Arm um die Schultern. »Schon gut, Lütte.«

»Glaub aber nicht, dass ich meinen Laden aufgebe, wenn wir zusammenkommen. Ich bin nämlich eine selbstständige Frau.«

»Das verlangt niemand von dir.« Er klang jetzt ganz nüchtern.

Auf den glücklichen Ausdruck in seinen Augen hätte Jonathan glatt neidisch werden können. Gerade noch rechtzeitig erinnerte er sich daran, dass der Mann sich über eine Zukunft mit Imke Tannen freute.

Clara mischte sich ein, bevor Jonathan sie daran hindern konnte. »Da bin ich aber froh. Du wirst also weiterhin meine Schaukelpferde verkaufen?«

Imke, unsanft aus ihrem unverhofften Liebestaumel gerissen, senkte ihren Blick zu Clara. In der nächsten Sekunde entdeckte sie die immer noch ineinander verschlungenen Hände.

Sturm kündigte sich in ihren Augen an, nicht nur 'n büschen Wind. Das konnte jetzt richtig unangenehm werden.

Jonathan schaltete schnell. Es war in Ordnung, einen Mann für einen besseren fallen zu lassen, aber es war demütigend, von diesem ersten Mann für eine andere Frau aufgegeben zu werden. Imkes Mienenspiel war da sehr deutlich.

Es kostete ihn einige Überwindung, aber er ließ endlich Claras Hand los und trat einen Schritt von ihr weg. Dazu setzte er ein harmloses Gesicht auf.

Imke zögerte. Torben presste sie fest an sich. Endlich

legte sich der Sturm in ihrem Blick, und sie gab Clara eine Antwort.

»Die Dinger gehen weg wie Krabbenbrötchen. Also sieh zu, dass du noch mehr produzierst.«

»Wirklich? Das ist toll.«

»Klingst aber nicht sehr begeistert.«

»Doch, doch.«

Jonathan hörte dem Wortwechsel zu und fühlte sich schlecht. Es lag vermutlich an ihm, dass so plötzlich aller Schwung aus Clara gewichen war, und er schämte sich dafür. Hatte er sie schon wieder enttäuscht?

Im nächsten Moment horchte er auf.

»Das letzte Pferdchen ist aber ein bisschen komisch geworden«, sagte Imke zu Clara. »Weiß nicht, ob ich das verkauft kriege.«

»Komisch? Wieso?«

Imke rieb sich nachdenklich über den Nasenrücken, während sie kurz zu Jonathan schaute.

Kein Starren mehr, Gott sei Dank!

»Ich hab's«, sagte sie dann. »Es liegt am Kopf.«

»Am Kopf?«, fragte Clara nach. »Was ist damit?«

»Der sieht nicht aus wie die anderen. Ist mehr ein Schaf als ein Pferd.«

»Oh.«

Während Jonathan noch versuchte, diese Information zu verarbeiten, lief Clara bereits über den Strand davon und drehte sich nicht mehr um.

19. Kapitel

Sie rannte, so schnell der tiefe Sand es erlaubte. Dabei verlor sie ihre Sandalen, erst die eine, dann die andere, und merkte es kaum.

Fort, nur fort von diesem Mann, der sich bestimmt schon halb totlachte über Clara, die so dusselig war, dass sie noch einmal geglaubt hatte, er könnte es ehrlich meinen. Die so viel an ihn dachte, dass ihr neuestes Schaukelpferd einem Schaf ähnelte.

Oh Gott! Wie peinlich!

Und dabei hatte sie doch geschworen, ihm aus dem Weg zu gehen. Ihn zu vergessen. Und hatte sich stark und unangreifbar gefühlt.

Von wegen!

Er war immer da gewesen. In ihren Gedanken, in ihren Träumen.

Und heute Abend – Clara schluchzte auf, obwohl sie schon um Atem ringen musste.

Als sie ihn entdeckt hatte, endlich mal ohne den grässlichen Hut und die stinkende Weste, da hatte ihr Herz plötzlich so laut gehämmert, dass es jeder in ihrer Nähe hätte hören müssen. Aber niemand hatte sich zu ihr umgedreht.

Nur Jonathan war immer näher gekommen, angeschubst von Marie, die ihr kurz verschwörerisch zugezwinkert hatte.

Clara lief jetzt ein bisschen langsamer. Der Boden unter ihren Füßen veränderte sich, wurde fester und schwerer.

Sogar Rieke schien ihre Meinung auf einmal zu ändern. Clara wurde noch ein bisschen langsamer, ging aber stur weiter geradeaus, ohne ihre Umgebung wirklich wahrzunehmen.

»Die Imke verschreckt mir den Jonathan noch«, hatte Rieke am Morgen beim Frühstück zu Clara gesagt, wieder einmal ohne zu erklären, warum sie den Schäfer unbedingt auf der Insel halten wollte. »Die ist wohl doch mehr als nur ’n büschen zu forsch für ihn. Außerdem habe ich da was munkeln hören.«

»Was denn?«, hatte Vicki an Claras Stelle gefragt. »Gibt es einen schönen fetten Inselskandal? Dann kann ich Samuel was Aufregendes erzählen, wenn er heute Nachmittag kommt.«

»Halt du dich da raus, Blondchen. Außerdem weiß man nichts Genaues. Könnte aber sein, die Imke ist gar nicht mehr so sehr auf Männerfang, wie ich immer geglaubt habe.«

Clara hatte nur stumm in ihrem Kaffee gerührt. Jonathan war kein Thema, über das sie mit der Wirtin hätte reden wollen.

Vom Nebentisch, wo Rachel gefrühstückt hatte, war zum Glück auch kein Kommentar gekommen. Seit Friedrich

Stolze am Vorabend für ein Wochenende auf Wangerooge eingetroffen war, hatte Rachel nur noch Augen und Ohren für ihn. Und auch er nahm nichts anderes wahr als die Frau, die er schon so lange begehrte.

Rachel und Vicki – glücklich.

Clara – todtraurig.

So fest biss sie sich auf die Unterlippe, dass sie Blut schmeckte. Dann stapfte sie weiter.

Für einen kurzen Augenblick war sie froh gewesen. Dort hinten mit Jonathan, Seite an Seite auf den wackeligen Campingstühlen. Leise Worte, Harmonie und auch Stille. Alles, was sie belastet hatte, war fortgeflogen wie ein Vogelschwarm von den Salzwiesen. Alles, was sie gewünscht hatte, war dort bei ihr gewesen, ganz dicht neben ihr.

Jetzt wurde ihr klar, dass auch dieser Moment nur ein Traum gewesen war, der Wirklichkeit entliehen, die sie viel zu schnell wieder eingeholt hatte.

Und sie wusste auch – sie war in Jonathan verliebt. Sie hatte es sich gewiss nicht ausgesucht, nicht so bald nach der letzten emotionalen Katastrophe, aber es war geschehen.

Die Liebe fiel eben, wohin sie wollte. In diesem Fall auf einen Schäfer, der offenbar nur mit ihren Gefühlen spielte.

Clara lief wieder schneller, versunken in ihrer Traurigkeit, blind für ihre Umgebung.

Doch plötzlich wurde sie so heftig zurückgerissen, dass sie auf den Hosenboden plumpste.

»Aua«, sagte sie, obwohl sie sich nichts getan hatte. Es war nur der Schreck.

»Was soll das werden?«, schrie Vicki sie an.

»Bist du verrückt?«, rief Rachel, kaum leiser.

Clara war noch nicht wieder ganz bei sich, schaute sich jedoch um, spürte die Nässe, hörte leise glucksende Geräusche.

»Ich kann nicht mehr«, sagte sie dumpf. »Ich gehe ins Wasser.«

»Wird schwierig«, gab Vicki zurück. »Da müsstest du echt weit laufen. Es ist Ebbe.«

Rachel ließ ein kurzes, abgehacktes Lachen ertönen, Vicki war bleich wie ein vom Meer weiß gespülter Kieselstein.

Auch Clara bekam es mit der Angst zu tun. Sie war blindlings losgerannt, und es hätte wer weiß was passieren können.

Plötzlich erschöpft, ließ sie sich aufhelfen und durch den Schlick zurückführen. Ihr Kleid hing unangenehm nass an ihr herunter, und sie schämte sich entsetzlich vor den übrigen Partygästen.

Hoffentlich sah Jonathan sie nicht in diesem Zustand! Ängstlich suchte Clara die verschiedenen Grüppchen nach ihm ab.

»Keine Sorge«, sagte Rachel, die ihren Blick richtig deutete. »Er wollte dir nach, aber diese Ladenbesitzerin hat ihn aufgehalten.«

»Hat ihm ein Bein gestellt«, fügte Vicki hinzu. Nun, da die unmittelbare Gefahr vorbei war, konnte sie auch wieder kichern. »Ich glaube, die hat was dagegen, dass er dir schöne Augen macht. Dabei hat sie doch diesen Schrank von Mann als Verehrer.«

»Er macht mir überhaupt keine schönen Augen«, erwiderte Clara traurig, nahm dankbar das breite Schultertuch, das Rachel ihr reichte, und wickelte es sich um die Hüften. »Wir haben uns nur unterhalten. Der will von mir nichts wissen.«

»Echt nicht?«, fragte Vicki ungläubig. »Für mich sah das aber anders aus, wie ihr da Händchen haltend rumgestanden habt.«

Clara seufzte tief. »Das war nur ... ach, ich weiß auch nicht.«

»Lass sie in Ruhe«, sagte Rachel zu Vicki.

»Ja, schon gut. Aber ich finde, Clärchen sollte sich von ihm untersuchen lassen. Nicht, dass sie sich bei ihrer Flucht ins Meer noch was weggeholt hat. Wo ist er denn jetzt?«

Clara blieb abrupt stehen und zwang die beiden Freundinnen, ebenfalls kurz vor dem trockenen Stand zu verharren.

»Wieso sollte mich ein Schäfer untersuchen? Kann sein, dass ich mich wie ein dummes Schaf benehme, aber ich bin keins.«

Vicki schlug sich mit der freien Hand gegen die Stirn. Ziemlich fest. Sie zuckte merklich zusammen.

»Du lebst wirklich auf dem Mond. Oder in deinen Träumen, was meiner Meinung nach auf dasselbe rauskommt. Weißt du etwa nicht, dass Jonathan Hanser in Wahrheit ein praktischer Arzt ist?«

»Nein, wie sollte ich?«

»Einmal googeln hätte gereicht, Clärchen. Er hat eine eigene Praxis in Bremen, und zwar zusammen mit seiner Ehefrau.«

»Sie leben getrennt«, sagte Clara schnell. Marie hatte ihr das schließlich groß und breit erzählt.

»Ja, schon klar. Doch im Netz stehen sie da schön gemeinsam. Seite an Seite für die Patienten.«

Clara wollte das lieber nicht so genau wissen.

»Woher kennst du überhaupt seinen Nachnamen?«, fragte sie.

Vicki hob erneut die Hand, überlegte es sich dann aber anders und zwirbelte nur eine Haarlocke auf.

»Den hat uns Rieke verraten«, erklärte an ihrer Stelle Rachel. »Dir nicht?«

Clara schüttelte den Kopf. Rieke hatte sie ja auch von Jonathan fernhalten wollen. Jetzt ahnte sie auf einmal, warum die Wirtin den Mann an Wangerooge binden wollte. Wahrscheinlich brauchten die Einwohner einen Mediziner.

Im nächsten Moment fragte sie sich, wie sie jemals hatte glauben können, er sei nur ein einfacher Schäfer ohne höhere Bildung. Ihr waren doch gleich die Widersprüche an ihm aufgefallen.

Ihrem Herzen wäre es egal gewesen, ob es einen Schäfer oder einen Arzt liebte. Dessen war sie sich hundertprozentig sicher. Sie selbst war ja auch bloß die Tischlerin Clara Müller. Nur kam es darauf wohl nicht mehr an.

»Ist jetzt auch egal«, sagte sie dumpf. »Der mag mich nicht besonders.«

»So ein Stuss!«, ereiferte sich Vicki.

»Was ist mit dir, Clara?«, erkundigte sich Rachel vorsichtig. »Er ist doch der Mann, wegen dem du schon eine ganze Weile durcheinander bist, oder?«

Sie zögerte, fürchtete, sich lächerlich zu machen. Dann schaute sie in die liebevollen Augen ihrer Freundinnen, begriff, dass sie es nur gut mit ihr meinten, und nickte. »Das stimmt.«

»Okay. Aber warum gibst du so einfach auf?«, hakte Rachel nach. »Das passt nicht zu dir. Bei dem Kristian, nun ja, da hattest du keine Chance ...«

»... gegen Samba, Caipirinha und heißblütige halb nackte Frauen«, warf Vicki ein. »Das war echt aussichtslos.«

»Halt die Klappe!«, befahl Rachel. Zu Clara sagte sie: »Aber früher habe ich dich anders erlebt. Da hast du um die Liebe gekämpft, und wenn es trotzdem schiefging, konntest du dich wenigstens damit trösten, dass du alles versucht hattest.«

Clara schluckte einen dicken Kloß hinunter. »Ich möchte jetzt nicht darüber reden.«

»In Ordnung.«

Aber Rachels Worte lösten etwas in ihr aus. Eine winzige Hoffnung vielleicht, oder einfach nur den Wunsch, die Dinge zwischen ihr und Jonathan endgültig zu klären.

»Und ich will jetzt ins Trockene«, verlangte Vicki. »Sonst sind wir alle drei morgen krank. Meine Füße sind schon zwei Eisklumpen. Keine Ahnung, wie normale Menschen in der Nordsee freiwillig baden können.«

Clara lachte befreit auf, und Rachel stimmte in ihr Lachen ein. Dann verließen sie gemeinsam den Schlick, traten ans nächste Lagerfeuer und wärmten sich auf. Die übrigen

Partygäste widmeten sich wieder ihrem eigenen Vergnügen, die Show war vorbei. Von Jonathan war nirgends eine Spur zu entdecken.

Friedrich und Samuel traten zu ihnen und erzählten, der Mann sei von seiner Tochter fortgezogen worden, nachdem er einen Mund voll Sand geschluckt und sich wieder aufgerappelt hatte. Kurz habe es so ausgesehen, als wolle er sich mit Imke Tannen anlegen, aber dann sei er doch lieber fortgegangen.

Friedrich schaute Clara an. »Aber erst, nachdem er sich davon überzeugt hatte, dass Sie wohlbehalten zurückgebracht wurden.«

Mit dem Duzen hatte er es nicht so. Er war noch nicht lange genug auf Wangerooge.

Nun legte er einen Arm um Rachels Schultern, wozu er sich in die Höhe strecken musste. »Ich bin sehr froh, dass niemandem etwas passiert ist.«

»Ich auch«, erklärte Samuel und drückte Vicki fest an sich. »Ich wollte euch nachlaufen, aber da wart ihr schon auf dem Rückweg.«

»Wie kannst du es wagen, mir einen solchen Schrecken einzujagen?«, rief eine dritte, eine wohlbekannte Stimme. »In meinem Zustand!«

Clara wirbelte herum und riss die Augen auf. »Lene! Wo kommst du denn her?«

Ihre Tochter lächelte. »Aus Hamburg. Mit dem da.« Sie zeigte auf Samuel. »Und mit Justus. Wir sind aber nicht in eurer Pension, sondern im ›Strandhotel‹ abgestiegen und haben uns ein paar Stunden ausgeruht.«

Erst jetzt bemerkte Clara den schon gerundeten Bauch ihrer Tochter. »Warum hast du mir nicht Bescheid gesagt, dass ihr kommt?«

Lene trat zu ihr und legte die Arme um sie. »Justus wusste nicht, ob er sich loseisen kann, und er muss auch morgen Abend schon zurück. Aber ich bleibe eine Woche. Es sollte eine Überraschung sein.«

»Die ist dir gelungen.« So langsam begriff Clara, dass sie wirklich ihre Tochter im Arm hielt. Sie drückte Lene fest an sich.

»Schön vorsichtig, sonst zerquetschst du noch den Kleinen.«

»Es wird ein Junge?«

Lene nickte stolz. »Wir haben es bisher noch niemandem verraten. Du bist die Erste, die es erfährt. Nicht mal Schwiegermama weiß es.«

»Wunderbar.« Der Gedanke, der eingebildeten Eleonore von Kribitz etwas vorauszuhaben, hob Claras Stimmung beträchtlich.

»Aber jetzt sag mal, was war hier eben los?«, fragte Lene. »Bist du vor einem Mann weggelaufen? Oder er vor dir? Und wer ist es diesmal?«

Clara lockerte die Umarmung und trat einen Schritt zurück. »Es ist kompliziert.«

»Erzähl's mir.«

Rachel mischte sich ein. »Warum geht ihr zwei nicht rüber in die Pension? Rieke wird euch einen schönen Ostfriesentee machen, und Clara kann sich etwas anderes anziehen. Du solltest endlich dieses nasse Kleid loswerden.«

Dankbar schaute Clara ihre Freundin an. Ein Verhör seitens ihrer Tochter vor allen Leuten war ihr unangenehm, und weitere Peinlichkeiten konnte sie an diesem Abend wahrhaftig nicht gebrauchen.

Sie verabschiedete sich kurz von den anderen, nahm Lene dann bei der Hand und wollte sie mit sich ziehen.

»Moment, ich schicke Justus eine Nachricht, wo er mich nachher finden kann. Der ist noch im Hotel.«

Sie ließ sich von Clara den Namen und die Adresse der Pension Peters geben und schickte sie ihrem Mann.

Dann machten sich Mutter und Tochter Arm in Arm auf den Weg.

Rieke stellte zum Glück keine Fragen, als sie Claras desolaten Zustand bemerkte. Aber vermutlich hatte der Inselfunk bereits die Neuigkeiten verbreitet.

Während Clara sich schnell umzog, führte die Wirtin Lene in den Frühstücksraum, kochte Tee und ließ die beiden dann allein.

»Köstlich«, urteilte Lene, trank in kleinen Schlucken und forderte ihre Mutter schließlich auf, ihr alles über diesen ominösen Mann zu erzählen, wegen dem sie ins Wasser gehen wollte.

»Das stimmt so nicht«, verteidigte sich Clara. »Ich wollte nur etwas Abstand gewinnen und habe aus Versehen die falsche Richtung gewählt.«

»Aha.« Lene runzelte die Stirn und sah mal wieder sehr viel älter aus, als sie tatsächlich war.

»Lass das«, sagte Clara.

»Was?«

»Dieses Stirnrunzeln. Das gibt Falten. Frag Rachel.«

»Mama, du wechselst das Thema.«

»Ganz genau. Hör mal, Schätzchen, ich freue mich riesig, dass du hier bist, aber ich möchte nicht mein Liebesleben mit dir besprechen.«

Beziehungsweise mein nicht vorhandenes Liebesleben, fügte sie in Gedanken hinzu.

»Aber …«

»Nein«, sagte sie mit fester Stimme. »Ich erzähle dir lieber vom Hotel, von Rieke, von unserem Strandräuber und von noch ein paar anderen Dingen. Und du verrätst mir tausend Einzelheiten über den Kleinen. Alles, worüber wir noch nicht am Telefon geredet haben. In Ordnung?«

»In Ordnung«, gab Lene langsam zurück. Sie hatte begriffen. »Fang mit dem Strandräuber an«, bat sie, und ihre Augen leuchteten auf wie früher als Kind, wenn Clara ihr ein Märchen vorgelesen hatte.

20. Kapitel

»Mensch, ist das staubig hier!« Lene legte den Kopf in den Nacken und nieste laut.

»Gesundheit!«, rief Clara von der anderen Seite des Dachbodens. Dann klappte sie die alte Truhe wieder zu, die sie gerade erst entdeckt hatte, und ging hinüber zu ihrer Tochter.

»Willst du nicht lieber wieder runtergehen? Die Luft hier oben könnte dem Baby schaden.«

»So ein Quatsch. Ein paar Flusen haben noch kein Ungeborenes umgebracht.«

Lene stand aus der Hocke auf und trat zu dem einzigen Oberlicht. Mit einiger Mühe stemmte sie es auf, dann kam sie zu Clara zurück.

»Schon besser.«

Tatsächlich strömte jetzt wenigstens ein Hauch von frischer, salziger Luft herein, und es stank nicht mehr so penetrant nach ungewaschenen Kleidern und billigem Essen.

»Trotzdem«, beharrte Clara. »Vielleicht ist es zu anstrengend für dich.«

»Pah!« Lene zeigte ein breites Grinsen. So hatte sie zuletzt ungefähr mit zwölf ausgesehen, fand Clara. »Um nichts in der Welt lasse ich mir das entgehen. Ich warte seit geschlagenen fünf Tagen darauf, dass der alte Mann endlich mal verschwindet.«

Clara lächelte. Das stimmte. Seit sie ihrer Tochter von Tjark Ummen erzählt hatte, war Lene vom Fieber der Schatzsuche befallen. Sie wollte unbedingt den Dachboden durchsuchen, und wenn sie den heimlichen Untermieter dazu eigenhändig aus dem Weg schaffen musste.

Zum Glück hatte sie sich von Clara überzeugen lassen, dass es besser wäre, einfach abzuwarten, bis der Strandräuber von selbst fortginge. Dummerweise ließ er sich damit reichlich Zeit. Ans Meer traute er sich vorerst nicht – wohl aus Angst, doch noch geschnappt zu werden, nachdem Marie und Clara ihn erwischt und Rieke ausgeliefert hatten. Was er zum Leben brauchte, ließ er sich von Bjarne bringen, der vor den übrigen Erwachsenen behauptete, er täte es aus reiner Menschenliebe.

»Von wegen!«, hatte Marie gerufen. »Wahrscheinlich kriegt er die Taschen mit teurem Diebesgut gefüllt!«

Sie war ein bisschen sauer auf Bjarne, weil er sie weder einweihte noch an seinem neuen Reichtum teilhaben ließ. Und für zu anhänglich hielt sie ihn offenbar auch nicht mehr. Ganz im Gegenteil. Sie hatte Clara verraten, dass sie gern viel mehr Zeit mit ihm verbringen würde.

Rachel und Vicki waren vor allem sauer auf Tjark Ummen, da er jede Nacht die nagelneuen Badezimmer des Hotels aufsuchte.

»Der muss jetzt endlich weg«, hatte Vicki am Morgen gefordert.

»Richtig«, hatte Rachel ihr zugestimmt. »In zwei Wochen ist Eröffnung. Auch wenn wir den Dachboden vorerst nicht ausbauen, können wir den alten Mann da oben nicht lassen. Der verschreckt uns die Gäste.«

Es gab tatsächlich schon Buchungen für das Hotel »Zur alten Schule«, und darauf war besonders Rachel sehr stolz.

Vicki und Clara hatten beide anderweitig alle Hände voll zu tun. Vicki mit ihrem Food-Blog, wo mehr und mehr alte Inselrezepte zum Renner wurden, Clara mit ihren Schaukelpferdchen, die sich immer besser verkauften. Ein Schafkopf war ihr nicht mehr untergekommen, darauf hatte sie geachtet.

Über die viele Arbeit war sie froh, sie musste allerdings dringend mit Piet Jansen reden und ihm erklären, dass sie seine Tischlerei verlassen musste. Wenn erst mal der Hotelbetrieb lief, würde sie keine Zeit für einen dritten Job finden.

Sofern sie auf Wangerooge bleiben würde. Manchmal dachte Clara daran fortzugehen. Sie sprach mit niemandem darüber. Der Gedanke war so ungeheuerlich, dass er ihr selbst Angst machte. Doch es gab Momente, in denen sie glaubte, sie werde niemals ihren Seelenfrieden wiederfinden, wenn sie in Jonathans Nähe blieb. Ob Schäfer oder Arzt: Wann immer sie ihn sah, und sei es nur aus der Ferne, bekam sie Herzrasen und Atemnot. Vor Lene hatte sie ihren Zustand in diesen Tagen verbergen können, aber Riekes scharfem Blick entging so leicht nichts.

Es war furchtbar anstrengend, sich nichts anmerken zu

lassen! Zumal, wenn man das Glück der anderen ständig vor Augen hatte. Rachel und Friedrich waren dabei, ein großes Haus ganz in der Nähe des Rosengartens zu kaufen, in dem es auch eine Wohnung für Vicki und Samuel geben würde. Clara war ebenfalls eingeladen worden, dort mit einzuziehen, aber sie hatte bisher noch nicht zugesagt. Sie hegte enorme Zweifel daran, ob sie es aushalten würde, als einziger Single unter glücklichen Pärchen zu leben.

Nur gut, dass sie immer mal wieder von ihrem Dilemma abgelenkt wurde. Heute war der erste August, ein Donnerstag, und Clara hatte mit Lene von der Werkstatt aus beobachtet, wie Tjark Ummen das ehemalige Schulgebäude durch die Hintertür verließ. Allerdings nicht ganz freiwillig. Clara wusste von Rieke, dass die ihn für den Nachmittag zu sich in die Pension zitiert hatte. »Um den lächerlichen Rest seiner Zukunft zu besprechen.« Und es war klar gewesen, dass Tjark Ummen sich einem Befehl von Rieke nicht widersetzen würde. Sie war wohl der einzige Mensch auf der ganzen Insel, vor dem er Respekt hatte.

»Na los, Mama!«, hatte Lene sie aufgefordert, kaum dass er an der Werkstatt vorbeigeschlurft war. »Nichts wie hoch da.«

Nun durchsuchten sie seit bald einer Stunde kaputte Schränke, Schubladen von Lehrerpulten und verdreckte Regale, deren oberer Teil abgesägt worden war – offenbar, damit sie an den schrägen Wänden Platz fanden, weil irgendein sparsamer Schulrektor vor Jahrzehnten beschlossen hatte, die Möbelstücke seien noch zu etwas zu gebrauchen und dürften nicht einfach weggeworfen werden. Eine Einstellung, die Clara als Tischlerin durchaus begrüßt hätte, würde es sich nicht ausnahmslos um billigstes Sperrholz handeln.

Die Truhe jedoch, die sie eben entdeckt hatte, versprach, interessant zu werden. Nur hatte Lene sie mit ihrem Niesen abgelenkt.

»Warte mal«, sagte ihre Tochter, als sie schon zurück zu ihrem Fund gehen wollte. »Ich glaube, ich habe da was. Hilf mir.«

Sie beugte sich tief unter eines der Stockbetten, die besonders intensiv rochen, und hielt schützend eine Hand vor ihren Bauch.

Clara schnaubte ob des Gestanks durch die Nase, ging aber in die Hocke und griff zusammen mit Lene unter das Bett. Mit einiger Mühe förderten sie einen großen, flachen Pappkarton zutage.

»Das ist er!«, rief Lene und klatschte vor Aufregung in die Hände. »Das ist der geheime Schatz des Strandräubers! Endlich!«

Clara fand, dass der Karton wenig verheißungsvoll aussah. Er trug die Aufschrift eines schwedischen Möbelhauses und wirkte vollkommen alltäglich. Aber sie wollte ihrer Tochter die Freude nicht nehmen, und sie war ja selbst gespannt darauf, was sie finden würden.

Als Entdeckerin durfte Lene den Deckel abnehmen, und dann schauten sie beide lange und fassungslos auf den Inhalt.

Draußen ging ein langer Sommertag langsam zu Ende,

die Sonnenstrahlen, die ihren Weg durch das Oberlicht auf den Dachboden gefunden hatten, nahmen an Stärke ab.

Weder Mutter noch Tochter sagten etwas, während sie auf das merkwürdige Sammelsurium in dem Karton schauten.

Clara erinnerte sich an den Tag, an dem sie gemeinsam mit Marie den alten Mann davon abgehalten hatte, einen fremden Standkorb zu durchsuchen. Und sie dachte an all die Geschichten von Räubern und Schmugglern auf Wangerooge, deren letzter Vertreter Tjark Ummen sein sollte. Sie sah auf Sandbänke aufgelaufene Schiffe vor sich und Menschen, die in den eisigen Fluten der Nordsee ihr nasses Grab fanden. Sie sah Insulaner, die zu helfen versuchten und sich dann nahmen, was ihnen zustand. Goldmünzen und Kaffeesäcke, Fässer voller Rum und Kisten mit Tafelsilber.

All dies betrachtete sie in ihrer Fantasie, dann schaute sie wieder auf Tjarks Schatz hinunter und schüttelte langsam den Kopf.

»Das darf doch nicht wahr sein!«, schimpfte Lene. »Darauf habe ich jetzt volle fünf Tage gewartet? Für diesen blöden Kram?«

Tja, mehr als Kram war es tatsächlich nicht. Clara entdeckte einen versteinerten Seestern, dem ein Zacken fehlte, und eine Handvoll angeschlagene Glasmurmeln. Sie fand lange weiße Möwenfedern und besonders hübsch geformte Muscheln. Dann eine linke Gesundheitssandale, ein Halstuch mit Blumenmuster, eine zerbrochene Sonnenbrille, eine halb leere Flasche Körperlotion, einen riesigen Badeanzug ...

Alles, was Mutter und Tochter vorsichtig aus dem Karton holten und zur Seite legten, war wertlos. Entweder von der Natur geschenkt oder von den Menschen achtlos liegen gelassen. Selbst als sie die unterste Schicht der vielen verschiedenen Gegenstände erreichten, wurde es nicht besser.

»Oh!«, stieß Lene aus und wich zurück.

Auch Clara zögerte. Im ersten Moment sah das fleckige Robbenbaby täuschend echt aus.

»Ist das ausgestopft?«, fragte Lene mit kindlicher hoher Stimme.

Clara tippte vorsichtig dagegen und sagte dann, selbst ziemlich erleichtert: »Nein, das ist wohl Plüsch.«

»Der ist ja vollkommen durchgeknallt, der Alte! Sammelt sich hier so einen Mist zusammen und lässt alle Welt glauben, dass er wer weiß was für Schätze angehäuft hat. Wo sind denn die vielen Geldbeutel? Die Uhren? Wo ist der Schmuck?«

»Hm«, machte Clara. Sie begann, die Sachen wieder einzuräumen. »Ich glaube, er selbst hat nie etwas in der Art behauptet. Das haben sich die anderen zusammengereimt.«

Lene verzog das Gesicht. »Diese ganze Aufregung für nichts.«

»Warte mal ab.« Clara schob den Karton unters Bett. Dann stand sie auf und zog ihre Tochter mit hoch. »Ich habe da drüben eine alte Truhe entdeckt. Lass uns nachschauen, was drin ist.«

Schon leuchteten die Augen ihrer Tochter wieder abenteuerlustig auf.

Clara lächelte. So gefiel sie ihr. Nicht immer so ernst und

erwachsen, wie sie in Hamburg war, sondern jung und neugierig. Die Schwangerschaft bekam ihr gut. Die Schwangerschaft und Wangerooge. Lene wirkte so viel gelöster als früher.

»Na, dann wollen wir mal nachschauen.«

»Wieder kein Schatz«, sagte Lene enttäuscht nur einen Augenblick später. »Bloß ein Stapel uralter, hässlicher Bücher.«

»Ja, aber nicht irgendwelche.« Clara nahm einen der großen ledergebundenen Bände heraus, wischte den Staub ab und schlug ihn vorsichtig auf. »Schau mal, das sind Klassenbücher. Dieses hier ist aus dem Jahr 1913.«

»Klassenbücher? So was kenne ich nicht.« Lene war immer noch enttäuscht.

»War damals wohl üblich«, murmelte Clara. »Oder es war eine besondere Tradition auf Wangerooge.« Vorsichtig blätterte sie die Seiten um. Das Papier war stockfleckig, die alte Tinte teilweise verschmiert. Dennoch konnte sie einige Namen entziffern.

»Alles Jungs«, bemerkte sie.

»Gemischte Klassen gab es wahrscheinlich nicht«, meinte Lene.

»Stimmt.« Sie blätterte weiter, fand Zeugnisse und eingeklebte Aufsätze.

»Hier schreibt ein gewisser Fooke, zehn Jahre alt, über den Beruf seines Urgroßvaters«, berichtete sie ihrer Tochter. »Da steht, der Mann fuhr Mitte des neunzehnten Jahrhunderts zusammen mit seinen Kollegen auf einer kleinen Schaluppe auf Schellfischfang.«

»Ein echter Zungenbrecher«, gab Lene zurück. »Können wir jetzt wieder runtergehen? Ich find's langweilig, und ich will was trinken.«

Clara schaute auf. »Geh ruhig vor. Ich bleib noch ein bisschen und lese. In Ordnung?«

»Und wenn der Alte zurückkommt? Hast du keine Angst vor dem?«

»Vor Tjark? Ach was, der wird mir schon nichts tun. Zumal wir keine Wertsachen gefunden haben, um die er sich sorgen müsste. Außerdem mach ich hier nicht mehr lang. Versprochen.«

»Okay.«

Lene verschwand, und Clara vertiefte sich wieder in die Klassenbücher. Sie las von einem Vater, der mit selbst geknüpften Netzen und Reusen aus Holz und Weidengeflecht mühsam Austern und Muscheln fing, von einem Urahn, der offenbar weit im Norden riesige Walfische gejagt hatte, und von einem treffsicheren Onkel, der sich auf das Erlegen von Wildenten, Gänsen und Möwen spezialisiert hatte. Deren Fleisch war eine willkommene Abwechslung auf dem kargen Speisezettel der Insulaner, die Federn fanden Verwendung in den Bettdecken.

Ein anderer Junge namens Johan schrieb über das Essen bei ihm zu Hause. Suppen spielten damals eine große Rolle. Es gab welche mit Mehlklößen, mit Kohl, Erbsen, Bohnen und Graupen. Natürlich wurde Fisch zubereitet, meistens einfach gekocht, und sehr beliebt waren Pfannkuchen. Etwas Besonderes war eine Schüssel mit einer Mehlspeise, die in der Mitte mit Butter und Sirup gefüllt war. Der kleine Johan schwärmte regelrecht davon, da es anscheinend die einzige Süßigkeit war, die er kannte. Auch Wurst und Fleisch gab es, allerdings nur zu besonderen Anlässen. Viele Familien hielten sich ein paar Nutztiere.

Fasziniert nahm Clara ein weiteres Klassenbuch zur Hand. »1920«, las sie laut vor. Nach dem Ersten Weltkrieg also.

An den Namen unter den Aufsätzen erkannte sie, dass dies eine Mädchenklasse gewesen war.

Eine elfjährige Frowe erzählte in knappen Worten, ihr Vater sei in Frankreich gefallen, und die Mutter wüsste nicht, wie sie alle vier Kinder ernähren sollte. Daher vermiete sie jetzt Gästezimmer an Sommerfrischler. So käme ein wenig Geld herein.

Clara erinnerte sich, irgendwo gelesen zu haben, dass schon Anfang des neunzehnten Jahrhunderts das Nordseebad Wangerooge gegründet worden war. Trotz der Zerstörungen durch Sturmfluten und der Bombardierung im Zweiten Weltkrieg war es immer wieder auferstanden und hatte Feriengäste angelockt.

Während sie in anderen Aufsätzen weiterlas, von einfachen Kinderspielen im Watt, von sonntäglichen Kirchgängen und vom Ärger über einen kleinen Bruder, verflog die Zeit, ohne dass sie es mitbekam. Erst als sie nichts mehr erkennen konnte, merkte sie, dass es draußen dunkel geworden war.

Sie verstaute die Klassenbücher wieder in der Truhe, schloss den Deckel und wollte hinuntergehen. Eine Idee formte sich in ihrem Kopf, und sie war so sehr damit beschäftigt, dass sie Tjark Ummen nicht kommen sah.

»Deibel ok!«, rief er.

Clara sprang zurück.

»Lass den Teufel in Ruhe«, erklang hinter ihm Riekes Stimme. Sie tauchte, schnaufend von dem steilen Aufstieg, hinter ihm auf. »Nanu? Clara? Was hast du denn hier oben zu suchen?«

»Will ik ok weten«, verlangte Tjark.

»Du willst gar nichts wissen. Du hältst die Klappe.«

Rieke sah Clara scharf an.

Sie dachte gar nicht daran, sich einschüchtern zu lassen. »Erstens bin ich Mitbesitzerin dieses Hauses und kann mich aufhalten, wo ich will, zweitens ...«

»Na?«

»Tjark ist gar kein Dieb.«

»Das weiß ich auch«, gab Rieke zurück.

»Ach ja? Seit wann?«

»Nun, seit ungefähr einer Stunde. Er hat mir gestanden, dass er nur weggeworfenes Zeug sammelt. Aber ihm gefällt der Gedanke, dass alle ihn für einen verwegenen Strandräuber halten.«

Der alte Mann grinste von einem Ohr zum anderen, was sein Gebiss in gefährliche Schieflage brachte. Claras Eindringen in sein Reich schien er ihr nicht mehr übel zu nehmen.

»Und wir haben auch besprochen«, fuhr Rieke fort, »was aus ihm werden soll. Er zieht zu mir.«

Darüber schien Tjark nicht allzu glücklich zu sein. Sein

Grinsen erlosch mit einem Schlag. Wenigstens blieben die falschen Zähne, wo sie hingehörten.

Rieke achtete gar nicht auf ihn, sondern sprach schon weiter: »Ich habe bei mir Platz genug und kann auf ihn aufpassen. Ins Altenheim will er partout nicht zurück, und hier auf dem Dachboden kann er nicht bleiben. Er hat also keine Wahl.«

»Das ist eine wunderbare Lösung«, sagte Clara. »Und ich habe eine Idee, wie Rachel und Vicki vielleicht doch noch mit den Insulanern Freundschaft schließen können.«

»Ach ja? Lass mal hören.«

Clara erzählte es ihr.

Rieke hörte aufmerksam zu und nickte schließlich zustimmend. »Könnte funktionieren. Ich werde ein kleines Fest organisieren, und dann laden wir ein paar Leute ein. Nicht alle natürlich, aber die wichtigsten. Nur die mit Grippe.«

»Grippe?«, fragte Clara verwirrt zurück.

»Hat Blondchen mir erklärt. Funktioniert wie im Internetz. Wer anderen Leuten was Wichtiges sagen will, hat die Influenza.«

»Das heißt Influencer«, korrigierte Clara und zwang sich, nicht zu kichern. »Das bedeutet, dass die Blogger ihre Follower beeinflussen.«

Rieke zuckte gleichmütig mit den Schultern. »Ist doch egal, wie die nun richtig heißen. Ich lade jedenfalls die übelsten Klatschbasen von Wangerooge ein. Du wirst sehen, das klappt. Die Neuigkeit wird sich rasant über den Inselfunk verbreiten, und ihr kriegt haufenweise Zulauf.«

Clara hegte keinerlei Zweifel. Was immer die Wirtin sich vornahm, schien gut zu gehen.

»Aber erklär mir eins«, verlangte Rieke zu wissen, während Tjark damit anfing, umständlich seine Habseligkeiten zusammenzusuchen. »Wieso sollen nur Rachel und Vicki neue Freundschaften schließen? Was ist mit dir?«

»Bei mir kommt es nicht mehr darauf an.« Clara hatte im Laufe der Stunden allein auf dem Dachboden eine Entscheidung gefällt. »Ich werde Wangerooge verlassen.«

»Warum?«

»Das ist wohl meine Sache«, entgegnete sie.

»Irrtum. Ich habe mich um dich und deine Freundinnen gekümmert, und ich finde, du schuldest mir wenigstens eine Erklärung.«

Der Meinung war Clara zwar nicht, aber um das Thema zu beenden, sagte sie: »Du weißt es genau, Rieke.«

»Ach, du meinst wegen Jonathan? Da kannst du dir die Mühe sparen. Er wird nämlich fortgehen.«

21. Kapitel

Zwei Tage später kehrte Jonathan früher als gewöhnlich mit seiner Schafherde zurück. Es hatte den ganzen Tag geregnet, und er war es leid, nass und verfroren zu sein. Den Schafen machte das Wetter nichts aus. Ihr Fell war inzwischen dicht und schützend nachgewachsen. Dennoch waren sie ihm bereitwillig und brav in Zweierreihen in Richtung Heimat gefolgt. Im Unterstand warf er ihnen dann eine Extraportion Heu hin.

»Ihr werdet mir fehlen, Mädels.«

Er bekam nicht mal ein Blöken zur Antwort.

»Dann eben nicht.«

Entschlossen wandte er sich ab und ging durch den Nieselregen auf das altersschwache Haus zu.

Alles war inzwischen geregelt. Mitte des Monats wollte er fortgehen. Dann wären Maries Sommerferien auch fast zu Ende. Jonathan hatte seinen Freund Onno nach einigen Schwierigkeiten in Neuseeland erreicht und ihm mitgeteilt, dass er aufhören wollte. Zuerst hatte der Freund furchtbar geschimpft, doch dann hatte er zugeben müssen, dass er sich auf seiner Weltreise zunehmend verloren fühlte und großes Heimweh verspürte. Außerdem habe er es satt, schrie er, weil er der Telefonverbindung nicht traute, fremder Leute Schafe am Ende der Welt zu bewundern. Er wollte seine eigenen wiederhaben.

So waren die Dinge geklärt.

Nun ja, nicht alle.

Jonathan zog die Hutkrempe in die Stirn und beschleunigte seinen Schritt. Da er ohnehin bis auf die Knochen durchgeweicht war, half es aber nicht viel. Tropfend kam er vor der Haustür an und stieß sie auf. Als Erstes zog ihm der Duft nach gebratenem Fisch in die Nase, und prompt knurrte sein Magen vernehmlich.

In der winzigen Küche werkelten offenbar wieder Vicki und Marie. Seine Tochter hatte inzwischen auch mit der Food-Bloggerin Freundschaft geschlossen, und neuerdings kochten sie zusammen. Am liebsten in Onnos Haus, wo es zwar beengt war, jedoch niemand die beiden störte. Auch der eigenwillige alte Gasherd war für sie kein Hinderungsgrund. Wenn er das richtig verstanden hatte, galt der als besonders authentisch.

Es ging stets um Gerichte aus Riekes altem Rezeptbuch. Vicki hatte den Ehrgeiz entwickelt, die traditionellen Speisen selbst herzustellen, war aber froh, wenn die Wirtin ihr bei ihren Versuchen nicht reinredete. Später wurden die norddeutschen Spezialitäten dann auf ihrem Blog vorgestellt.

Seine Meinung über die Blondine hatte Jonathan inzwischen gründlich geändert. Hatte er sie am Anfang für oberflächlich und anstrengend gehalten, respektierte er sie inzwischen für ihren großen Ehrgeiz und ihr unerschütterliches Durchhaltevermögen.

Letzteres galt für alle drei Hamburger Freundinnen. Keine hatte sich unterkriegen lassen, alle machten das Beste aus ihrer Entscheidung, auf Wangerooge zu leben. Auch Clara.

Unwillkürlich raufte er sich die trotz Hut nass gewordenen Haare.

Im Laufe der vergangenen Woche hatte Jonathan endlich erkannt, wohin er gehörte. An die Seite des lieblichen Kobolds mit den großen grauen Augen. Doch es war zu spät, das wusste er. Zwei Chancen hatte er bei Clara vertan, eine dritte würde es nicht geben. Warum sonst sollte sie ihm seit der Grillparty am vergangenen Samstag so radikal aus dem Weg gehen? Und er hatte keinen Anlauf unternommen, um mit ihr zu sprechen. Weil er so etwas nicht konnte, redete er sich ein. Weil er es nicht gewohnt war, um eine Frau zu kämpfen. Weil ... er einfach feige war.

Bevor seine Grübeleien wieder so düster werden konnten wie schon den ganzen regnerischen Tag über, kam zu seiner Erleichterung Marie aus der Küche auf ihn zugelaufen.

»Hi, Papa, du stinkst mal wieder nach nassem Schaf. Ab unter die Dusche.«

Er grinste und tat, als wollte er sie umarmen.

»Iiiih!«, rief Marie und wich zurück.

Jonathan ließ von ihr ab. Es tat gut, mit ihr zu scherzen. Er schälte sich aus der klitschnassen Schafwollweste und schnupperte.

»Verrate mir wenigstens, wonach es hier drinnen so herrlich duftet.«

Dank Riekes Fresspaketen und neuerdings Vickis und Maries guter Küche hatte er in den vergangenen Wochen tatsächlich ein paar Pfund zugelegt. Zwar gab es in Onnos Haushalt keine Waage, aber er merkte auch so, dass sein Gesicht nicht mehr so abgehärmt aussah und die Hosen um die Hüften enger saßen.

»Gebratene Nordseescholle«, erwiderte Marie mit gewichtiger Miene. »Die Fische mussten vierundzwanzig Stunden in Salz und Essig eingelegt im Kühlschrank ruhen. Dann haben wir sie mit geschlagenen Eiern bestrichen, in gestoßenem Zwieback gewälzt und in Butter kross gebraten. Dazu gibt es gestampfte Salzkartoffeln und eine kalte Essigsoße.«

Jonathan hob fragend die Brauen. »Klingt ganz schön exotisch.«

»Quatsch, uraltes Hausrezept«, erwiderte Marie. »Vicki!", brüllte sie dann in Richtung Küche. »Was ist noch mal in der Soße drin?«

Die Blondine erschien im Flur, zwinkerte dem tropfenden Jonathan zu und zählte auf: »Grüner Dill und Petersilie, Schnittlauch und Salz, Weißwein und Essig, Johannisbeersaft und eine abgeriebene Orangenschale. Das wird bestimmt der Renner auf meinem Blog. Beeil dich, Jonathan. Ich halte euch alles warm, aber ich muss jetzt los. Die Mädels warten auf dem Dachboden auf mich. Ich bin ja schon so gespannt!«

Später beim Essen fragte Jonathan wie nebenbei seine Tochter, was Vicki gemeint hatte.

»Wer wartet auf welchem Dachboden?«

»Du kriegst echt gar nichts mehr mit«, schimpfte Marie und goss sich noch mehr Soße über ihre Scholle. Auch sie hatte sich dem Leben auf Wangerooge bereits angepasst. Und dabei war sie erst seit knapp einem Monat hier. Von ihrem früheren Getue beim Essen war nichts mehr zu spüren. Sie schwärmte regelrecht von Fisch und Fleisch in allen Variationen, von Suppen, Gemüse und Kaltschalen. Sie erzählte sogar ihrer Oma Gerda am Telefon von marinierten Heringen, von Hammelfleisch-Pasteten und von Blumenkohlaufläufen.

Jonathan konnte sich das erstaunte Gesicht seiner Mutter lebhaft vorstellen.

»Was bekomme ich nicht mit?«, fragte er nach, weil Marie bloß schweigend ihren Kartoffelbrei mampfte.

»Na, die große Aktion drüben im Hotel«, erklärte sie mit vollen Backen. Dann schluckte sie alles hinunter und klärte ihn endlich auf. »Clara und ihre Tochter haben da oben was Tolles entdeckt. Lene ist ja inzwischen wieder abgereist, aber Clara hatte eine Idee, und Rieke fand die gut. Deswegen hilft sie ihr dabei. Und ich muss auch gleich wieder rüber und mit anpacken. In einer Stunde kommen die Inselfrauen.«

Jonathan verstand kein Wort. »Geht das auch etwas genauer?«

Also erzählte ihm Marie von dem besonderen Fund, den Clara gemacht hatte, und was sie damit vorhatten.

Jonathan war der Meinung, seine Tochter drücke sich immer noch undeutlich aus, aber er bekam eine ungefähre Ahnung von dem Plan.

»Und sie glauben, das klappt?«

»Klar, warum nicht?«

Weil es vielleicht nicht so leicht ist, sich bei den Insulanern einzuschmeicheln, wollte er sagen, tat es aber dann doch nicht. Warum Marie die Freude an der Veranstaltung nehmen?

»Komm doch einfach mit«, schlug sie vor. »So siehst du es selbst.«

Einfach. Als ob es einfach wäre, in Claras Nähe zu sein.

Jonathan wollte schon den Kopf schütteln, aber in derselben Sekunde überlegte er es sich anders. Möglicherweise konnte er seine Tochter friedlich stimmen, wenn er in diesem Punkt nachgab.

»Also gut.«

»Cool!«

Dann war da die andere Sache, die er bisher für sich behalten hatte. Er hatte auf den richtigen Augenblick warten wollen, aber der würde wahrscheinlich nie kommen. Warum also nicht gleich?

»Ich muss dir etwas sagen, Marie.«

Sofort wurde sie misstrauisch, hörte auf zu essen und verschränkte abwehrbereit die Arme vor der Brust. »Was ist denn los?«

Er hob beschwichtigend die Hände. »Nichts Schlimmes, keine Sorge. Aber deine Sommerferien sind ja bald vorbei, und ich habe dir noch gar nicht erzählt, dass ich mit dir zusammen zurück nach Bremen gehe.«

»WAS?« Marie sprang auf und warf dabei ihren Stuhl um. Der fiel mit lautem Geklapper zu Boden und blieb dort liegen. »Warum das denn auf einmal? Mensch, Papa, was soll der Scheiß?«

Er war ein bisschen erschrocken über ihre heftige Reaktion und blieb ganz bewusst ruhig sitzen.

»Ich verstehe nicht, warum du dich so aufregst«, entgegnete er langsam. »Du hast dir doch gewünscht, dass ich wieder zurückkomme, oder nicht?«

»Etwa zu Mama?«, schrie sie so laut, dass die Wände des alten Hauses wackelten. »Wollt ihr so tun, als wäre nichts gewesen, und dann wird alles wie früher? Wieder auf heile Familie machen? Das ist Bullshit!«

Normalerweise hätte er sie für ihre Ausdrucksweise gerügt, aber diesmal hielt er sich zurück.

»Hm, nein. Ich glaube nicht. Oder, um ganz ehrlich zu sein, ich weiß nicht genau, was sein wird.«

»Das ist das Problem mit euch Erwachsenen!« Marie lief jetzt in der kleinen Küche hin und her. Mehr als zwei Schritte in die eine und dann in die andere Richtung waren nicht drin. Jonathan dachte, an ihrer Stelle würde ihm schnell schwindelig werden. »Ihr wisst nie, was ihr wollt! Und wir Kinder können es ausbaden!«

Falls jemand anderes es wagte, sie als Kind zu bezeichnen, drehte sie regelmäßig durch. Wenn sie nun selbst so von sich sprach, war sie wirklich sehr aufgewühlt. Auch innerlich.

»Marie«, sagte er sanft. Er stand nun doch auf, ging um den Tisch herum und nahm sie in die Arme. Sie wehrte sich erst, aber dann ließ sie sich gegen ihn sinken und weinte.

»Es tut mir leid, dass deine Mutter und ich dir Kummer bereitet haben. Und du hast vollkommen recht: Eltern sollten ihre Probleme lösen, ohne ihren Kindern das Leben schwer zu machen.«

Sie murmelte etwas Unverständliches und schluchzte leise. Er wollte ihr erklären, dass sie sich nicht sorgen müsste. Von Jutta würde er getrennt bleiben, dessen war er sich inzwischen sicher.

Und die Praxis? Nun, da müsste sich eine Lösung finden lassen. Er hatte erfahren, dass Jutta probehalber einen zweiten Arzt eingestellt hatte, weil sie die Arbeit allein nicht schaffen konnte. Wollte er wirklich dorthin zurück?

Nein. Er traf die Entscheidung erst in diesem Moment, mit seiner weinenden Tochter im Arm. Es würde sich etwas anderes ergeben. Vielleicht eine Stellung im Krankenhaus.

Doch er sagte nichts weiter dazu, sondern erkundigte sich: »Was ist wirklich mit dir los?«

»Ist das so schwer zu kapieren?«, fragte sie schniefend zurück. »Ich will hier nicht weg. Mir gefällt's auf Wangerooge.«

Damit hatte er nicht gerechnet, und er brauchte einen Augenblick, um die Neuigkeit zu verdauen.

»Etwa für immer?«

»Ja.«

»Aber Marie, was ist mit der Schule?«

»Ich kann hier auf die Inselschule gehen. Da gehört auch ein Gymnasium zu.«

Jonathan kam aus dem Staunen nicht mehr raus. Offenbar hatte seine Tochter sich schon gut informiert.

»Und deine Freunde in Bremen? Werden die dir nicht fehlen?«

Sie schüttelte den Kopf. »Ach was. Wir schreiben uns ja immer und machen Videoanrufe. Außerdem können sie mich in den Ferien und an den Wochenenden besuchen. Die finden das toll.«

»Aber Kind, wie stellst du dir das bloß vor? Wo willst du leben?«

Marie machte sich von ihm los und wischte sich übers Gesicht. »Ich dachte, wir mieten uns eine Wohnung. Ganz einfach. In dieser Bruchbude will ich im Winter lieber nicht bleiben.«

»Verstehe«, entgegnete er hilflos.

»Und ich könnte mit Bjarne zusammen sein. Der ist echt super. Weißt du, dass er dem alten Tjark geholfen hat, ohne was dafür zu kriegen? Hat ihm jeden Tag sein Essen gebracht. So einen Jungen habe ich noch nie kennengelernt.«

Ihre Augen glänzten jetzt, aber nicht mehr vor Tränen, und Jonathan ahnte, dass der Fischerssohn eine entscheidende Rolle bei Maries Wünschen spielte.

Schon wollte er ihr sagen, dass man wegen Herzensangelegenheiten nicht sein ganzes Leben umkrempeln sollte. Doch er hielt sich zurück. Er selbst war ja alles andere als ein gutes Beispiel.

»Und übrigens werde ich später Tourismusmanagement

studieren und dann auf Wangerooge arbeiten«, redete sie schon weiter. »Irgendwann werde ich mein eigenes Hotel führen.«

Daran gewöhnt, dass sie ihren Berufswunsch öfter wechselte als andere Mädchen die Socken, nahm er sie nicht ernst. Bis er ihre entschlossene Miene bemerkte. Ihr ist wirklich alles zuzutrauen, dachte er bei sich. Und er ahnte, seine Tochter würde ihn in Zukunft noch mächtig überraschen.

»Was machen wir denn jetzt?«, fragte Marie, nachdem er eine ganze Weile geschwiegen hatte. »Erst wolltest du hierher, und ich nicht. Jedenfalls nicht für immer. Jetzt ist es umgekehrt. Das ist echt krass.«

Jonathan schenkte ihr ein beruhigendes Lächeln. »Ich schlage vor, wir vertagen die Entscheidung. Lauf jetzt ruhig zum Hotel rüber und hab Spaß. Morgen reden wir weiter.«

»Okay«, entgegnete sie, wirkte jedoch wenig überzeugt. »Aber du packst nicht heimlich und haust ab?«

»Selbstverständlich nicht!«

»Und du kommst gleich nach?«

»Ich räume auf und mach den Abwasch. Dann schaue ich mal.«

Marie hob bloß die Schultern, als sei es ihr nicht so wichtig. Dann flitzte sie ins Bad, um die Spuren ihrer Tränen abzuwaschen, und verließ anschließend das Haus.

Jonathan blickte ihr durch eines der kleinen Fenster nach. Im Herbst wurde Marie erst vierzehn, aber er hatte das deutliche Gefühl, dass sie ihm bereits entglitt.

Selbst schuld, sagte er sich. Er hätte nicht einfach fortgehen dürfen. Andererseits war er damals nicht ganz zurechnungsfähig gewesen. Sein Leben war einem Scherbenhaufen gleichgekommen, und er hatte nicht mehr klarsehen können.

Konnte er das denn jetzt?

Nein.

Alles blieb so schrecklich verworren. Nur eines wusste Jonathan mit Sicherheit: Er durfte Marie nicht verlieren. Wenn es half, mehr Zeit mit ihr zu verbringen, so würde er das tun. Daher machte er sich eine Stunde später ebenfalls auf den Weg zum Hotel. Er wollte ihr seinen guten Willen beweisen, und ja, er war auch neugierig auf das, was er sehen würde.

Der Haupteingang stand weit offen, und er betrat die alte Schule hinter zwei älteren Frauen, die er nicht kannte. Sie hielten die Köpfe stolz gereckt, so als seien sie sich ihrer eigenen Bedeutung mehr als bewusst.

Geduldig wartete er ab, bis sie ein Stück den Flur hinuntergegangen waren. Auf keinen Fall wollte er den Frauen von Wangerooge weiteren Gesprächsstoff liefern. Er ahnte, dass man sich schon reichlich das Maul über ihn zerrissen hatte.

22. Kapitel

Als er allein war, schaute sich Jonathan aufmerksam um. Er kam sich wie ein Eindringling vor und dachte daran zurück, wie zornig die Freundinnen auf ihn gewesen waren, als er seine Schafherde noch über den Schulhof getrieben hatte. Aber heute war offenbar jedermann eingeladen, sich umzusehen. Also ging er weiter. Auch alle Türen im Innern der Schule waren offen, und er staunte bald über die großartige Arbeit, die hier im Laufe von so kurzer Zeit geleistet worden war.

Rieke hatte ihm erzählt, in dem Gebäude sei seit Jahrzehnten nicht renoviert worden, aber nun wirkten die Räumlichkeiten frisch und modern, ohne den Charme der alten Schule zu zerstören.

Zwei historische Stehpulte waren zusammengefügt worden und dienten im Eingangsbereich als Empfangstresen. Die Wände hier und in den Zimmern leuchteten in einem warmen Ockergelb, die meisten Möbel waren zwar modern, aber so schlicht und unaufdringlich gearbeitet, dass sie auch aus einer anderen Zeit hätten stammen können. Er nahm an, in ihnen steckte viel Handwerksarbeit der Tischlerei Jansen.

Überall roch es noch nach frischer Farbe und Holzlack, hie und da standen noch Utensilien der Handwerker herum, und der Teppichboden war noch nicht vollständig verlegt. Aber im Großen und Ganzen schien die Renovierung abgeschlossen zu sein.

Die Gästezimmer im Erdgeschoss wirkten ein bisschen beengt, aber dank der hellen Farben nicht erdrückend. Auch einige große gerahmte Fotos der Nordsee und des Wattenmeers an den Wänden verstärkten den Eindruck von Weite.

Jonathan feixte vor sich hin. Familien vom Schlage einer Rieke Peters oder Imke Tannen würden da trotzdem nicht reinpassen. Von Imkes Freund Torben und entsprechendem Anhang ganz zu schweigen. Sogar er selbst wäre wohl zu lang für die Betten. Er fragte sich, ob die drei Freundinnen bei Buchungsanfragen ihren Gästen wohl die maximal erlaubte Körpergröße mitteilten, und presste fest die Zähne aufeinander, um nicht laut herauszulachen. Wahrscheinlich hätte ihn niemand gehört, denn hier unten war das Hotel wie ausgestorben, aber er wollte nicht riskieren, dass ihn jemand dabei überraschte, wie er sich wie ein Irrer verhielt.

Die Lust zu lachen verging ihm. Als er nach Wangerooge gekommen war, hatte Jonathan gedacht, es wäre ihm künftig gleichgültig, was der Rest der Welt von ihm hielt. Dem war nicht so. Er war eben auch nur ein Mensch, der sich Anerkennung und Zuneigung wünschte. Jonathan ging weiter und hoffte, er könnte seine plötzlich trüben Gedanken zurücklassen.

Im Gegensatz zu diesen Zimmern war ein anderer Raum erstaunlich großzügig gestaltet. Der eine Bereich war mit einer großen Anrichte sowie Tischen und Stühlen aus Kiefernholz möbliert und diente offensichtlich als Frühstücksecke. Zusätzlich gab es eine gemütliche Sitzgruppe mit zwei weich aussehenden Sofas. Sie waren mit grünem Cordsamt bezogen, was nicht unbedingt Jonathans Geschmack traf, wirkten aber gemütlich. Vervollständigt wurde der Bereich mit Stehlampen und zwei niedrigen Glastischen. Weiter hinten gab es noch eine Spielecke für Kinder.

Jonathan musste hart schlucken, als er zwei besonders schöne Schaukelpferde entdeckte, die eindeutig aus Claras Händen stammten. Kurz hatte er vergessen, dass er sich in ihrem Hotel befand und dass er sie in wenigen Minuten sehen würde.

Er hörte Schritte, wandte sich um und entdeckte Rachel im Flur. Sie stand ruhig da und schaute zu ihm herein.

»Gefällt es dir?«

»Ganz wunderbar«, gab er ehrlichen Herzens zurück und war jetzt besonders froh darüber, dass er sich den Lachanfall vor zwei Minuten verkniffen hatte. »Ihr habt tolle Arbeit geleistet, und dieser Raum hier entschädigt wohl für die kleinen Zimmer.«

Sie schmunzelte, und er fand, sie wirkte viel jünger als noch vor ein paar Monaten. Nicht mehr so verkniffen, nicht mehr so traurig.

»Meine Aufgabe bestand hauptsächlich darin, Farben und Möbel auszusuchen und die Handwerker ordentlich anzutreiben. Vicki und Clara haben mir natürlich dabei geholfen.«

Jonathan nahm an, sie war viel zu bescheiden. Er wusste, den Löwenanteil der Arbeit hatte Rachel geleistet, da die anderen zwei mit ihren Jobs gut beschäftigt waren.

Als er den Gedanken aussprach, winkte sie ab. »Ich habe einen verständnisvollen Chef.« Dazu strahlte sie überaus glücklich.

Marie hatte ihm erzählt, dass Rachel und Vicki beide die Liebe wiedergefunden hatten. Er fragte sich, wie Clara sich dabei fühlte. Dann fragte er sich, was in drei Teufels Namen ihn das anging.

Jetzt umfasste sie mit einer Armbewegung Frühstückstische, Sitzgruppe und Spielecke. »Das war mal als Seminarraum für unglückliche Singles gedacht«, erklärte sie augenzwinkernd. »Aber Rieke hat uns das ganze Projekt ausgeredet.«

»Ich weiß«, erwiderte er.

Sie schaute ihn kurz prüfend an, so als wolle sie entscheiden, ob er eventuell ein passender Gast im Liebeskummer-Hotel gewesen wäre. Doch sie zeigte nur auf die Sitzgruppe und sagte: »Für den grünen Cordsamt bin ich nicht verantwortlich. Auf den hat Clara bestanden. Sie behauptet, sie braucht eine Erinnerung an ihr altes Zuhause. Da besaß sie ein wirklich scheußliches Sofa in dieser Farbe. Aber sehr bequem war es. Der Nachmieter wollte es sogar unbedingt behalten.«

Jonathan versuchte, sich vorzustellen, wie Clara in Hamburg gelebt hatte. Es gelang ihm nicht. Er sah bloß ein großes grünes Sofa vor sich.

»Komm mit«, forderte Rachel ihn auf. »Es geht gleich los. Ich wollte nur einmal nachschauen, ob jemand zu spät dran ist.«

Er nickte und ging dann hinter ihr die Treppe hinauf in den ersten Stock.

»Die Zimmer hier sehen genauso aus wie unten«, erklärte sie, als er sich umsehen wollte. »Kannst du später besichtigen, wenn du willst.«

Sie wies mit dem ausgestreckten Arm über den Flur. »Und dahinten haben wir eine kleine Küche, wo das Frühstück zubereitet wird.«

»Ist das nicht ein bisschen umständlich?«, fragte er. »Es muss ja alles über die Treppe nach unten gebracht werden.«

»Nein, da haben wir Glück gehabt. Wir haben einen Speisenaufzug entdeckt, der wahrscheinlich eingebaut worden ist, als das Haus ein Schullandheim war. Ein praktisches Teil, mit dem wir alles schnell nach unten schaffen können.«

»Interessant.« Er folgte ihr bis ans Ende des Flurs.

»Vorsicht, ist ein bisschen steil«, sagte Rachel, als sie die Treppe zum Dachboden erreicht hatten. »Und nicht ganz stabil. Wir haben sie zwar ausbessern lassen, aber es ist besser, wenn sie nur von einer Person auf einmal benutzt wird.«

Jonathan wartete also, bis sie oben verschwunden war, dann kletterte er vorsichtig hinterher.

Auf dem Dachboden angekommen, musste er sich ein paarmal über die Augen wischen, bis er das Bild erfasst hatte, das sich ihm bot.

Wären die rund zwanzig Menschen nicht modern gekleidet gewesen, hätte er geglaubt, er habe auf der steilen Stiege eine Zeitreise unternommen. Er befand sich plötzlich in einem Klassenzimmer, wie es vor mehr als hundert Jahren ausgesehen haben mochte.

Zwei Reihen von kleinen Pulten mit schräger Arbeitsfläche und fest angeschraubten Sitzbänken standen dort, und vorn befand sich ein großer alter Schreibtisch mit einer Wandtafel daneben.

Jonathan entdeckte ein paar lederne Schulranzen, Kreidestückchen und Schwämme, ausgetrocknete Tintenfässer und Schreibfedern mit hölzernen Griffen. Um das Bild perfekt zu machen, fehlten nur noch eine gestrenge Lehrerin im bodenlangen Kleid mit einem Dutt im Haar und dem Rohrstock in der Hand und ihre wohlerzogenen Schüler.

Jedoch war die Lehrerin in Wahrheit ein entzückender Kobold mit braunem Wuschelhaar und die Schüler mehrheitlich erwachsene Frauen, die kaum auf die Bänke passten und laut durcheinanderredeten.

Ganz vorn saß Rieke. Sie beanspruchte allerdings eine Zweierbank für sich allein.

Jonathan versuchte gar nicht erst, seine langen Gliedmaßen zusammenzufalten, und blieb an der Tür stehen, halb verborgen im Schatten eines alten Stockbettes. Die schrägen Wände des Dachbodens störten ein wenig den Eindruck des perfekt nachgebauten Schulzimmers, doch an denen hatte niemand etwas ändern können.

Clara musste mehrfach um Ruhe bitten, bevor sie endlich gehört wurde. »Ich lasse die alten Klassenbücher jetzt rumgehen. Wenn Sie jemanden entdecken, der zu Ihrer Familie gehört, melden Sie es bitte. Wir können ja überlegen, ob wir dann vielleicht ein besonderes Heft herausgeben ...«

Sie wirkte ein wenig ratlos, fand Jonathan. Was hatte sie sich bloß nun schon wieder aufgeladen? Hatte sie denn nicht schon genug zu tun?

Aber da kam ihr eine Frau um die sechzig zu Hilfe. »Lass man, Kindchen, das übernehme ich. Du schreibst jetzt bloß ein paar Stichworte an die Tafel da vorn, alles Weitere werden dann meine Freundinnen und ich erledigen.«

Clara wirkte ausgesprochen erleichtert und nickte der Frau dankbar zu.

Etwa eine Stunde lang notierte sie anschließend mit Kreide verschiedene Namen und Jahreszahlen, wischte mal mit dem Schwamm drüber, um etwas zu korrigieren, ließ sich erneut die richtigen Angaben zurufen.

Die Frauen und die paar Männer auf dem Dachboden vertieften sich mit großem Eifer in die alten Klassenbücher und erzählten einander abwechselnd Geschichten ihrer Vorfahren.

Jonathan blieb ganz still stehen und erlebte auf diese Weise hautnah ein kleines Wunder mit. Er wusste, dass einige der Insulaner den drei Hamburger Frauen anfangs misstrauisch gegenübergestanden hatten. Wie er selbst ja auch. Viele hatten, wie auch Rieke, befürchtet, die alleinstehenden Großstädterinnen kämen mit undurchsichtigen Absichten nach Wangerooge. Zwar hatten sich die meisten Feindseligkeiten inzwischen in Luft aufgelöst, denn man wusste, die Deerns waren in Ordnung, dennoch hatte so mancher Einheimischer wohl noch ein Problem damit gehabt, dass die alte Schule neue Eigentümer gefunden hatte.

Doch nun wurde ihnen dieses Stück eigene Geschichte zurückgegeben, und alle waren begeistert bei der Sache.

Jonathan empfand Bewunderung für Clara. Sie hatte die Idee dazu gehabt, und es funktionierte. Er sah, wie ihre Augen glücklich über die Reihen ihrer »Schüler« wanderten. Auch Marie und Bjarne saßen, eng aneinandergekuschelt, an einem Pult und lasen in einem Klassenbuch.

Ein Anflug von Traurigkeit überkam ihn. Er war der Einzige im Raum, der nicht dazugehörte. Und ihm würde mit Sicherheit kein so genialer Einfall kommen, um auf der Insel anerkannt zu werden. Jonathan ließ die Schultern hängen.

»Das war mein Urgroßvater!«, rief Bjarne plötzlich aus. »Alrich Hillers. Er schreibt hier, wie die Männer früher bei Ebbe mit der Pricke ins Watt gegangen sind, um Fische zu fangen.«

»Was war denn eine Pricke?«, fragte Marie, während Clara eine weitere Notiz an die Tafel schrieb. Auch Jonathan hörte gebannt zu. Wieder einmal erlebte er, wie die Wangerooger Geschichte ihn in seinen Bann zog, auch wenn diesmal Rieke nicht daran beteiligt war.

»Sah aus wie eine Harke«, erklärte Bjarne mit ernster Miene. »Wir haben so ein Ding zu Hause an der Wand hängen. Eine lange hölzerne Stange mit einer kürzeren Querstange daran. An der waren Widerhaken angebracht. Damit wurde einfach auf die im Sand liegenden Fische eingeschlagen. Dann stach der Fischer ihnen mit einer starken eisernen Nadel durch den Kopf und reihte sie auf einer Schnur auf.«

Jonathan stellte sich vor, wie seine Tochter angewidert das Gesicht verzog, und feixte vor sich hin. Genau in diesem Moment spürte er, dass Clara ihn entdeckt hatte. Er schaute sie an. Sah, wie ihre eben noch so glückliche Mimik sich veränderte, und spürte, wie ihm das Herz sank.

Jetzt ähnelte sie auf einmal doch noch einer gestrengen Lehrerin von anno dazumal.

Er beeilte sich fortzukommen, ließ die Geschichtsstunde, die zufriedenen Insulaner und eine von ihm enttäuschte Clara zurück und stolperte Hals über Kopf die steile Treppe nach unten.

23. Kapitel

Die Eröffnung des Hotels »Zur alten Schule« fiel auf den zweiten Sonntag im August.

Seit fünf Uhr früh waren Clara, Vicki und Rachel auf den Beinen. Sie hatten sämtliche Räume und die Bäder gründlich geputzt, hatten im großen Aufenthaltsraum das Büfett aufgebaut, die Getränke kalt gestellt und die Tische eingedeckt.

Zwar würde kaum einer der geladenen Gäste die Muße haben, sich für längere Zeit hinzusetzen, denn die Hochsaison dauerte an, und die Insulaner waren voll beschäftigt. Aber Vicki hatte es so hübsch gemütlich gefunden, und so waren Clara und Rachel damit einverstanden gewesen.

Am Büfett reihten sich prall gefüllte Teller, Schüsseln und Platten aneinander. Es gab Aal in Gelee, Krebssalat, marinierte Matjes und Krabben in allen Variationen. Später würde noch ein großer Topf frisch gekochte Muschelsuppe hinzukommen. Dazu Brötchen und Brote, kaltes Gemüse und knackige Rohkost, Frikadellen und Würstchen, Kartoffelsalat und aufgeschnittene Mettwurst. Auf einem Nebentisch standen Körbe mit Rosinenbrot, Behälter mit roter Grütze und Puddings.

Die Freundinnen hatten sich in der Woche zuvor mit Rieke beraten. Wo sie wohl das Essen bestellen könnten, hatten sie gefragt.

»Lasst mich nur machen«, hatte Rieke lapidar geantwortet. »Die Leute sind uns was schuldig. Die freuen sich immer noch über die Geschichten ihrer Vorfahren. Dass sie euch und sogar mich jetzt nicht mehr so schief ansehen, reicht nicht.«

Und tatsächlich war es gar nicht nötig geworden, auch nur einen einzigen Hering zu ordern. Jene Frauen und Männer, die bereits in den alten Klassenbüchern gestöbert hatten oder sich noch darauf freuten, waren eingesprungen. Am gestrigen Tag hatten die ersten von ihnen Schüsseln und Platten mit Leckereien gebracht, dann war der Strom bis zum Abend nicht mehr abgerissen.

»Das ist das Mindeste, was wir tun können«, hatte Theda Tannen gesagt. Sie war Imkes Mutter und ebenfalls eine imposante Erscheinung. Und sie war es auch, die das Projekt mit den Erinnerungen an frühere Schuljahre in die eigenen Hände genommen hatte. Ein kleiner Verlag in Emden interessiere sich bereits dafür, hatte sie am Vortag den drei Freundinnen berichtet und Clara einen großen Teller mit kalter Seezunge in die Hand gedrückt. »Wenn wir Glück haben, wird sogar ein ganzes Buch daraus.«

»Das wäre wundervoll«, hatte Clara erwidert und sich ein Lächeln abgerungen. Sie dachte lieber nicht an den Tag vor einer Woche zurück, als sie so glücklich über den Erfolg ihrer Aktion auf dem Dachboden gewesen war. Bis zu dem Moment, in dem sie Jonathan an der Tür entdeckt hatte. Nachdem er wieder einmal vor ihr geflüchtet war, hatte ihr die nachgespielte Schulstunde mit den Erwachsenen auf den Bänken ihrer Vorfahren keinen Spaß mehr gemacht, und es war ihr nicht mehr wichtig gewesen, ob sie von den Einheimischen akzeptiert wurde.

Anders können wir anscheinend nicht miteinander umgehen, dachte sie jetzt, während sie ihren Blick über das Büfett schweifen ließ. Wir sind dazu verdammt, voreinander wegzulaufen.

Inzwischen war es früher Nachmittag geworden, und alles war bereit für die Gäste.

Clara wusste, sie hätte sich freuen sollen, nur gelang es ihr nicht. Sie selbst, Rachel und Vicki hatten geschafft, was sie sich vorgenommen hatten. Für den kommenden Tag erwarteten sie die ersten Hotelgäste, und bis in den Oktober hinein war das Haus bereits größtenteils ausgebucht.

Zwar mussten keine Leute mit Liebeskummer getröstet werden, doch sie würden auch so genug zu tun haben. Außerdem passte das Thema zu Rachel und Vicki auch nicht mehr. Beide waren glücklich in ihren Beziehungen, die von Tag zu Tag inniger wurden. Friedrich Stolze plante, demnächst ein kleines Maklerbüro auf Wangerooge zu eröffnen, und hatte Rachel die Partnerschaft angeboten. Und die Ehe, wovor Rachel aber noch zurückschreckte. Das ginge ihr zu schnell, behauptete sie, trug jetzt aber immer dieses besondere Leuchten in den Augen. Erst vor zwei Tagen hatte sie Clara verraten, was für ein wundervolles Gefühl es sei, die einzige Frau im Leben eines Mannes zu sein. Nicht mehr bloß die Geliebte, die immer an zweiter Stelle kam. Und bei Friedrich brauchte sie keine Zweifel zu hegen, hatte Clara gedacht. Der Mann liebte sie abgöttisch.

Auch bei Vicki und ihrem Freund ging es voran. Samuel wollte im Herbst endgültig auf die Insel ziehen, und dann würden die beiden Paare in dem Haus am Rosengarten wohnen, das Friedrich gekauft hatte. Es waren noch weitere Wohnungen darin frei, aber Clara konnte sich bei aller Zuneigung zu ihren Freundinnen nicht vorstellen, dort als Single mit einzuziehen. Obwohl es vielleicht auch schön geworden wäre mit allen unter einem Dach. Zumal Vicki ihr verraten hatte, sie sei sich ganz sicher, Samuel sei der richtige Mann, um eine Familie zu gründen. Sie selbst habe jedenfalls genug davon, so vorläufig durchs Leben zu gehen, und wünschte sich Nachwuchs. Natürlich nicht sofort, das wäre selbst für ihre Verhältnisse zu schnell. Aber vielleicht in ein, zwei Jahren, wenn sich ihre Beziehung verfestigt hatte. Gesprochen habe sie mit ihm noch nicht darüber, aber ihr Bauchgefühl sage ihr, alles werde gut werden.

Es müsste wundervoll sein, hatte Clara gedacht, wieder Kinder aufwachsen zu sehen, selbst wenn es nicht die eigenen Enkel waren.

Jedoch dachte sie noch immer daran, nach Hamburg zurückzukehren. Seit sie wiederum wusste, dass Jonathan fortziehen würde, in wenigen Tagen schon, zögerte sie. Immerhin hatte sie sich in den Monaten auf Wangerooge ein neues Leben aufgebaut.

Sollte sie alles aufgeben, nur weil sie vielleicht von Zeit

zu Zeit die Erinnerungen an einen gewissen Schäfer plagen würden?

Und würden diese Erinnerungen nicht auch nach und nach verblassen, so wie es ihr bei früheren Beziehungen ergangen war? Wie bei Kristian zum Beispiel?

Nein, entschied sie jetzt und schob eine Salatschüssel ein Stück von der Tischkante weg. Nein, Jonathan würde ihr wohl immer klar vor Augen stehen. Mit dem unsäglichen Schlapphut auf dem Kopf, der grässlichen Weste, mit den warm blickenden Augen, den feingliedrigen Händen ...

Clara seufzte tief. Sie wusste, sie würde bis ans Ende ihres Lebens mit der Erinnerung an diese unerfüllte Liebe zurechtkommen müssen.

Aber musste denn jede Liebe wirklich erfüllt werden? Reichte es nicht zu wissen, da hätte etwas sein können, etwas ganz Wunderbares?

Jetzt fange ich an zu spinnen, dachte sie und sah sich nach ihren Freundinnen um.

Im Erdgeschoss waren sie nicht, auch nicht auf dem Schulhof, der zur Feier des Tages mit langen Girlanden und bunten Lampions geschmückt war. Also stieg sie in den ersten Stock hinauf und entdeckte sie schließlich in der Küche. Eine Sekunde lang glaubte sie, jemand hätte die Zeit zurückgedreht und sie befände sich wieder in ihrer Wohnung in Barmbek.

»Wie gerufen«, sagte Vicki fröhlich und ließ den Korken einer Prosecco-Flasche knallen. »Rachel wollte dich gerade holen gehen.«

Sie füllte drei Gläser, reichte zwei an Clara und Rachel und hob das dritte hoch. »Auf uns, Mädels! Wir sind weit gekommen!«

Sie stießen an und tranken. Schon goss Vicki ihnen nach. »So hat es angefangen, und so müssen wir heute feiern.«

Clara stieg der Prosecco bereits zu Kopf. Es war ein warmer Tag, und sie hatte keine Zeit für eine richtige Mahlzeit gefunden. Außerdem hatte sie seit ihrer gemeinsamen Sause im Mai in Hamburg kaum Alkohol getrunken.

»Oha!«, sagte sie und hielt sich an der Arbeitsplatte fest. »Der haut ganz schön rein.«

Rachel und Vicki tauschten einen verschwörerischen Blick.

»Was habt ihr zwei?«

»Na ja, Clärchen«, meinte Vicki. »Volltrunken sollst du jetzt nicht werden, aber ein kleiner Schwips hilft dir hoffentlich.«

»Wobei denn?«, fragte sie. Dabei wusste sie es ganz genau.

Vicki schenkte ihr Glas wieder voll. »Du musst dir endlich den Jonathan schnappen, bevor der weg ist.«

»Warum sollte ich? Er liebt mich nicht.«

»Aber du liebst ihn«, sagte Rachel sanft. »Das wäre schon mal ein Anfang.«

»Außerdem«, warf Vicki ein, »ist der mindestens genauso verrückt nach dir wie du nach ihm.«

Clara spürte, wie ihr Gesicht heiß wurde. »Woher willst du das wissen?«

»Das würde sogar eine blinde Seekuh erkennen«, sagte Vicki, die anscheinend auch nicht mehr ganz nüchtern war. »Außerdem behauptet es Rieke.«

Rachel nickte. »Stimmt genau. Die alte Dame scheint es darauf abgesehen zu haben, dass ihr zwei zusammenkommt.«

»Das war mal anders«, flüsterte Clara, wurde aber überhört. Daher fügte sie, lauter diesmal, hinzu: »Rieke will nur, dass Jonathan den Wangeroogern erhalten bleibt. Als neuer Inseldoktor. Deswegen will sie eine Frau für ihn. Ganz egal, welche. Hauptsache, die sorgt dafür, dass er die Praxis ihres alten Hausarztes übernimmt. Der hat nämlich schon seit Langem das Rentenalter erreicht und macht nur deshalb weiter, weil er keinen Nachfolger findet.«

Rachel schaute sie nachdenklich an, bevor sie entgegnete: »Nun, einerseits mag das stimmen. Und über einen tüchtigen Allgemeinmediziner werden sich bestimmt alle freuen. Sogar wir als Neubürger. Aber ein bisschen mehr Menschenkenntnis könntest du Rieke schon zutrauen.«

Clara senkte den Blick, erwiderte jedoch: »Na klar. Deswegen wollte sie ihn unter anderem auch mit Imke Tannen verkuppeln.«

Rachel und Vicki kicherten.

»Jeder macht mal Fehler«, sagte Vicki nach einer kurzen Pause. »Und wenn du Rieke nicht traust, dann glaube wenigstens Marie. Wenn wir zusammen kochen, macht sie immer so Andeutungen über ihren Papa und dich.«

»Zu mir auch«, gestand Clara, »aber das tut sie nur, weil sie selbst unbedingt hierbleiben will.«

»Uff!«, stöhnte Rachel. »Wie können wir dich bloß überzeugen? Weißt du, ob dein Jonathan Mandoline spielt?«

»Er ist nicht *mein* Jonathan.« Clara nahm beiden Freundinnen die Gläser weg. »Ihr vertragt auch nichts mehr. Was soll der Quatsch mit der Mandoline?«

»Na, er könnte dir ein Ständchen bringen.«

»So ein Blödsinn.«

»Oder ...«, Rachels Augen leuchteten auf, »... er kommt auf seinem Schimmel angeritten, entführt dich und galoppiert mit dir über die Dünen und den Strand in den Sonnenuntergang.«

Clara verlor die Geduld. »Wohl eher auf einem Schafbock.«

Sie dachte daran, dass Rieke ihr einmal vorgeworfen hatte, sie glaube noch an einen Prinzen auf seinem weißen Ross, und kaute verzweifelt auf ihrer Unterlippe herum.

»Sag mal, was ist eigentlich los mit dir?«, erkundigte sich Rachel ungeduldig. »*Du* warst doch immer unsere Träumerin.«

»Das ist vorbei«, sagte Clara scharf. »Ab sofort bin ich kühl, pragmatisch und vernünftig.«

»Wer weiß, wer weiß«, orakelte Vicki. »Du wirst dich der Liebe nicht entziehen können.«

»Ach, hör schon auf!« Clara reichte es jetzt endgültig. »Vielleicht müsst ihr euch einfach mit dem Gedanken anfreunden, dass nicht jede so glücklich sein kann wie ihr! Ihr wollt mich bloß in Jonathans Arme treiben, damit ihr euch besser fühlt!«

Als sie die betroffenen Mienen ihrer Freundinnen sah,

bereute sie ihre harschen Worte. Bittend hob sie die Hände und sagte schnell: »Es tut mir leid. Ich ... bin wohl übermüdet. Und blau. Nicht böse sein. Ich hab's wirklich nicht so gemeint ...« Sie verhaspelte sich und verstummte lieber.

Vicki hatte die Mundwinkel nach unten gezogen, aber Rachel meinte friedfertig: »Ist schon in Ordnung. Wir sind alle ziemlich kaputt. Kommt, Mädels, lasst uns runtergehen. Die ersten Gäste treffen jeden Augenblick ein. Und vorher muss jede eine Kleinigkeit essen, damit wir wieder nüchtern werden.«

Erleichtert nickte Clara ihr zu. »Und ich wollte euch noch etwas sagen.«

Rachel und Vicki schauten sie zweifelnd an.

»Danke.« Clara sah, dass sie nicht verstanden, und fügte hinzu: »Es war mal meine Schnapsidee gewesen, nach Wangerooge zu ziehen. Und ihr beide seid mitgekommen. Ich freue mich, dass für euch alles so gut ausgeht. Ehrlich.«

»Jetzt hör bloß auf«, verlangte Vicki. »Sonst fange ich noch an zu heulen.«

»Ich auch«, bemerkte Rachel schniefend. »Und wir werden übrigens erst dann richtig glücklich sein, wenn wir wissen, dass du bei uns auf der Insel bleibst. Egal, ob mit oder ohne Jonathan.«

»Ich ... weiß es noch nicht genau.«

Vicki trat zu ihr. »Komm schon, Clärchen. Ohne dich wird hier alles drunter und drüber gehen. Rachel gibt eine prima Managerin ab. Sie hat ja sogar online ein paar Kurse belegt und ist jetzt so was wie eine Fachfrau. Ich bin gut darin, die Gäste zu bespaßen. Aber dich brauchen wir am

Empfang, sozusagen als Seele des Hauses. Jeder, der das Hotel betritt und als Erstes dich sieht, will nie wieder weg.«

»Olle Schmeichlerin.«

»Es stimmt aber. Außerdem kannst du einfach am besten mit Leuten umgehen. Rachel ist manchmal ganz schön streng, und ich würde nur ständig die Namen vergessen. Aber du hast diesen besonderen Charme und verlierst nie den Überblick.«

»Da ist was dran«, erklärte Rachel, die sich über Vickis Beurteilung nicht zu ärgern schien. »Mit Clara am Empfang wird unser Hotel ein Erfolg.«

»Und wann baue ich meine Schaukelpferde?«, fragte sie und erkannte erst ein, zwei Sekunden später, dass sie zwangsläufig bleiben musste, wenn sie dieser Arbeitsteilung zustimmte.

Vicki strahlte. »Vielleicht kann ich dich ablösen, wenn alle Gäste am Strand sind. In der Zeit kümmere ich mich dann auch um meinen Blog, aber es ist auf jeden Fall jemand da.«

»Gar nicht so dumm«, sagte Rachel.

»Und dem Samuel sage ich, er kann sich deine Werkstatt abschminken.«

»Was?«, fragte Clara.

Vicki bekam einen Seitenhieb von Rachel verpasst, musste dann aber doch erklären: »Er dachte, wenn du fortgehst, kann er dort seine Schreibklause einrichten. Für seine Inselkrimis, weißt du?«

Empört stemmte Clara die Fäuste in die Hüften. »Das

könnte dem so passen! Soll er sich was anderes suchen! Das ist meine Werkstatt! Und ich gebe sie im Leben nicht her!«

»Das wollten wir hören«, warf Rachel ein.

Vicki strahlte noch mehr, sofern das überhaupt möglich war. »Unser Clärchen geht nirgendwohin.«

»Kann es sein, dass ihr mich reingelegt habt?«

Vicki tauschte einen unschuldigen Blick mit Rachel. »Nur ein ganz kleines bisschen«, sagte sie dann. »Wir wollten dir zeigen, wie wichtig du uns bist.«

»Und damit drohen, mir die Werkstatt wegzunehmen!«

»Friede!«, bettelte Vicki.

Sie lachten, umarmten einander und beeilten sich dann, nach unten zu gehen.

Im Aufenthaltsraum stand Rieke Peters. Sie betrachtete erst das Büfett und dann die drei Freundinnen.

»Ganz in Ordnung«, urteilte sie.

»Wir oder das Essen?«, fragte Rachel grinsend.

»Ihr auch. Hätte ich nicht gedacht, dass ihr euch so mausern könnt.« Das war mit Sicherheit das größte Kompliment, zu dem die Pensionswirtin fähig war, und Clara ertappte sich bei einem stolzen Lächeln.

Alles habe ich eben doch nicht falsch gemacht, dachte sie bei sich.

Anschließend war keine Zeit mehr für längere Grübeleien. Das Hotel füllte sich, und auch auf dem Schulhof drängten sich die Gäste. Es schien, als sei die halbe Insel zur Feier gekommen, und das Büfett leerte sich in beängstigender Geschwindigkeit.

Nur gut, dass Theda Tannen und die anderen Frauen für ständigen Nachschub sorgten. Sekt, Bier und alkoholfreie Getränke wurden ebenfalls nachgeliefert. Aus verschiedenen Gesprächsfetzen konnte Clara heraushören, dass die Leute mit der Renovierung einverstanden waren. Es bleibe eben immer ihre alte Schule, hieß es. Hauptsache, das Gebäude stand noch ein paar weitere hundert Jahre.

Auch Imke hatte sich mit ihrem Freund Torben unter die Feiernden gemischt, und als Clara einmal nicht aufpasste, erhielt sie von ihr einen so kräftigen Schlag auf die Schulter, dass sie in die Knie ging.

Vor Schreck wollte sie sich unter dem nächsten Tisch verkriechen, aber Imke lachte dröhnend und schrie: »Bin nicht mehr sauer, weil du es auf den Jonathan abgesehen hast!«

»Ich habe es auf überhaupt keinen Mann abgesehen!«

Imke wirkte kurz verwirrt. »Aha. Deine Schaukelpferde sehen zwar wieder wie Pferde aus, aber mir machst du nichts vor.«

Es folgte ein zweiter Schlag auf die Schulter, der Clara die Tränen in die Augen trieb.

»Bist gar nicht so übel für eine aus der Großstadt.«

Clara wollte etwas sagen, aber ihr fiel nichts ein. Wenn sich schon Imkes Freundschaft so anfühlte, dann wollte sie nicht wissen, wie es mit einer echten Feindschaft wäre.

Schon bahnte sich die große Frau mit ihrem noch größeren Freund den Weg durch die Menge in Richtung Getränkestand.

Für einen Moment blieb Clara allein inmitten der vielen

Menschen. Dann gesellte sich Tischlermeister Piet Jansen zu ihr, und sie fachsimpelten eine Weile. Clara gestand ihm schließlich, dass sie den Job bei ihm wohl aufgeben musste.

»Das habe ich mir schon gedacht«, erwiderte er ruhig. »Du kannst dich ja nicht dreiteilen.«

»Aber wenn mal Not am Mann ist, helfe ich gern«, versicherte sie ihm.

Er nickte ihr zu und ging dann weiter zu ein paar Freunden. Clara suchte mit den Blicken die Gästeschar ab und gestand sich erst nach einer Weile ein, dass sie nach Jonathan Ausschau hielt. Er war nirgends zu sehen. Nur Marie stand zusammen mit Bjarne am Büfett und verleibte sich ein paar Stücke Aal ein.

Clara trat zu ihr. »Hallo.«

»Hi, Clara. Papa ist am Packen. Er will sich übrigens an ein paar Krankenhäusern bewerben.«

»Warum das denn?«, fragte Theda Tannen.

Weder Clara noch Marie hatten sie bemerkt.

»Sag schon, Deern. Dein Vater ist Schäfer. Was soll der an einem Krankenhaus machen? Die Patienten hüten?«

Sie lachte ein dröhnendes Lachen, das dem ihrer Tochter Imke in nichts nachstand.

»Mein Vater ist Arzt!«, gab Marie empört zurück. »Ein sehr guter Allgemeinmediziner! Er hat sogar eine eigene Praxis in Bremen. Aber dahin will er nicht mehr zurück. Weil … ist ja egal.«

Theda Tannen hörte schon nicht mehr zu.

Jetzt ist es raus, dachte Clara nur noch. Jetzt wissen es alle. Bisher waren nur die drei Freundinnen und Rieke eingeweiht gewesen. Die Pensionswirtin hatte ihnen sogar erzählt, sie habe es schon immer gewusst. Der Schäfer Onno habe es ihr noch vor Jonathans Ankunft verraten.

»Du hättest es vielleicht nicht sagen sollen«, meinte sie nachdenklich zu Marie.

»Wieso nicht? Ist doch jetzt auch egal. Was wollen die Leute denn machen?«

»Keine Ahnung«, gab Clara zurück und beobachtete, wie sich die Neuigkeit unter den Gästen rasend schnell verbreitete. Der Inselfunk musste ja keine größeren Strecken überwinden. Überall entdeckte sie erst überraschte, dann plötzlich entschlossene Gesichter.

Oh, oh, dachte sie.

24. Kapitel

Schnell wie ein Schwarm Makrelen formierte sich eine etwa zwanzigköpfige Gruppe von Menschen und strömte über den Schulhof. Clara drängte sich nach vorn.

»Was habt ihr vor?«, fragte sie die Leute.

»Aus dem Weg, Lütte!«, befahl Imke Tannen. »Ich brauche einen Arzt.«

Sie fing plötzlich an, mit dem linken Bein schwer zu humpeln. Ihre Mutter Theda neben ihr tat es ihr nach, allerdings mit dem rechten Bein. Womit die zwei ein erbarmungswürdiges Bild abgaben. Einzig der Schrank Torben zwischen ihnen ging normal weiter. Dafür wurden hinter ihnen ein paar weitere Leute schlagartig krank. Einer hielt sich stöhnend den Kopf, ein anderer schlackerte wild mit den Armen.

»Was soll das denn sein?«, fragte Rachel. Sie hatte sich zusammen mit Vicki, Friedrich und Samuel bis zu Clara durchgekämpft. »Ein Anfall, oder was?«

Clara konnte vor lauter Verblüffung nicht sprechen. Während die Gruppe sich langsam vorwärtsbewegte und sie und ihre Freundinnen zwang, entweder mitzugehen oder überholt zu werden, wurden die Leute immer kreativer.

Eine Frau in Riekes Alter hätte jedes süditalienische Klageweib zum Schweigen gebracht, so laut jammerte sie über ihre kranken inneren Organe. Herz, Lunge, Magen Leber, Nieren, Darm – sie ließ nichts aus.

»Die kennt sich aber gut aus«, bemerkte Vicki.

Rieke selbst lachte bloß ihr Möwenlachen, marschierte aber mit. Tjark Ummen hatte sein Gebiss rausgenommen, trug es in der Hand und klapperte damit.

»Igitt«, sagte Marie, die jetzt auch bei Clara war. »Wenigstens macht mein Bjarne den Mist nicht mit.« Tatsächlich entdeckte Clara den Fischerssohn am Rand der Gruppe, wo er mit seinem Smartphone fleißig Fotos und Videos machte.

»Das geht bestimmt viral«, kommentierte Marie. »Wangerooge wird auf der ganzen Welt berühmt.«

»Ja«, knurrte Clara. »Als die Insel der Bekloppten. Sag deinem Bjarne, wenn ich davon auch nur ein Bild oder eine halbe Sekunde Video im Netz entdecke, ist er ein toter Mann.«

»Mensch, Clara. Du verstehst überhaupt keinen Spaß mehr.«

»Wenn es um den guten Ruf meiner Wahlheimat geht, nicht«, gab sie zurück.

Rachel und Vicki schauten sie nur verblüfft an. Clara ging ein paar Schritte weiter und grinste vor sich hin. Jetzt gab es auch für sie selbst keinen Zweifel mehr. Wangerooge war ihr zur Heimat geworden.

Langsam näherte sich die Gruppe der lautstark vor sich

hin siechenden Menschen dem Ende des Schulhofes. Bis zu Onnos Haus war es nicht mehr weit.

Ein Mann mittleren Alters kam auf die Idee, blind zu sein, knallte aber gegen seinen Vordermann und fing sich einen heftigen Stoß mit dem Ellenbogen ein.

Wahrscheinlich die erste echte Verletzung, dachte Clara. Eine Rippenprellung.

Ziemlich weit hinten warf eine hübsche, südländisch wirkende junge Frau auf einmal den Kopf zurück und ließ die Hüften kreisen.

»Und wie heißt diese Krankheit?«, erkundigte sich Marie feixend.

»Das weiß sie wahrscheinlich selbst nicht«, entgegnete Vicki. »Aber sie hält wenigstens die Leute auf.«

Tatsächlich blieben alle männlichen Mitglieder des Schwarms schlagartig stehen und bekamen Stielaugen. Sogar der Blinde wurde wieder sehend.

Clara bemerkte, dass Samuel nur einen kurzen Blick riskierte und sich dann abwandte, was ihm ein liebevolles Lächeln von Vicki eintrug. Friedrich hingegen hatte ohnehin nur Augen für Rachel. Er bekam die Aufregung um die kreisenden Hüften gar nicht mit.

»Wir müssen Jonathan warnen«, sagte Clara. »Bevor diese Meute bei ihm einfällt.«

»Schon erledigt.« Marie hielt ihr eigenes Smartphone hoch. »Er ist längst auf der Flucht.«

»Wieso ist er überhaupt zu Hause?«, fragte Vicki.

»Ein paar der Schafe haben gestern was Falsches gefressen«, erklärte Marie. »Der Tierarzt hat zwei Tage Stallruhe verordnet. Deswegen hat er Zeit zu packen.«

»Okay. Und wohin ist er jetzt geflüchtet? Wangerooge ist nicht besonders groß.«

»Erst mal nur weg, ins Zentrum, glaube ich. Ich habe ihm gesagt, er soll sich unter die Touristen mischen und seinen blöden Hut zu Hause lassen.«

»Kluges Mädchen.« Vicki tätschelte ihr die Schulter.

Die kurze Pause wurde von energischen Insulanerinnen unterbrochen. Sie packten ihre Männer am Schlafittchen und zogen sie wieder mit. Clara trat zur Seite, die anderen taten es ihr nach. Sie blieben dicht bei der Gruppe, nur wollte niemand von ihnen vorneweg marschieren. Es bestand die durchaus realistische Gefahr, überrannt zu werden, falls sich die Gemüter weiter erhitzten. Inzwischen gab es auch einen Schlachtruf.

»Unser Doc soll bleiben!«, riefen die Leute.

»Das nenne ich mal eine schnelle Karriere«, bemerkte Friedrich augenzwinkernd. »Eben noch war er Schäfer, dann ein arbeitsloser Arzt, und auf einmal hat er ein paar Dutzend Patienten.«

Clara überlegte, ob sie stellvertretend für Jonathan beleidigt sein sollte, merkte dann jedoch, dass Rachels Freund es gar nicht abwertend gemeint hatte. Also sagte sie nichts.

Wenig später hatte die Spitze der Gruppe ihr Ziel erreicht. Clara hörte einen empörten Aufschrei, der ziemlich eindeutig von Imke Tannen stammte. Andere fielen ein, und sogar die Schafe in ihrem Unterstand fingen an, laut zu blöken.

»Jetzt wissen sie, dass er ausgeflogen ist«, sagte Marie überflüssigerweise.

»Dann geben sie vielleicht Ruhe«, meinte Rachel hoffnungsvoll.

»Glaube ich nicht.« Das war Vicki. »Wenn der Mob erst mal losgelassen ist, hält den so leicht nichts mehr auf. Das war schon bei diversen Revolutionen so.«

Clara bekam wirklich Angst um Jonathan. »Sie werden ihm doch nichts tun, wenn sie ihn finden?«

»Keine Angst, Clärchen«, sagte Vicki. »Wir sorgen dafür, dass deinem Schatz nichts passiert.«

»Er ist nicht mein Schatz.«

»Dafür machst du dir aber ziemlich viele Sorgen um ihn.«

»Sie setzen sich wieder in Bewegung«, verkündete Marie. »Kommt mit.«

Nun ging es die Straße zum Westen entlang in Richtung Zentrum, und am Rosengarten bog die Spitze nach Norden ab. Der Rest folgte. Einige Spaziergänger hängten sich neugierig an, dafür fehlten ein paar der ursprünglichen Protestler. Die eine oder andere Kneipe hatte sie weggelockt. Auch die Gebrechen wurden nach und nach aufgegeben. Es war doch zu anstrengend, die ganze Strecke hinkend, hüftkreisend und armschlackernd zu bewältigen. Der Schlachtruf war zudem nicht mehr so vielstimmig. Die Touristen, die sich der Gruppe angeschlossen hatten, konnten damit nichts anfangen.

Einzig ganz vorn ging es bedrohlich und laut weiter. Rieke lief inzwischen an der Seite von Theda, neben den beiden imposanten älteren Frauen marschierten die große Imke und der noch größere Torben.

Wer ihnen entgegenkam, wich eiligst zur Seite, und so landeten sie auf dem Platz zu Füßen des ›Café Pudding‹, ohne auf nennenswerte Hindernisse zu treffen. Aber eben auch ohne den Doktor zu finden, den sie so dringend behalten wollten.

Clara schaute sich unauffällig um. Wieder und wieder ließ sie den Blick über die Passanten schweifen.

Da! Verschwand dort nicht gerade eine hohe schlaksige Gestalt in Richtung Obere Strandpromenade?

Wie zufällig trennte sie sich von der Gruppe und schlenderte hinterher.

Als sie einmal über die Schulter zurückschaute, sah sie, dass Rieke sie genau beobachtete, den anderen jedoch keinen Wink gab.

»Danke«, flüsterte Clara.

Inzwischen war sie sich gar nicht mehr sicher, ob sie wirklich Jonathan gesehen hatte, aber ihr war auf einmal klar, sie musste ihn finden.

Nicht, um ihn vor dem Mob zu beschützen – was konnte eine mittelgroße Frau wie sie schon gegen diese Inselriesen ausrichten –, sondern um …

An dem Punkt stockte sie. Was würde sie tun, wenn sie ihm gegenüberstand? Ihm ihre Liebe gestehen? Oder ihm sagen, wie enttäuscht sie von ihm war, weil er immer wieder vor ihr davonlief?

Beide Möglichkeiten hielten sich die Waage. Sie rannte los, um ihn nicht zu verlieren, sprintete die Promenade entlang wie eine erfahrene Läuferin. Kurz nur wunderte sie sich über ihre neue Fitness. Sie war in den vergangenen Wochen dazu übergegangen, frühmorgens lange Spaziergänge am Strand zu unternehmen. Und ja, neuerdings joggte sie sogar.

Clara entdeckte Jonathan erst, als sie die Hoffnung schon fast aufgegeben hatte. Er hockte an der Unteren Strandpromenade im Sand und wirkte ziemlich verloren.

»Warum hassen mich alle?«, fragte er, als sie sich neben ihn setzte.

»Die hassen dich nicht. Die wollen dich als Arzt auf der Insel halten.«

Er schaute sie an. »Tatsächlich? Marie hatte mir geschrieben, ich soll gelyncht werden.«

»So ein Quatsch.«

Jonathan atmete ein paarmal tief ein und aus. »Ich hab's auch nicht verstanden. Den Leuten habe ich schließlich nichts getan. Also, wenn du mich hassen würdest, wäre es in Ordnung. Du hättest jeden Grund dazu.«

»Das tue ich nicht«, sagte Clara leise und kehrte dann lieber schnell zum eigentlichen Thema zurück. Das hier wurde sonst zu persönlich – und mit Sicherheit wieder peinlich. »Was sagst du denn dazu, dass man dich als Inselarzt gewinnen will?«

Jonathan, der sie eben noch prüfend angeschaut hatte, ließ seinen Blick nun zum Strand gleiten.

»Ich weiß, dass der alte Doktor schon längst in Pension gehen wollte«, begann er. »Und es fehlt dringend ein Nachfolger. Für die Kurgäste ist die medizinische Versorgung optimal, aber die Einheimischen wünschen sich einen neuen Hausarzt.«

»Sonst würden sie kaum einen Protestmarsch veranstalten«, warf Clara ein. »Wobei ich nicht ausschließen kann, dass die freien alkoholischen Getränke zu unserer Eröffnung nicht auch eine Rolle dabei gespielt haben.« Sie lachte leise, um die ernste Stimmung aufzulockern.

Jonathan ging nicht darauf ein. »Ich fürchte, ich bin ziemlich gut im Weglaufen.«

»Kann man so sagen.«

Er schaute weiterhin zum Strand und aufs Meer und gab ihr dabei die Gelegenheit, sein Profil zu betrachten. Sie stellte fest, seine Wangen wirkten ein wenig voller, aber die Kiefermuskeln waren fest angespannt. Dieser Mann, das begriff sie endlich, war mindestens genauso durcheinander wie sie selbst. Das Leben hatte ihm einen Schlag verpasst, und er hatte sich noch nicht davon erholt.

Zwei Möwen ließen sich in ihrer Nähe nieder, hofften auf Essensreste. Mit einer unwirschen Handbewegung scheuchte Jonathan die Vögel weg. Dann sagte er endlich: »Ich fürchte, es wäre keine gute Idee hierzubleiben.«

»Warum nicht? Wegen mir?«

Sein Nicken war kaum wahrnehmbar.

Langsam, und schlagartig unendlich müde, stand Clara auf. »Da mach dir mal keine Sorgen. Ich werde dir nicht mehr unter die Augen kommen.«

Auch Jonathan erhob sich, klopfte sich umständlich den Sand von der Kleidung und schaute ihr dann endlich in die

Augen. Ihre Blicke verhakten sich ineinander, und ohne Worte sagten sie alles, was zu sagen war.

»Wirklich?«, flüsterte Clara nach einer langen Weile. Sie brauchte doch Worte, stellte sie fest. Sie musste es hören. Innerlich zitternd wartete sie.

»Ja«, erwiderte Jonathan. »Ich liebe dich.«

»Und ich liebe dich schon lange, du Idiot!«

»Den Idioten habe ich wohl verdient.«

»Hast du.«

Er zog sie an sich, und sie schlang ihre Arme fest um seinen Körper. Nicht, dass er doch noch weglief.

Sie wünschte sehnlichst, er würde sie küssen, aber er tat es nicht. Stattdessen fragte er: »Und du glaubst, die Menschen hier werden mich wirklich akzeptieren? Als ihren Hausarzt?«

Sie sah zu ihm hoch. »Warum denn nicht?«

»Nun, sie kennen mich bisher nur als Schäfer.«

»Als stinkenden Schäfer.«

»Korrekt.« Er grinste schief. »Wie soll ich mich als Arzt beweisen?«

»Ich schätze mal, genau so, wie du es schon in Bremen getan hast«, erwiderte Clara nachdenklich. »Schritt für Schritt.«

Bremen hätte sie nicht erwähnen dürfen, das erkannte sie sofort. Seine Miene verdüsterte sich, und er machte sich von ihr frei. Nur mit einiger Mühe konnte sie ihre Finger von seinem Rücken lösen.

Nicht schon wieder, dachte sie verzweifelt. Nicht, nachdem er mir seine Liebe erklärt hat. Das ertrage ich nicht.

Doch bevor sie noch herausfinden konnte, ob er erneut einen Rückzieher machen würde, erklang über ihnen ein lauter Schrei.

Imke Tannen! Deren Trompetenstimme war unverkennbar.

Schon strömte der Mob über die Wege oder einfach über die Böschung zu ihnen herunter. Innerhalb von wenigen Sekunden waren sie eingekreist.

Clara fühlte sich sehr, sehr klein. Bis ihre Freunde sich zu ihr durchkämpften und sich um sie herum aufstellten. Das half gegen den äußeren Druck, doch nicht gegen die innere Verzweiflung.

Zum Glück besaß sie noch ihren Stolz und ließ sich nichts anmerken.

Imke führte das Wort: »Warum bist du vor uns weggelaufen, Doc?«

»Ich … nun …«

»Vielleicht stimmt das alles ja gar nicht!«, rief jemand aus der Gruppe. »Vielleicht ist der wirklich bloß ’n oller Schäfer.«

Da fing sich Jonathan, hob die Stimme und erklärte: »Ich bin Doktor der Allgemeinmedizin, und bis vor Kurzem habe ich eine eigene Praxis in Bremen geführt. Das ist leicht nachzuprüfen.«

Ein allgemeines Gemurmel setzte ein, bis sich Rieke Peters Gehör verschaffte.

»Ich will euch mal was sagen, Leute! Von dem guten Onno habe ich schon gewusst, dass unser Jonathan hier ein Arzt ist, bevor er überhaupt nach Wangerooge gezogen ist.«

»Und wieso hast du uns das verheimlicht?«, wollte Imke wissen. Sie wurde allerdings von ihrer Mutter Theda zum Schweigen gebracht. »Lass Rieke ausreden.«

»Danke. Ich wollte nicht gleich die Hühner aufscheuchen deshalb.« Dabei warf sie Imke einen stahlharten Blick zu. »Ein echter Doktor wäre von gewissen Damen vermutlich mit Haut und Haaren gefressen worden.«

»*Du* wolltest mich doch mit ihm verkuppeln«, schoss Imke zurück. Auf Clara wirkte sie peinlich berührt, aber auch ziemlich sauer.

»Und mich!«, rief die vorhin noch hüftkreisende junge Frau.

»Mich auch!«, rief eine andere.

»Und mich!« Noch eine.

»Pah!«, machte Rieke nur. »Ihr seid allesamt nicht gut genug für einen wie unseren Jonathan!«

Womit sie die nach wie vor brodelnde feindliche Stimmung mal eben auf sich selbst bündelte.

»Lass das sein«, raunte Rachel schnell Rieke zu. »Jonathan kommt schon ohne deine Hilfe klar.«

Die alte Frau winkte ab. »Mich mögen die meisten Leute sowieso nicht. Aber den Doktor müssen sie anerkennen. Auch wenn er sich manchmal wie ein Waschlappen aufführt.«

Der Waschlappen warf Rieke einen zornigen Blick zu. »Das muss ich mir nicht gefallen lassen!«

»Finde ich auch, Liebling. Du solltest mit höchstem Respekt behandelt werden.«

Diese Stimme war Clara fremd. Sie klang kultiviert. So

sprach niemand auf der Insel. Also schaute sich Clara suchend um, während sie aber noch bemerkte, wie Jonathan zusammenzuckte.

Da rief auch schon Marie: »Mama! Was bei allen Meeresgöttern machst du denn hier?«

»Kind, was ist das für eine Ausdrucksweise?«

Nun entdeckte Clara eine Frau, die zwar wie viele Insulanerinnen groß und blond war, sich jedoch ansonsten deutlich von ihnen unterschied. Sie war ziemlich stark geschminkt und elegant gekleidet. Ihr taubenblaues Kostüm stammte mit Sicherheit von einem berühmten Designer, ihre Fingernägel waren rot lackiert, und ihre schlanken Hände, die sie nun Jonathan entgegenstreckte, wiesen keinerlei Anzeichen von harter Arbeit auf.

Sie wollte sich durch die Leute drängen, doch das war nicht nötig. Die Menschenmenge wich von selbst zurück und ließ sie durch.

»Das ist seine Frau«, hörte Clara jemanden murmeln. »Ist vor 'ner halben Stunde gelandet. Der Ahrend hat sie hergeflogen. Stimmt's, Ahrend?«

»Jo. Wollte ins Hotel und ist dann den Leuten nachgelaufen, als sie hörte, wen die suchten.«

Mehr bekam Clara nicht mit. Sie hatte genug. Während Jonathan zurückwich, vor ihr oder vor seiner Frau, das konnte sie nicht mit Bestimmtheit sagen, trat sie die Flucht an. Wieder einmal.

»Warte!«, riefen Rachel und Vicki im Chor.

Nein, das konnte sie nicht. Sie warf ihren Freundinnen

einen bittenden Blick zu. Sie verstanden und ließen sie gehen.

Clara rannte nicht blindlings über den Strand ins Meer, wie sie es schon einmal getan hatte. Sie bahnte sich langsam den Weg durch die Leute, die wieder eng beieinanderstanden. Einige fragten neugierig, was denn nun schon wieder los sei, andere murrten, weil sie nun endlich erfahren wollten, ob sie einen neuen Hausarzt bekamen. Clara bat um Entschuldigung, wich hier einem Ellenbogen aus, schlüpfte dort zwischen zwei Männern durch. Dann gab es keine Hindernisse mehr.

Später hätte sie nicht zu sagen vermocht, wie sie ihre Werkstatt erreicht hatte. War sie die Untere Strandpromenade bis zu deren Ende entlanggegangen und dann an Riekes Pension vorbei? Oder hatte sie den Weg zurück durchs Zentrum genommen?

Es war nicht wichtig. Konnte sie nur endlich durch die Tür ins Innere schlüpfen, hinter sich abschließen und die Welt mit ihrem Schmerz draußen lassen.

Hier in ihrer Werkstatt fühlte sie sich wieder sicher. Sie ging umher, hob ein halb fertiges Schaukelpferd hoch, stellte es wieder hin. Sie säuberte Farbpinsel, fegte Holzspäne zusammen und spürte, wie ihr Herzschlag sich langsam beruhigte.

Alles ist gut, redete sie sich ein. Mein Leben wird hier sein, und nie wieder lasse ich es zu, dass ein Mann mir wehtut.

Wie viel Zeit vergangen war, wusste sie nicht, als sie draußen Stimmen hörte.

»Lass uns rein!«, rief Vicki.

»Clara, geht es dir gut?« Das war Rachel.

»Mach keinen Mist, Deern!« Rieke.

Sie ging zu einem der Fenster, öffnete es einen Spaltbreit. Auch Friedrich und Samuel waren da, aber sie hielten sich im Hintergrund.

»Alles in Ordnung«, sagte sie ruhig. »Aber ich möchte allein sein.«

Vicki wollte die Hand durch den Spalt strecken, aber er war zu schmal.

»Hör mal, Clärchen. Es ist nicht so, wie du denkst. Der Jonathan, also, der hat seine Frau ...«

»Seine von ihm getrennt lebende Frau«, korrigierte Rachel.

»Ja, ja, schon gut. Also er hat diese Jutta auf einen langen Spaziergang in die Dünen mitgenommen. Übrigens, nachdem Rieke sie im Namen aller begrüßt und ihr die Hand zerquetscht hat.«

»Ich will das nicht hören.«

»Du musst aber. Und wehe, du machst das Fenster wieder zu. Dann brülle ich so laut, dass ich auf ganz Wangerooge zu hören bin.«

Rieke stieß ihr Möwenlachen aus. »Dazu hast du nicht das nötige Organ, Blondchen.«

»Klappe halten!«

Vicki schien sich zu wundern, dass die Wirtin gehorchte, dann redete sie schnell weiter.

»Also, die Jutta ist daraufhin wieder abgeflogen. Stinksauer soll sie gewesen sein. Hab ich von Bjarnes Vater, und der hat es von Ahrend, dem Piloten. Es konnte ihr gar nicht schnell genug gehen, bis sie wieder in der Luft waren.«

»So«, murmelte Clara nur. Sie wusste nicht, was sie mit dieser Information anfangen sollte.

Auf einmal entdeckte sie auch Marie, die ein kleines Stück entfernt dicht neben Bjarne stand. Sie wirkte bedrückt, und Clara empfand Mitleid mit ihr. Es musste schwer sein, mit Eltern zurechtzukommen, die nicht wussten, was sie wollten.

Marie bemerkte Claras Blick und lächelte ihr traurig zu. »Mama wollte, dass Papa wiederkommt. Aber er hat Nein gesagt.«

Eine winzige Hoffnung wollte sich in Claras Herzen regen, doch sie ignorierte sie.

»Er hat gesagt, die Leute auf der Insel brauchen ihn. Er kann nicht mehr weg.«

Deshalb. Nur deshalb.

»Das stimmt«, warf Rachel ein. »Die Neuigkeit ist bereits raus, und die ganze Meute ist schon wieder im Hotel, um das Ereignis gebührend zu feiern. Imke und ihre Freunde meinten, bei uns gibt es noch genug zu trinken.«

»Wie schön.« Mehr wusste Clara nicht zu sagen. Noch ein Wort, dachte sie, und ich breche zusammen.

Sie schaute wieder Marie an. Bjarne hatte den Arm fest um ihre Schultern gelegt, und schon wirkte ihr Lächeln weniger traurig.

Dann fing Rieke Claras Blick auf. Sie verstand.

»Nun mal los, Kinners«, befahl sie. »Die Party ist wieder im Gange. Wir können die Leute nicht allein lassen. So wie die in Stimmung sind, zerdeppern sie noch eure schöne neue Einrichtung.«

Rachel stimmte ihr zu, Vicki wollte nicht so leicht aufgeben. »Was ist mit Clärchen?«

»Die braucht noch ein bisschen Zeit für sich. Auf geht's.«

Wie gewöhnlich kam niemand gegen Rieke an, und so verschwand die kleine Gruppe um die Ecke des Hotels.

Clara war wieder allein.

Sie atmete ein paarmal tief ein und aus.

Sollte sie den Freunden folgen?

Nein, entschied sie. Rachel, Vicki, Rieke und die anderen mochten Verständnis für sie haben. Aber dumme Sprüche der Einheimischen hätte sie jetzt nicht ertragen können.

Müde verzog sie sich in die hinterste Ecke ihrer Werkstatt, sank dort auf einen wackeligen Stuhl und vergrub das Gesicht in den Händen.

Jonathan blieb also. Jonathan hatte sich demnach endgültig von seiner Frau getrennt.

Oder? Was, wenn Jutta beschloss, ebenfalls nach Wangerooge zu ziehen?

»Hör auf!«, sagte sie laut.

Ob sie Lene anrufen sollte? Einfach über etwas anderes reden, an etwas anderes denken? Schon hatte sie ihr Smartphone in der Hand. Dann steckte sie es wieder weg. Lene würde sofort mitbekommen, dass etwas nicht stimmte. Sie hatten sich erst gestern gehört und ausführlich über die Schwangerschaft gesprochen. Alles verlief prima, und Clara hatte ihrer Tochter versichert, es sei in Ordnung, dass sie nicht zur Hoteleröffnung kam. Justus konnte sich nicht freinehmen, und Lene war ein bisschen übervorsichtig geworden und hatte nicht allein fahren wollen.

Wenn sie nun einen Anruf von Clara erhielt, mitten während der großen Party, würde sie sich nur Sorgen machen. Also steckte sie das Smartphone wieder weg und brütete vor sich hin.

Von der anderen Seite des Schulgebäudes drang Gelächter zu ihr herüber. Stimmen riefen durcheinander, eine war besonders laut.

»Clara!«

Nicht schon wieder, dachte sie, bis sie erkannte, wer da rief.

»Clara!«, wiederholte Jonathan. Er musste genau vor der Tür stehen, so nahe klang er.

Nein. Sie entdeckte seine Silhouette am Fenster, das immer noch ein Stück offen stand.

»Was willst du?«, fragte sie unwirsch.

»Mit dir sprechen.«

»Nein.«

»Clara, bitte! Du hast recht, ich war ein Idiot. Als Jutta plötzlich aufgetaucht ist, war ich einen Moment durcheinander. Bitte lass mich rein.«

»Nein!«

»Versteh doch. Ich hatte nicht damit gerechnet, sie plötzlich vor mir zu sehen. Aber bevor ich mich fangen konnte, warst du weg.«

Sie schwieg.

Er klang verzweifelt, als er fortfuhr: »Ich gebe zu, ich habe einen Moment lang geschwankt. Immerhin waren Jutta und ich viele Jahre ein Paar, und wir haben eine Tochter.«

Jedes Wort traf wie ein Giftpfeil ihr Inneres.

»Verschwinde!«

»Aber ich liebe sie nicht mehr. Und das habe ich ihr auch erklärt. Das schwöre ich dir! Die Scheidung läuft sowieso schon. Sie wollte es ja so haben, und ich denke nicht daran, etwas zu ändern.«

Sie hörte nicht richtig hin, wollte nichts mehr hören.

»Geh weg!«

»Wenn du nicht aufmachst, komme ich durchs Fenster rein.«

»Da passt du nicht durch.«

Ein hysterisches Lachen stieg in ihrer Kehle auf, sie drängte es zurück.

Jonathan draußen schwieg.

War er weg? Was hatte er zuletzt gesagt? Irgendwas von Scheidung?

Clara stöhnte auf. Dann schrie sie. Das war, als etwas gegen die Tür krachte. Etwas oder jemand.

»Verdammt!«, rief Jonathan, »ich glaube, ich habe mir die Schulter gebrochen.«

Sie lief hin und riss die Tür auf, gerade als er wieder Anlauf nahm. Er taumelte herein, landete auf dem Boden, stieß einen weiteren Schmerzenslaut aus.

»Wie kann man nur so blöd sein!«, schimpfte sie und